O Feiticeiro de Terramar

O Feiticeiro de Terramar

URSULA K. LE GUIN

CICLO TERRAMAR, VOLUME 1

Tradução
Heci Regina Candiani

Título original: A Wizard Of Earthsea

Direção editorial: Victor Gomes
Coordenação editorial: Aline Graça
Acompanhamento editorial: Jéssica Gasparini Martins
Tradução: Heci Regina Candiani
Preparação: Bárbara Prince
Revisão: Nestor Turano
Ilustrações de capa e miolo: Charles Vess
Adaptação de capa original: Vanessa S. Marine
Projeto gráfico e diagramação: Eduardo Kenji Iha

Dados Internacionais de Catalogação na Publicação (CIP)

L521f Le Guin, Ursula K.
O feiticeiro de Terramar / Ursula K. Le Guin; Tradução: Heci Regina Candiani – São Paulo: Editora Morro Branco, 2022.
p. 208; 14x21 cm.

ISBN: 978-65-86015-42-3

1. Literatura americana. 2. Fantasia – Romance. I. Candiani, Heci Regina. II. Título.
CDD 813

Todos os direitos desta edição reservados à:
EDITORA MORRO BRANCO
Alameda Santos, 1357, 8º andar
01419-908 – São Paulo, SP – Brasil
Telefone (11) 3373-8168
www.editoramorrobranco.com.br

Impresso no Brasil
2023

Para meus irmãos,
Clifton, Ted, Karl

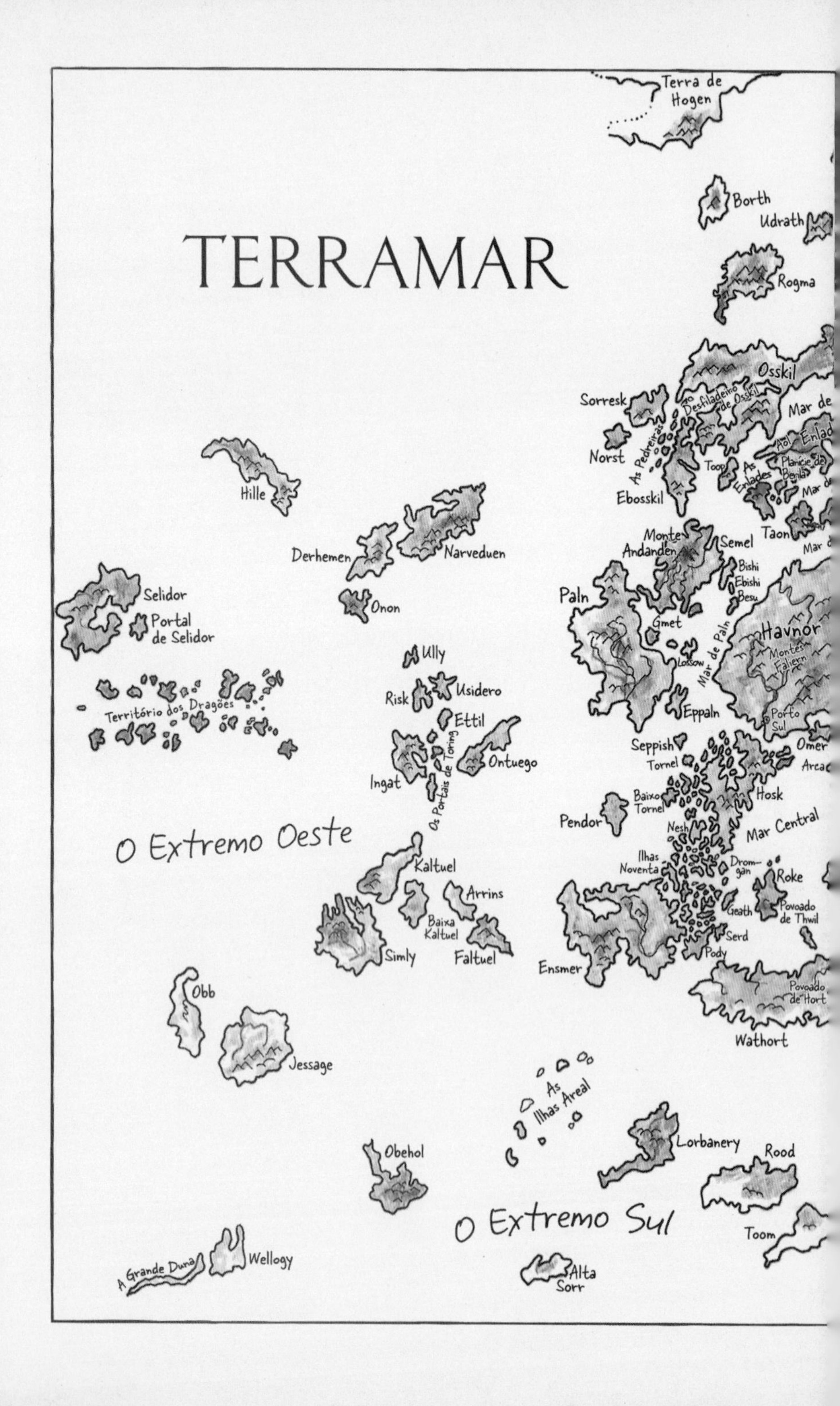

TERRAMAR
Terra de Hogen
Borth
Udrath
Rogma
Osskil
Desfiladeiro de Osskil
Sorresk
Norst
As Pedreiras
Ebosskil
Toop
As Enlades
Planície de Berila
Mar de
Taon
Hille
Derhemen
Narveduen
Monte Andanden
Semel
Bishi
Ebishi
Besu
Paln
Gmet
Lossow
Mar de Paln
Havnor
Montes Faliern
Porto Sul
Selidor
Portal de Selidor
Onon
Ully
Risk
Usidero
Ettil
Território dos Dragões
Ingat
Ontuego
Os Portais de Toring
Eppaln
Seppish
Tornel
Omer
Hosk
Baixo Tornel
Pendor
Nesh
Mar Central
Ilhas Noventa
Drom-gan
Roke
Geath
Povoado de Thwil
Serd
Pody
Ensmer
O Extremo Oeste
Kaltuel
Arrins
Baixa Kaltuel
Simly
Faltuel
Obb
Jessage
Povoado de Hort
Wathort
As Ilhas Areal
Lorbanery
Rood
Obehol
O Extremo Sul
Toom
A Grande Duna
Wellogy
Alta Sorr

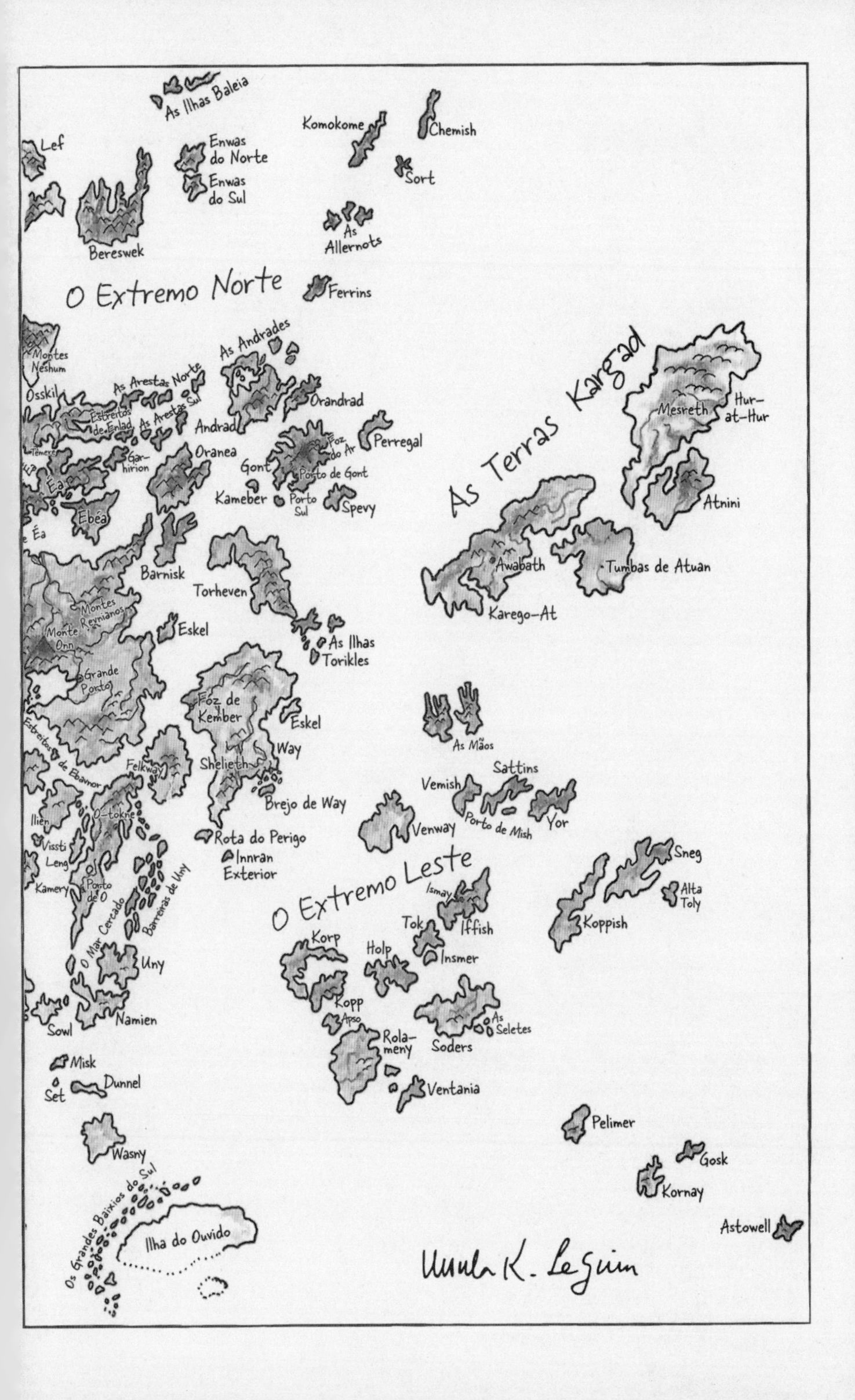
As Ilhas Baleia
Komokome
Chemish
Lef
Enwas do Norte
Enwas do Sul
Sort
As Allernots
Bereswek
O Extremo Norte
Ferrins
As Andrades
Montes Neshum
Osskil
As Arestas Norte
Estreitos de Enlad
As Arestas Sul
Orandrad
Andrad
As Terras Kargad
Mesreth
Hur-at-Hur
Foz do Ar
Perregal
Oranea
Gont
Porto de Gont
Gar-hirion
Ea
Ebéa
Kameber
Porto Sul
Spevy
Atnini
Awabath
Tumbas de Atuan
Barnisk
Torheven
Karego-At
Montes Reynianos
Monte Onn
Eskel
As Ilhas Torikles
Grande Porto
Foz de Kember
Eskel
Way
As Mãos
Estreitos de Ebávnor
Felkway
Shelieth
Sattins
Vemish
Brejo de Way
O-tokne
Ilien
Venway
Porto de Mish
Yor
Rota do Perigo
Vissti
Leng
Innran Exterior
O Extremo Leste
Sneg
Kamery
Porto de O
Barreiras de Uny
Ismay
Alta Toly
O Mar Cercado
Tok
Iffish
Koppish
Korp
Holp
Insmer
Uny
Kopp
Apso
As Seletes
Sowl
Namien
Rola-meny
Soders
Misk
Set
Dunnel
Ventania
Pelimer
Wasny
Gosk
Os Grandes Baixios do Sul
Kornay
Ilha do Ouvido
Astowell

SUMÁRIO

1. GUERREIROS NA NÉVOA 13
2. SOMBRA 27
3. A ESCOLA DE FEITICEIROS 43
4. A LIBERTAÇÃO DA SOMBRA 63
5. O DRAGÃO DE PENDOR 85
6. CAÇADO 104
7. O VOO DO FALCÃO 119
8. CAÇA 141
9. IFFISH 159
10. O MAR ABERTO 174
POSFÁCIO 193
A DESCOBERTA DE TERRAMAR 199

APENAS NO SILÊNCIO A PALAVRA,
APENAS NAS TREVAS A LUZ,
APENAS NA MORTE VIDA:
O VOO DO FALCÃO RELUZ
NO CÉU LÍMPIDO.

— *A CRIAÇÃO DE ÉA*

CAPÍTULO I

GUERREIROS NA NÉVOA

A ilha de Gont, uma montanha solitária que se eleva 1,6 mil metros acima do tempestuoso Mar Nordeste, é uma terra famosa por seus feiticeiros. Muitos gonteses deixaram os povoados no alto de seus vales e os portos de suas baías estreitas e escuras para trabalhar como feiticeiros ou magos a serviço dos Senhores do Arquipélago ou para se aventurar de ilha em ilha, perambular e fazer magia por todo Terramar. De todos eles, dizem que o mais notável, e com certeza o que mais viajou, foi um homem chamado Gavião, que em sua época se tornou Senhor dos Dragões e arquimago. Sua vida é contada na *Saga de Ged* e em muitas canções, mas esta é a história do tempo que antecede a fama dele, antes de as canções serem criadas.

Ele nasceu em uma aldeia remota chamada Dez Amieiros, na parte alta da montanha que fica na embocadura do Vale do Norte. Abaixo da aldeia, as pastagens e os campos arados do vale descem, em planos cada vez mais baixos, rumo ao mar, e outras aldeias situam-se ao longo das curvas do rio Ar; acima dela, apenas a floresta que se eleva pelas cristas cada vez mais altas até a pedra e a neve do topo.

O nome que ele recebeu quando criança, Duny, foi-lhe dado pela mãe; o nome e a vida foram tudo que ela pôde lhe dar, pois morreu antes que ele completasse um ano de idade. O pai, o forjador de bronze da aldeia, era um homem austero e silencioso, e como os seis irmãos de Duny eram muitos anos mais velhos do que ele e partiram, um a um, para arar a terra, navegar o mar ou trabalhar como ferreiros em outros povoados do Vale do Norte, não houve ninguém para criar o menino com ternura. Ele cresceu selvagem, uma erva viçosa, um garoto alto, ligeiro, barulhento, orgulhoso e temperamental. Com as poucas outras crianças da aldeia, ele pastoreava cabras nos prados íngremes acima das nascentes dos rios; e quando ficou forte o suficiente para empurrar e puxar as longas pás do fole, seu pai o fez trabalhar como aprendiz de ferreiro, sob golpes e chicotadas. Não havia muito trabalho a ser extraído de Duny. Ele estava sempre desligado e distante; vagando nas profundezas da floresta, nadando nas lagoas do rio Ar que, como todos os rios gonteses, tem águas rápidas e frias, ou escalando penhascos e escarpas que ficavam acima da floresta e de onde ele podia ver o mar, aquela vasta porção do oceano do Norte onde, para além de Perregal, não há ilhas.

Uma irmã de sua falecida mãe morava na aldeia. Ela fizera tudo que fora necessário por ele quando Duny era um bebê, mas ela tinha a própria vida e, assim que ele pôde cuidar de si, ela não lhe deu mais atenção. Um dia, porém, quando o menino tinha sete anos, sem ter sido instruído e sem saber nada sobre as artes e os poderes que existem no mundo, ele ouviu a tia gritar palavras para uma cabra que havia saltado no telhado de palha de uma cabana e não queria descer, mas que saltou dali assim que escutou os versos rimados. No dia seguinte, pastoreando as cabras de pelos compridos nos prados da Catarata Alta, Duny gritou as palavras que ouvira, sem conhecer sua utilidade ou significado nem que tipo de palavras eram:

Noth hierth malk man
hiolk han merth han!

Ele berrou a rima, e as cabras foram até ele. Aproximaram-se muito depressa, todas juntas, sem fazer barulho. E o observaram pela fenda escura em seus olhos amarelos.

Duny riu e gritou novamente a rima que lhe dava poderes sobre as cabras. Elas se aproximaram mais, aglomerando-se e empurrando umas às outras em volta dele. De repente, ele sentiu medo dos chifres grossos e estriados, dos olhos estranhos e do estranho silêncio delas. Tentou se desvencilhar e correr. As cabras correram junto, mantendo-se em volta dele como um nó, e depois se precipitaram para dentro da aldeia, amontoadas como se uma corda as amarrasse; no meio delas, o menino chorava e urrava. Habitantes da aldeia saíram correndo das casas para xingar as cabras e rir do menino. Entre eles estava sua tia, que não riu. Ela disse uma palavra para as cabras e os animais começaram a balir, pastar e vagar, livres do feitiço.

— Venha comigo — falou para Duny.

Ela o levou até a cabana onde morava sozinha. Normalmente, não deixava crianças entrarem ali, e as crianças temiam o lugar. Era uma cabana baixa e escura, sem janelas, com o cheiro das ervas que secavam penduradas em um barrote do telhado: hortelã, alho-dourado, tomilho, mil-folhas, rushuáche, paramal, folha-do-rei, pata-de-vaca, erva-lombrigueira e louro. A tia se sentou ali, de pernas cruzadas, perto da fogueira e, com um olhar de soslaio para o menino, sob os cabelos pretos emaranhados, perguntou o que ele tinha dito às cabras e se ele sabia o que era a rima. Quando descobriu que, mesmo sem saber de nada, o menino havia enfeitiçado as cabras para se aproximarem dele e segui-lo, ela percebeu que ele devia ter em si os requisitos do poder.

Como filho de sua irmã, ele não representara nada, mas naquele momento ela o via com outros olhos. Ela o elogiou e disse que poderia lhe ensinar rimas que o agradariam mais, como as palavras que fazem o caracol olhar fora da concha, ou o nome para fazer um falcão descer do céu.

— Sim, me ensine esse nome! — disse ele, deixando claro o susto que as cabras lhe deram e inflando-se com os elogios da tia à sua esperteza.

A bruxa disse a ele:

— Se eu ensinar, você nunca pode contar essa palavra para as outras crianças.

— Prometo.

Ela sorriu diante da pronta ignorância dele.

— Muito bem. Mas vou atrelar você à sua promessa. Sua língua só vai se mexer quando eu a soltar e, mesmo assim, quando puder falar, não será capaz de dizer a palavra que vou ensinar se houver alguém ouvindo. Devemos guardar os segredos do nosso ofício.

— Tudo bem — concordou o menino, que não tinha nenhuma vontade de contar o segredo aos colegas, pois gostava de saber e fazer o que eles não sabiam e não conseguiam.

Ele ficou sentado, quieto, enquanto a tia amarrou para trás o cabelo despenteado, deu um nó no cinto do vestido e se sentou de pernas cruzadas outra vez, atirando punhados de folhas na fogueira, de modo que uma fumaça se espalhou e encheu a escuridão da cabana. Ela começou a cantar. Às vezes, sua voz ficava mais alta ou mais baixa, como se outra voz cantasse através dela, e o canto continuou até o menino não saber mais se estava acordado ou dormindo, e durante todo esse tempo o velho cachorro preto da bruxa, que nunca latia, ficou sentado ao lado dele, com os olhos vermelhos por causa da fumaça. Depois disso, a bruxa falou com Duny em uma língua que ele não entendia e o fez repetir com ela certas rimas e palavras até que o encantamento o atingiu e o manteve imóvel.

— Fale! — ordenou ela, para testar o feitiço.

O menino não conseguiu falar, mas riu.

Nesse momento, a tia ficou com um pouco de medo da força dele, pois aquele era um dos feitiços mais poderosos que ela sabia compor: tentara não apenas obter o controle da fala e do silêncio do menino, mas, ao mesmo tempo, obrigá-lo a servi-la na arte da feitiçaria. E, mesmo assim, quando amarrado pelo feitiço, ele riu. Ela não disse nada. Jogou água limpa no fogo até que a fumaça se dissipasse e deu água ao menino. Quando o ar estava desanuviado e ele conseguiu falar novamente, ela lhe ensinou o verdadeiro nome do falcão, ao qual o falcão deveria atender.

Esse foi o primeiro passo de Duny no caminho que ele seguiria por toda a vida, o caminho da magia, o caminho que, por fim, levou-o a caçar uma sombra por terra e por mar até as orlas tenebrosas do reino da morte. Mas, durante aqueles primeiros passos, o caminho pareceu uma estrada ampla e iluminada.

Ao perceber que os falcões selvagens desciam até ele, deixando de voar ao vento quando os chamava pelo nome e pousando em seu pulso em um estrondo de asas, como as aves de caça de um príncipe, ele ansiou por saber outros desses nomes e foi até a tia implorar para aprender a chamar o gavião, a águia, a águia-pesqueira. Para merecer as palavras de poder, ele fazia tudo o que a bruxa lhe pedia e aprendia tudo o que ela ensinava, embora nem sempre fazer ou aprender algo fosse divertido. Há um ditado em Gont: "fraco como magia de mulher", e há outro que diz "perverso como magia de mulher". Bem, a bruxa de Dez Amieiros não era uma ocultista de práticas maléficas, nem jamais se intrometeu nas artes eruditas ou na circulação dos Antigos Poderes; mas sendo uma mulher ignorante entre gente ignorante, muitas vezes usava seus ofícios para fins tolos e duvidosos. Ela não sabia nada a respeito de Equilíbrio e Padrão, coisas que um verdadeiro feiticeiro conhece e executa, e que o impedem de usar seus feitiços, a menos que uma necessidade real o exija. Ela tinha um feitiço para cada situação e sempre compunha encantos. Muitos dos ensinamentos eram meras futilidades e trapaças, e ela não sabia diferenciar os feitiços verdadeiros dos falsos. Conhecia muitas maldições e talvez fosse melhor em provocar doenças do que em curá-las. Como qualquer bruxa de aldeia, ela conseguia preparar uma poção do amor, mas havia outras poções, mais terríveis, que fazia para servir ao ciúme e ódio dos homens. Porém, essas eram práticas que escondia do jovem aprendiz e, na medida do possível, só ensinou a ele o ofício honesto.

A princípio, todo o prazer que a arte da magia lhe conferia, como a criança que era, vinha do poder adquirido sobre as aves e os animais, bem como do conhecimento sobre eles. E, na verdade, esse prazer o acompanhou por toda a vida. Vendo-o nas pastagens mais elevadas, muitas vezes com uma ave de rapina por perto, as outras crianças o apelidaram de Gavião, e foi assim que ele passou a ser conhecido pelo apelido que usou pelo resto da vida, quando seu verdadeiro nome não era conhecido.

Embora a bruxa seguisse falando a respeito da glória, das riquezas e do grande poder que um ocultista poderia obter sobre as pessoas, ele se propôs a aprender ensinamentos mais úteis. E aprendia rápido. A bruxa o elogiava e as crianças da aldeia começaram a temê-lo, e ele mesmo tinha certeza de que muito em breve se tornaria grande entre as pessoas. Assim, de palavra em palavra, de feitiço em feitiço, ele seguiu com a bruxa até os doze anos, aprendendo grande parte do que ela sabia: não muito, mas o suficiente para a bruxa de uma aldeia pequena, e mais do que o suficiente para um menino de doze anos. Ela transmitiu-lhe todo o conhecimento sobre ervas e cura, e tudo o que sabia sobre os ofícios de descoberta, amarração, reparo, desobstrução e revelação. O que sabia sobre histórias cantadas e as grandes sagas, ela cantou para ele, e todas as palavras da Língua Verdadeira que aprendeu com o ocultista que a ensinara, ela transmitiu a Duny. Com manipuladores do clima e prestidigitadores errantes que iam de povoado em povoado pelo Vale do Norte e pela Floresta do Leste, ele aprendeu vários truques e jogos, os feitiços da Ilusão. Foi com um desses feitiços triviais que experimentou pela primeira vez o grande poder que trazia em si.

Naquela época, o Império Kargad era forte. As quatro grandes terras entre os Extremos Norte e Leste que o constituem são: Karego-At, Atuan, Hur-at-Hur e Atnini. A língua falada ali não se assemelha a nenhuma falada no Arquipélago ou nos outros Extremos, e nas terras há uma população selvagem e feroz, de pele branca e cabelos amarelos, que gosta de ver sangue e sentir o cheiro de povoados em chamas. No ano anterior, eles tinham atacado com grande força as Ilhas Torikles e a forte ilha de Torheven, usando frotas de navios com velas vermelhas. As notícias sobre os acontecimentos chegaram a Gont, ao norte, mas os Senhores de Gont estavam ocupados em atos de pirataria e prestavam pouca atenção às desgraças de outras terras. Então, Spevy caiu nas mãos dos kargs e foi saqueada e devastada; a população foi escravizada e até hoje o lugar é uma ilha em ruínas. Em seguida, na ânsia da conquista, os kargs navegaram rumo a Gont, chegando com uma esquadra de trinta grandes drácares até o Porto Leste. Lutaram por todo o povoado, tomaram-no, incendiaram-no; deixaram os navios vigiados na embocadura do rio Ar, subiram as encostas do vale destruindo e saqueando, dizimando rebanhos e pessoas. À medida que avançavam, se dividiam em grupos e roubavam o que queriam. Fugitivos levaram o alerta às aldeias mais altas. A população de Dez Amieiros logo percebeu a fumaça que escurecia o céu ao leste e, naquela noite, aqueles que escalaram a Catarata Alta avistaram o vale todo enuviado, raiado de vermelho pelos focos de fogo onde os campos preparados para a colheita haviam sido incendiados; os pomares ardiam, as frutas queimavam nos galhos flamejantes, celeiros e casas estavam incinerados, em ruínas.

Algumas pessoas da aldeia fugiram pelas ravinas e se esconderam na floresta, outras se prepararam para lutar por sua vida, outras, ainda, não fizeram nada além de permanecer nas redondezas, lamentando. A bruxa foi uma das que fugiram; escondeu-se sozinha em uma caverna na Escarpa de Kapperding, lacrando a entrada da caverna com feitiços. O pai de Duny, o forjador de bronze, foi um dos que ficaram, pois não quis abandonar o tanque de fundição e a forja onde havia trabalhado por cinquenta anos. Durante toda a noite, ele se esforçou para transformar o metal pronto que tinha ali em pontas de lança, e outros trabalharam ao lado dele, amarrando-as a cabos de enxadas e ancinhos, pois não havia tempo para fazer os encaixes adequados. Não havia armas na aldeia, exceto arcos de caça e facas curtas, pois o povo das montanhas de Gont não é bélico e nem é famoso por seus guerreiros, mas sim por seus ladrões de cabras, piratas e feiticeiros.

Com a aurora veio uma névoa branca e densa, como em muitas manhãs de outono nas partes mais elevadas da ilha. Entre as cabanas e casas da rua acidentada de Dez Amieiros, os aldeões aguardavam, segurando os arcos de caça e as lanças recém-forjadas, sem saber se os kargs se encontravam longe ou perto; estavam todos em silêncio, espiando pela névoa que escondia de seus olhos as formas, as distâncias e os perigos.

Duny estava com eles. Trabalhara a noite toda no fole da forja, empurrando e puxando os dois lados da pele de cabra que atiçavam o fogo com uma rajada de ar. Os braços doíam e tremiam tanto devido ao trabalho que ele mal conseguia segurar a lança que escolhera. Não sabia como poderia lutar e ser útil a si mesmo e aos aldeões. Pesava no peito a ideia de que morreria na ponta de uma lança karginesa ainda menino: que entraria na terra das trevas sem nunca ter conhecido o próprio nome, seu verdadeiro nome de homem. Ele baixou os olhos para seus braços magros, molhados pelo orvalho da névoa fria, e ficou furioso diante da fraqueza, pois conhecia a própria força. Havia poder nele, se soubesse como usá-lo, e ele tentou encontrar, em todos os feitiços que conhecia, algum artifício que pudesse dar a ele e a seus companheiros uma vantagem, ou pelo menos uma chance. Mas a necessidade por si só não é suficiente para libertar o poder: é preciso que haja conhecimento.

A neblina se dissolvia naquele momento sob o calor do sol que brilhava acima do pico, em um céu descoberto e iluminado. Quando a névoa se dissipou e se dividiu em grandes depósitos e filetes de fumaça, as pessoas da aldeia avistaram um grupo de guerreiros subindo a montanha. Usavam armaduras: capacetes e caneleiras de bronze, peitorais de couro pesado e escudos de madeira e bronze; e vinham armados com espadas e as longas lanças karginesas. Subindo pelas margens íngremes do Ar, formavam uma fila esparsa e tilintante de plumas, e chegaram perto o suficiente para que seus rostos brancos pudessem ser vistos e as palavras de seu jargão fossem ouvidas quando gritavam uns para os outros. Nesse grupo do exército invasor havia cerca de cem homens, o que não é muito; mas a aldeia tinha apenas dezoito homens e meninos.

Então, a necessidade evocava o conhecimento: Duny, vendo a neblina ser carregada pelo vento e se afastar do caminho dos kargs, enxergou um feitiço que poderia ser útil. Um velho manipulador do clima do vale, na tentativa de conquistar o menino como aprendiz, ensinara-lhe vários encantos. Um dos truques era chamado tecedura de neblina, um feitiço de amarração que unia as névoas temporariamente em um só lugar; com isso, alguém com habilidades ilusionistas poderia moldar em névoa belas figuras fantasmagóricas, que duravam algum tempo e desapareciam. O menino não possuía essa habilidade, mas sua intenção era diferente, e ele tinha força para usar o feitiço para fins próprios. Depressa e em voz alta ele nomeou lugares e limites da aldeia, e então pronunciou o encanto de tecedura de névoa, mas em meio às palavras enlaçou as do feitiço de ocultação e, por fim, bradou a palavra que fazia a magia funcionar.

No momento em que fez isso, seu pai veio por trás e o atingiu com força na lateral da cabeça, derrubando-o no chão.

— Fique quieto, idiota! Cale a matraca dessa boca e se esconda se não puder lutar!

Duny se levantou. Ele ouvia os kargs na extremidade da aldeia, tão perto quanto o grande teixo no quintal do curtidor de couro. As vozes, o tilintar e o rangido das couraças e armaduras eram claros, mas não podiam ser vistos. A neblina havia se fechado e adensado sobre toda a aldeia, tornando a luz acinzentada e escurecendo o mundo de modo que mal se conseguia enxergar um palmo na frente do nariz.

— Eu escondi todos nós — respondeu Duny, ressentido, pois sua cabeça doía por causa do golpe do pai, e a execução do encantamento duplo esgotara suas forças. — Vou manter a neblina enquanto conseguir. Pegue os outros e vá com eles para a Catarata Alta.

O forjador olhou para o filho, que parecia um espectro naquela névoa úmida e estranha. Demorou um minuto para compreender o que Duny queria dizer, mas quando entendeu, correu imediatamente, sem fazer barulho, pois conhecia cada cerca e canto da aldeia, para encontrar os outros e dizer-lhes o que fazer. Em meio à névoa cinzenta surgiu uma mancha vermelha quando os kargs incendiaram o telhado de uma casa. Mesmo assim, eles não subiram até a aldeia; ficaram aos pés dela, esperando que a névoa subisse e deixasse à vista as pilhagens e as presas.

O curtidor de couro, cuja casa fora incendiada, mandou dois meninos passarem bem abaixo do nariz dos kargs, provocando, berrando e desaparecendo em seguida como fumaça na fumaça. Enquanto isso, os homens mais velhos, rastejando por atrás de cercas e correndo de casa em casa, se aproximaram pelo lado oposto e atiraram uma saraivada de flechas e lanças contra os guerreiros, que estavam todos agrupados. Um karg caiu, se contorcendo, seu corpo atravessado por uma lança ainda quente da forja. Outros foram acertados por flechas e todos ficaram furiosos. Então, avançaram para abater os insignificantes agressores, mas encontraram apenas uma neblina, repleta de vozes, ao redor. Seguiram as vozes, avançando na névoa com as grandes lanças emplumadas e manchadas de sangue. Subiram toda a extensão da rua aos gritos e nunca souberam que haviam atravessado toda a aldeia, pois as cabanas e casas vazias emergiam e desapareciam na neblina cinzenta e agitada. Os aldeões corriam e se dispersavam; a maioria deles se mantinha bem à frente, pois conheciam o terreno; mas alguns, meninos ou velhos, eram lentos. Ao tropeçar neles, os kargs atiravam as lanças ou cortavam o ar com as espadas, brandindo o grito de guerra e os nomes dos Irmãos-Deuses Brancos de Atuan:

— Wuluah! Atwah!

Alguns membros do grupo pararam ao sentir a terra ficar áspera sob os pés, mas outros seguiram em frente, procurando a aldeia fantasma, seguindo formas indistintas e bruxuleantes que lhes escapavam do alcance. A névoa inteira ganhava vida com essas formas efêmeras, esquivando-se, tremulando e desvanecendo por todos os lados. Um grupo de kargs correu atrás dos espectros até a Catarata Alta, à beira do penhasco acima das nascentes do Ar; as formas que eles perseguiam evaporaram e desapareceram na névoa, enquanto os perseguidores caíram, gritando em meio à neblina e ao sol repentino, de uma altura de trinta metros, nas lagoas rasas entre as rochas. Os que vieram depois não caíram, mas ficaram parados à beira do penhasco, ouvindo.

Nesse instante, o pavor invadiu o coração dos kargs e eles começaram a procurar uns aos outros na névoa, não mais aos aldeões. Reuniram-se na encosta, mas sempre havia espectros e formas fantasmagóricas entre eles, além de outras formas que corriam e os apunhalavam pelas costas com lanças e facas, antes de desaparecer novamente. Os kargs começaram a correr, todos eles, morro abaixo, cambaleantes, calados, até que, de repente, livrando-se da névoa cinzenta e ofuscante, viram o rio e as ravinas ao pé da aldeia, vazias e cintilantes ao sol da manhã. Pararam, se juntaram e olharam para trás. Uma agitada muralha cinza se estendia, pálida, pelo caminho, e escondia tudo o que havia atrás dela. Dali saíram dois ou três soldados atrasados, avançando e cambaleando, com as longas lanças balançando sobre os ombros. Nenhum karg olhou para trás mais do que uma vez. Todos fugiram, às pressas, do lugar encantado.

Mais abaixo, no Vale do Norte, os guerreiros saciaram a sede de luta. De Ovark até a costa, os povoados da Floresta do Leste reuniram seus homens e os enviaram para combater os invasores de Gont. Eles desceram das colinas em grupos e naquele dia e no seguinte os kargs foram perseguidos até voltarem às praias do Porto Leste, onde encontraram seus navios incendiados; então, todos eles morreram em combate de costas para o mar, e as areias da foz do Ar ficaram marrons de sangue até a maré subir.

Mas naquela manhã, na aldeia de Dez Amieiros e na Catarata Alta, a neblina cinzenta e úmida se demorou um pouco e depois, de repente, foi carregada pelo vento, se espalhou e se dissipou. Um ou outro homem permaneceu parado na luminosidade e no vento da manhã, olhando ao redor, espantado. Ali jazia um karg morto, de longos cabelos amarelos soltos e ensanguentados; mais adiante jazia o curtidor de couro da aldeia, morto em batalha como um rei.

Na aldeia, a casa que fora incendiada ainda ardia. Eles correram para apagar o fogo, pois a batalha havia sido ganha. Na rua, perto do grande teixo, encontraram Duny, o filho do forjador de bronze, parado, sozinho, sem ferimentos, mas mudo e estático como se estivesse em choque. Todos sabiam o que ele tinha feito; levaram-no para a casa de seu pai e foram chamar a bruxa para que ela descesse da caverna e curasse o garoto que salvara a vida e as propriedades de todos, todos menos os quatro que foram mortos pelos kargs e a casa que fora queimada.

Nenhum ferimento fora causado ao menino pelas armas, mas ele não falava, não comia nem dormia; parecia não ouvir o que lhe diziam, não enxergar quem vinha visitá-lo. Não havia na região nenhum feiticeiro capaz de curar o que o afligia. A tia disse:

— Ele gastou muito de seu poder. — Mas ela não dominava a arte que o ajudaria.

Enquanto ele permanecia deitado, sombrio e calado, a história do rapaz que tecera a neblina e assustara os esgrimistas kargineses com uma confusão de sombras foi contada por toda parte, do Vale do Norte à Floresta Leste, do alto da montanha até o Grande Porto de Gont. Então, no quinto dia após o massacre na foz do Ar, um desconhecido chegou à aldeia de Dez Amieiros, um homem nem jovem nem velho, que veio vestido com um manto e de cabeça descoberta, carregando com serenidade um grande cajado de carvalho quase de sua altura. Ele não veio subindo pelas margens do Ar, como a maioria das pessoas, mas as desceu, saindo das florestas na encosta mais alta da montanha. As donas de casa da aldeia logo viram que era um feiticeiro, e quando ele lhes contou que era um curandeiro, elas imediatamente o levaram à casa do forjador. Após mandar todos saírem, exceto o pai e a tia do menino, o desconhecido curvou-se sobre a cama onde Duny estava deitado, olhando para a escuridão, e não fez mais do que colocar a mão na testa do menino e tocar os lábios dele uma única vez.

Devagar, Duny sentou-se, fitando ao redor. Em pouco tempo, falou e começou a recuperar a força e a fome. Ele recebeu algo para beber e comer e deitou-se novamente, sempre observando o desconhecido com olhos sombrios, maravilhados.

O forjador de bronze disse ao desconhecido:

— O senhor não é um homem comum.

— Como este menino não será um homem comum — respondeu o outro. — A história de sua saga com a neblina chegou a Re Albi, que é minha terra natal. Vim até aqui para revelar o nome dele se, como dizem, ele ainda não fez sua passagem para a idade adulta.

A bruxa sussurrou para o forjador:

— Irmão, este com certeza deve ser o mago de Re Albi, Ogion, o Silencioso, aquele que domou o terremoto...

— Senhor — disse o forjador de bronze, que não deixava um grande nome intimidá-lo —, meu filho fará treze anos neste mês, mas pensamos em realizar sua passagem na festa do Regresso do Sol, no inverno.

— Permita que ele seja nomeado o mais rápido possível — disse o mago —, pois ele precisa do nome. Tenho outros negócios agora, mas voltarei aqui no dia que o senhor definir. Se achar conveniente, levo-o comigo depois disso. E, se ele se mostrar apto, mantenho-o como aprendiz, ou providencio para que seja educado de acordo com seus dons. É perigoso manter sombria a mente de um mago nato.

Ogion falou de forma muito gentil, mas com tanta certeza que até o forjador cabeça-dura concordou com tudo o que ele disse.

No dia em que o menino fez treze anos, um dia esplendoroso do início do outono, quando folhas viçosas ainda estão nas árvores, Ogion voltou à aldeia, vindo de suas perambulações pela Montanha de Gont, e a cerimônia da Passagem foi realizada. A bruxa tirou do menino o nome Duny, o nome que sua mãe dera a ele quando bebê. Sem nome e nu, ele caminhou para as nascentes frias do Ar, onde o rio emerge das rochas aos pés dos penhascos altos. Quando entrou na água, nuvens d'água cruzaram a face do sol e grandes sombras deslizaram e se misturaram na superfície da lagoa que o cercava. Ele foi até a margem oposta, tremendo de frio, mas caminhando devagar, com a postura ereta, como deveria ser, pela água gélida, viva. Quando chegou à margem, Ogion, que o esperava, estendeu-lhe a mão, agarrou o braço do menino e sussurrou para ele seu verdadeiro nome: Ged.

Assim, seu nome lhe foi dado por alguém muito sábio no uso do próprio poder.

A festa estava longe de acabar, e todos os aldeões se divertiam com a comida farta e a cerveja enquanto um cantor vindo do fundo do Vale cantava a *Saga dos Senhores dos Dragões*, quando o mago disse a Ged, com sua voz profunda:

— Venha, rapaz. Dê adeus ao seu povo e deixe-os festejar.

Ged foi buscar o que tinha para levar, que era a boa faca de bronze forjada por seu pai e um casaco de couro que a viúva do curtidor ajustara ao seu tamanho, além de um cajado de amieiro que a tia lhe fizera: isso era tudo que possuía, além da camisa e das calças. Ele disse adeus a todas as pessoas que conhecia no mundo todo e percorreu com os olhos uma única vez a aldeia que se estendia e se debruçava ali, sob os penhascos e sobre as nascentes do rio. Depois, partiu com o novo mestre, atravessando as florestas íngremes e inclinadas da montanha, em meio às folhas e às sombras do outono luminoso.

CAPÍTULO 2
SOMBRA

Ged pensou que, como aprendiz de um grande mago, adentraria, de imediato, os mistérios e a maestria do poder. Ele compreenderia a língua dos animais e a língua das folhas da floresta, pensou, influenciaria os ventos com sua palavra e aprenderia a se transformar em qualquer forma que desejasse. Talvez ele e seu mestre corressem juntos como veados ou sobrevoassem a montanha de Re Albi em asas de águia.

Mas não foi assim. Eles vagaram, primeiro até o Vale e, depois, gradualmente, para o sul e o oeste, circundando a montanha, pernoitando em pequenas aldeias ou na natureza selvagem, como se fossem ocultistas pobres contratados por empreitada, ou funileiros, ou pedintes. Não adentraram nenhum domínio misterioso. Nada aconteceu. O cajado de carvalho do mago, que no início Ged observara com um pavor ansioso, não passava de um robusto cajado de caminhada. Três dias, quatro dias se passaram e Ogion ainda não havia proferido um único encanto que Ged pudesse ouvir e não lhe ensinara um único nome, runa ou feitiço.

Embora muito calado, ele era um homem tão moderado e calmo que Ged logo perdeu o temor e, em mais um ou dois dias, foi ousado o suficiente para perguntar ao mestre:

— Quando começa meu aprendizado, senhor?

— Já começou — respondeu Ogion.

Fez-se um silêncio, como se Ged estivesse se segurando para não dizer algo. Então, ele o disse:

— Mas ainda não aprendi nada!

— Porque não descobriu o que estou ensinando — respondeu o mago, prosseguindo em suas longas passadas de ritmo constante pela estrada, na passagem mais alta entre Ovark e Wiss. Ele era um homem de pele escura, como a maioria dos gonteses: marrom-escuro acobreado, cabelos grisalhos, esguio e robusto como um cão de caça, incansável. Raramente falava, comia pouco, dormia menos ainda. Seus olhos e ouvidos eram muito aguçados e quase sempre trazia no rosto o olhar de quem escuta com atenção.

Ged não respondeu. Nem sempre é fácil responder a um mago.

— Você quer executar feitiços — afirmou Ogion logo em seguida, caminhando a passos largos. — Tirou muita água desse poço. Espere. Maturidade é paciência. Maestria é paciência multiplicada por nove. Que erva é aquela no caminho?

— Sempre-viva.

— E aquela outra?

— Não sei.

— Chamam de quadrifólio. — Ogion havia parado, a extremidade de cobre do cajado ao lado da minúscula erva; então, Ged olhou atentamente para a planta, arrancou dela uma vagem seca e, por fim, perguntou, já que Ogion não disse mais nada:

— Qual é a utilidade dela, mestre?

— Que eu saiba, nenhuma.

Ged segurou a vagem por um tempo enquanto avançavam, depois jogou-a fora.

— Quando você reconhecer o quadrifólio em todas as estações, raiz, folha e flor, pela visão, pelo cheiro e pela semente, poderá aprender o verdadeiro nome dele a partir do conhecimento do ser: isso é mais do que a utilidade. Afinal, qual é a *sua* utilidade? Ou a minha? A Montanha de Gont é útil, ou o Mar Aberto? — Ogion caminhou cerca de oitocentos metros e disse, por fim: — Para ouvir, é preciso ficar em silêncio.

O menino franziu a testa. Ele não gostava que o fizessem se sentir um tolo. Reprimiu o ressentimento e a impaciência e tentou ser obediente, para que Ogion finalmente consentisse em lhe ensinar algo. Pois o garoto tinha fome de aprender, de obter poder. No entanto, começava a parecer que poderia ter aprendido mais se caminhasse com qualquer pessoa encarregada de colher ervas ou ocultista de aldeia, e à medida que contornavam a montanha rumo ao oeste, passando pelas florestas solitárias depois de Wiss, ele se perguntava qual era a grandeza e a magia do grande mago Ogion. Pois, quando começou a chover, Ogion nem mesmo disse o feitiço que qualquer manipulador do clima conhece para tirar a tempestade do caminho. Em uma terra onde ocultistas são abundantes, como Gont ou as Enlades, pode-se ver uma nuvem carregada vagando lentamente de um lado para o outro e de um lugar para outro enquanto um feitiço a empurra adiante, até que ela é enfim lançada sobre o mar, onde pode derramar a chuva em paz. Mas Ogion deixou a chuva cair à vontade. Procurou um abeto frondoso e se deitou sob ele. Ged se agachou entre os arbustos gotejantes, ensopado e mal-humorado, se perguntando de que adiantava ter poder se você era sábio demais para usá-lo, e desejou ter se tornado aprendiz daquele velho manipulador do clima do Vale, onde poderia, ao menos, ter dormido seco. Ele não disse nenhum de seus pensamentos em voz alta. Não falou uma palavra. O mestre sorriu e adormeceu na chuva.

Quase na época do Regresso do Sol, quando as primeiras nevascas começaram a cair nos picos de Gont, eles chegaram a Re Albi, a terra natal de Ogion, um povoado à beira das rochas altas de Overfell cujo nome significa Ninho do Falcão. Dali pode-se avistar muito além do porto profundo e das torres do Porto de Gont, e os navios que entram e saem pelo canal da baía entre os Penhascos Bracejados, e muito a oeste, além do mar, podem-se distinguir as colinas azuis de Oranea, a leste das Ilhas Centrais.

A casa do mago, embora fosse uma construção grande e sólida de madeira, com lareira e chaminé em vez de uma fogueira, era como as cabanas da vila de Dez Amieiros: um cômodo só, com um galpão lateral para as cabras. Havia uma espécie de alcova na parede oeste da sala, onde Ged dormia. Sobre o catre ficava uma janela que dava para o mar, mas na maioria das vezes as venezianas ficavam fechadas por causa dos fortes ventos que sopravam durante todo o inverno, tanto do oeste como do norte. Ged passou o inverno no calor sombrio daquela casa, escutando as lufadas de chuva e vento do lado de fora ou o silêncio da neve, e aprendendo a ler e escrever as Seiscentas Runas Hárdicas. Ficou muito feliz por aprender esses ensinamentos, pois, sem eles, o ato de decorar encantos e feitiços não daria a ninguém a verdadeira maestria. A língua hárdica do Arquipélago, embora não traga em si mais poderes mágicos do que nenhuma outra língua humana, tem raízes na Língua Arcaica, aquela na qual as coisas são nomeadas com seus nomes verdadeiros; e o caminho para a compreensão dessa língua começa com as Runas que foram escritas quando as ilhas do mundo emergiram do mar.

Mesmo assim, nenhuma maravilha ou encantamento ocorreu. Durante todo o inverno, nada aconteceu, além das pesadas páginas do *Livro das Runas* sendo viradas e da chuva e da neve caindo; e Ogion chegava das perambulações pelas florestas geladas ou do cuidado com as cabras, batia a neve das botas e sentava-se em silêncio perto do fogo. E o silêncio prolongado e atento do mago enchia o cômodo e a mente de Ged, tanto que, às vezes, parecia que ele havia esquecido o som das palavras, e quando Ogion finalmente falava, era como se tivesse acabado de inventar, naquele instante e pela primeira vez, a fala. Ainda assim, as palavras que ele dizia não eram sobre grandes questões, mas apenas relacionadas a coisas simples: pão, água, clima e sono.

Quando a primavera chegou, repentina e radiante, Ogion costumava mandar Ged para colher ervas nos prados acima de Re Albi e lhe dizia para levar o tempo que quisesse, dando a ele liberdade para vagar o dia todo próximo aos riachos preenchidos pelas chuvas, na floresta e nos verdes prados úmidos ao sol. Ged sempre ia com prazer e ficava fora até o anoitecer, mas nunca se esquecia completamente das ervas. Ficava atento a elas enquanto escalava, perambulava, vagava e explorava e sempre levava algumas para casa. Ele chegou até um prado com dois riachos onde a flor chamada glória-branca crescia em abundância, e essas flores são raras e apreciadas pelos curandeiros. No dia seguinte, voltou lá. Alguém chegara antes dele, uma garota, que ele conhecia de vista como a filha do velho Senhor de Re Albi. Ele não teria falado com ela, mas ela se aproximou e o cumprimentou em tom amigável:

— Eu te conheço, você é o Gavião, discípulo do nosso mago. Queria que me falasse sobre feitiçaria!

Ele olhou para as flores brancas que roçavam a saia branca dela; no início, ficou tímido, taciturno e mal respondeu. Mas ela continuou falando, de modo tão aberto, despreocupado e obstinado que, aos poucos, o deixou à vontade. Ela era uma garota alta, quase da idade dele, muito pálida, de pele quase branca; a mãe dela, diziam na aldeia, era de Osskil ou alguma outra terra estrangeira. O cabelo dela caía longo e reto como uma cascata de águas pretas. Ged a achava muito feia, mas sentia um desejo de agradá-la, de ganhar sua admiração, o que tomava conta dele enquanto conversavam. Ela o fez contar toda a história do truque com a névoa que havia derrotado os guerreiros kargineses, e escutou como se estivesse maravilhada e admirada, mas não fez nenhum elogio. E logo mudou de rumo:

— Você consegue chamar as aves e os animais para virem até você? — perguntou ela.

— Consigo — respondeu Ged.

Ele sabia que havia um ninho de falcão nos penhascos acima daquele prado e invocou a ave pelo nome. O falcão veio, mas não quis pousar em seu pulso, sem dúvida desconcertado pela presença da garota. A ave gritou e bateu no ar as grandes asas listradas, subindo com o vento.

— Como você chama esse tipo de encanto que atraiu o falcão?

— Feitiço de Invocação.

— Você também pode chamar os espíritos dos mortos para virem até você?

Ele achou que ela estava zombando dele com a pergunta, porque o falcão não obedecera totalmente à invocação. Não deixaria que ela zombasse dele.

— Se eu quiser, posso — disse em voz calma.

— Não é muito difícil, muito perigoso, invocar um espírito?

— Difícil, sim. Perigoso? — Ele deu de ombros.

Desta vez, tinha quase certeza de que havia admiração nos olhos dela.

— Você pode fazer encantos amorosos?

— Isso não exige maestria.

— Verdade — concordou ela —, qualquer bruxa de aldeia pode fazer isso. Pode fazer feitiços de Transformação? Consegue mudar a própria forma, como fazem os feiticeiros, segundo dizem?

Mais uma vez, ele não tinha certeza de que ela não fazia a pergunta como zombaria. Então, mais uma vez respondeu:

— Se eu quiser, posso.

Ela começou a insistir para que ele se transformasse em qualquer coisa que desejasse: falcão, touro, fogo, árvore. Ele a dissuadiu com palavras curtas e reticentes, como as que seu mestre usava, mas não soube recusar diretamente quando ela tentou convencê-lo; além disso, não sabia se acreditava na própria imodéstia ou não. Ele a deixou sozinha, dizendo que seu mestre, o mago, o esperava em casa, e não voltou ao prado no dia seguinte. Mas no outro dia retornou, dizendo a si mesmo que deveria colher mais daquelas flores enquanto desabrochavam. A garota estava lá, e juntos ambos caminharam descalços pela relva pantanosa, arrancando grandes e grossas glórias-brancas. O sol da primavera brilhava e ela falava com ele tão alegremente quanto qualquer pastora de cabras da aldeia de onde ele vinha. Ela perguntou-lhe de novo sobre feitiçaria e ouviu de olhos arregalados tudo o que ele contava, de modo que ele começou a se gabar outra vez. Então, ela perguntou se ele não faria um feitiço de Transformação, e quando ele a dissuadiu, olhou-o, afastando os cabelos pretos do rosto, e disse:

— Você está com medo de fazer o feitiço?

— Não, não estou com medo.

Ela sorriu, com certo desdém, e falou:

— Talvez você seja jovem demais.

Ele não iria suportar aquilo. Não falou muito, mas decidiu que provaria a ela seu valor. Disse-lhe para voltar ao prado no dia seguinte, se ela quisesse, e então se despediu e voltou para casa enquanto o mestre ainda estava fora. Foi direto à estante e pegou os dois *Livros de Ensinamentos* que Ogion ainda não abrira em sua presença.

Ele procurou um feitiço de autotransformação, mas sendo lento na leitura das runas e mal entendendo o que lia, não conseguiu encontrar o que procurava. Aqueles livros eram muito antigos, Ogion os herdara do próprio mestre Heleth Farseer, e Heleth de seu mestre, o mago de Perregal, e assim fora desde a época dos mitos. A escrita era pequena e estranha, realçada e sobrescrita por muitas mãos, e todas aquelas mãos eram pó agora. No entanto, aqui e ali, Ged entendia algo do que tentava ler e, com as perguntas da garota e a zombaria dela sempre em mente, parou em uma página que trazia o feitiço de invocação dos espíritos dos mortos.

Enquanto lia, decifrando as runas e os símbolos um a um, foi tomado por horror. Seus olhos ficaram imóveis e ele só conseguiu erguê-los ao terminar de ler todo o feitiço.

Então, erguendo a cabeça, viu que estava escuro na casa. Ele estivera lendo sem luz alguma, na escuridão. E agora não conseguia distinguir as runas quando olhava para o livro. Mas o horror crescia dentro dele e parecia mantê-lo amarrado à cadeira. Ele estava com frio. Olhando por cima do ombro, viu algo que se encolhia junto à porta fechada, uma massa disforme de sombra, mais escura do que a escuridão. Aquilo parecia estender a mão para ele, e sussurrava, chamava-o em um sussurro, mas ele não conseguia entender as palavras.

A porta foi escancarada. Um homem entrou, com uma luz branca flamejando em volta dele, uma grande silhueta brilhante que falava em voz alta, de modo furioso e abrupto. A escuridão e os sussurros cessaram e se dispersaram.

O horror abandonou Ged, mas ele continuava morrendo de medo, pois era Ogion, o Mago, que estava na soleira da porta, cercado de luz, e o cajado de carvalho em sua mão queimava com um esplendor branco.

Sem dizer uma palavra, o mago passou por Ged, acendeu o lampião e guardou os livros na estante. Depois, virou-se para o menino e disse:

— Você nunca vai realizar esse feitiço sem colocar em perigo seu poder e sua vida. Foi por esse feitiço que abriu os livros?

— Não, mestre — murmurou o menino e, envergonhado, contou a Ogion o que estava procurando e por quê.

— Você não se lembra do que eu lhe disse, que a mãe daquela garota, a esposa do senhor, é uma encantadora?

Na verdade, Ogion dissera aquilo uma vez, mas Ged não prestara muita atenção, mesmo sabendo que Ogion nunca lhe dizia nada sem um bom motivo.

— A própria garota já é meio bruxa. Talvez a mãe a tenha mandado falar com você. Talvez ela tenha aberto o livro na página que você leu. Os poderes aos quais ela serve não são os poderes aos quais eu sirvo: não sei o que ela quer, mas sei que não quer meu bem. Ged, agora me escute. Você nunca pensou sobre como o perigo pode circundar o poder da mesma forma como a sombra envolve a luz? Essa feitiçaria não é um jogo que executamos por prazer ou aprovação. Pense nisso: cada palavra, cada ato de nossa Arte é dito e é feito para o bem ou para o mal. Antes de dizer ou fazer algo, você deve saber o preço que vai pagar!

Motivado pela vergonha, Ged gritou:

— Como vou saber essas coisas se você não me ensina nada? Desde que passei a morar com você, não fiz nada, não vi nada...

— Agora você viu... — disse o mago. — Junto à porta, na escuridão, quando entrei.

Ged ficou em silêncio.

Ogion se ajoelhou, arrumou a lenha na lareira e acendeu-a, pois a casa estava fria. Em seguida, ainda de joelhos, disse em sua voz calma:

— Ged, meu jovem falcão, você não é obrigado a ficar comigo ou a me servir. Não foi você quem veio até mim, eu fui até você. É muito jovem para fazer essa escolha, mas não posso fazê-la por você. Se quiser, o envio para a Ilha de Roke, onde todas as artes elevadas são ensinadas. Qualquer ofício que se comprometa a aprender, aprenderá, porque seu poder é grande. Ainda maior do que seu orgulho, espero. Eu o manteria comigo, pois o que tenho é o que lhe falta, mas não vou mantê-lo aqui contra sua vontade. Agora, escolha entre Re Albi e Roke.

Ged ficou emudecido, seu coração, desnorteado. Ele começara a amar aquele homem, Ogion, que o curara com um toque e que não tinha raiva: ele o amava, e não sabia disso até aquele instante. Olhou para o cajado de carvalho encostado no canto da chaminé, lembrando-se do esplendor com que aquilo queimara o mal que emergira da escuridão, e desejou ficar com Ogion, vagar pelas florestas com ele, por muito tempo e para muito longe, aprendendo a permanecer em silêncio. No entanto, havia outros desejos dentro de si que não seriam aplacados: o desejo de glória, a vontade de agir. A estrada de Ogion rumo à maestria parecia longa, uma lenta estrada secundária a ser seguida, sendo que Ged poderia ir navegando ao sabor dos ventos marítimos direto para o Mar Central, para a Ilha do Sábio, onde o ar cintilava de encantamentos e o arquimago caminhava em meio a maravilhas.

— Mestre — disse ele —, quero ir para Roke.

Assim, alguns dias depois, em uma manhã ensolarada de primavera, Ogion caminhou ao lado dele pela estrada íngreme que saía de Overfell por 25 quilômetros, até o Grande Porto de Gont. Lá, no pórtico entre dragões esculpidos, os guardas da cidade de Gont, vendo o mago, ajoelharam-se com as espadas desembainhadas e deram-lhe as boas-vindas. Eles o conheciam e o reverenciaram por ordem do príncipe e por vontade própria, pois dez anos antes Ogion salvara a cidade de um terremoto que teria derrubado as torres dos ricos e fechado o canal dos Penhascos Bracejados com uma avalanche. Ele falara à Montanha de Gont, apaziguando-a, e imobilizara os precipícios trêmulos de Overfell como se acalma um animal assustado. Ged tinha ouvido algumas histórias a respeito e agora, intrigado ao ver guardas armados se ajoelharem diante de seu tranquilo mestre, recordou-se delas. Quase com medo, ergueu os olhos para aquele homem que impedira um terremoto; mas o rosto de Ogion estava calmo como sempre.

Eles desceram para o cais, onde o capitão do porto veio depressa para receber Ogion e perguntar como poderia ajudá-lo. O mago explicou, e imediatamente o homem indicou um navio cujo destino era o Mar Central a bordo do qual Ged poderia embarcar como passageiro.

— Ou podem levá-lo como portador dos ventos — disse ele —, caso o menino possua essa habilidade. Eles não têm manipuladores de clima a bordo.

— Ele tem alguma habilidade com névoa e neblina, mas não com os ventos marítimos — explicou o mago, colocando a mão de leve no ombro de Ged. — Não tente nenhum truque com o mar e com os ventos marítimos, Gavião; você ainda é um homem da terra firme. Capitão, qual é o nome do navio?

— *Sombra*, das Ilhas Andrades, que deve chegar ao povoado de Hort com peles e marfins. Um bom navio, mestre Ogion.

O rosto do mago se fechou à menção do nome do navio, mas ele disse:

— Que seja. Entregue esta carta ao Guardião da Escola de Roke, Gavião. Que bons ventos o levem. Adeus!

Essa foi sua despedida. Ele se virou e, seguindo pela rua a passos largos, afastou-se do cais. Desamparado, Ged observou o mestre partir.

— Venha, rapaz — disse o capitão do porto, levando-o pela orla até o píer onde o *Sombra* se preparava para zarpar.

Pode parecer estranho que em uma ilha de oitenta quilômetros de largura, em uma aldeia aos pés de penhascos que olham fixamente para o mar desde sempre, uma criança possa chegar à idade adulta sem nunca ter subido em um barco ou molhado o dedo em água salgada, mas assim era. Agricultor, pastor de cabras e bovinos, caçador ou artesão, o homem da terra firme enxerga o oceano como um reino instável de sal, com o qual ele não tem nenhuma relação. A aldeia que fica a dois dias de caminhada da sua é terra estrangeira, a ilha a um dia de navegação da sua é um mero boato, as colinas enevoadas avistadas do outro lado do mar não são um solo firme como o que ele pisa.

Assim, para Ged, que nunca havia descido das alturas da montanha, o Porto de Gont era um lugar incrível e maravilhoso, as grandes casas e torres de pedras talhadas, a orla de píeres e docas, as bacias e os ancoradouros, o porto onde meia centena de barcos e galés balançavam ou eram içados e tombados para reparos ou destacavam-se na enseada, com velas arreadas e remos recolhidos; os marinheiros gritando em dialetos estranhos e os estivadores carregando fardos pesados entre barris, caixas, bobinas de cordas e pilhas de remos; os mercadores barbudos sob mantos de pele conversando baixinho enquanto se equilibravam nas pedras cobertas de limo acima da água;

os pescadores descarregando os peixes; os tanoeiros golpeando e os armadores martelando; os vendedores de mariscos cantando e os comandantes dos navios berrando. E, mais além, a baía silenciosa e cintilante. Com olhos, ouvidos e mente desnorteados, ele seguiu o capitão do porto até o imenso cais onde o *Sombra* estava atracado, e o capitão do porto o levou até o comandante do navio.

Poucas palavras foram ditas, e o comandante do navio concordou em levar Ged como passageiro até Roke, uma vez que fora um mago quem fizera o pedido; e o capitão do porto deixou o menino com ele. O comandante do *Sombra* era um homem grande e gordo, com um manto vermelho enfeitado com pele de pelauí, como os usados pelos mercadores andradenses. Ele nunca olhou para Ged, mas perguntou com uma voz poderosa:

— Você consegue manipular o clima, garoto?

— Consigo.

— Consegue trazer o vento?

Ele teve de responder que não, e diante disso o comandante lhe disse que encontrasse um lugar fora do caminho e permanecesse nele.

Os remadores estavam subindo a bordo naquele momento, pois o navio sairia para a enseada antes do anoitecer e navegaria com a vazante perto da aurora. Não havia nenhum lugar fora do caminho, mas Ged subiu o máximo que pôde na carga enfeixada, amarrada e coberta com couro na popa do navio e, agarrado ali, observou tudo o que se passava. Os remadores, homens robustos com braços enormes, saltaram a bordo enquanto os estivadores rolavam barris de água, esbravejando pelo cais, e os armazenavam sob os bancos dos remadores. O navio de constituição sólida descia sob o peso da carga, mas dançava um pouco com as ondas que quebravam na costa, pronto para partir. O timoneiro, então, assumiu seu posto à direita do cadaste, olhando para o comandante do navio, que estava em uma prancha colocada na junção entre a quilha e a proa, que fora entalhada com a Velha Serpente de Andrad. O comandante bradou suas ordens com toda a eficiência e o *Sombra* foi desamarrado e rebocado das docas por dois barcos a remo. Então, o brado do comandante foi "Abrir chumaceiras!", e os grandes remos dispararam ruidosamente, quinze de cada lado. Os remadores arqueavam as costas fortes enquanto um rapaz ao lado do comandante marcava o ritmo da remada em um tambor. Com a facilidade de uma gaivota impulsionada por suas asas, o navio partiu, e o barulho e o tumulto da cidade de repente ficaram para trás. Eles emergiram no silêncio das águas da baía; acima deles erguia-se o pico branco da montanha, parecendo pairar sobre o mar. Em uma baía rasa protegida do vento pelo Penhasco Bracejado do sul, a âncora foi lançada, e lá eles passaram a noite.

Dos setenta tripulantes do navio, alguns eram muito jovens, como Ged, mas todos tinham feito sua passagem para a idade adulta. Esses rapazes o chamaram para comer e beber e foram amigáveis, apesar de serem brutos e cheios de piadas e zombarias. Chamaram-no de pastor de cabras, é claro, porque ele era gontês, mas não foram além disso. Ele era tão alto e forte quanto os rapazes de quinze anos, e ligeiro em retrucar palavras ou zombarias; assim, enturmou-se e já naquela primeira noite começou a se comportar como um deles e a aprender o trabalho. Isso convinha aos oficiais do navio, pois não havia espaço a bordo para passageiros ociosos.

Em uma galé sem convés, abarrotada de homens, equipamentos e carga, o espaço para a tripulação era quase insuficiente e o conforto, nenhum; mas o que era conforto para Ged? Naquela noite, ele se deitou entre rolos de peles amarrados com cordas que vinham das ilhas do norte e observou as estrelas da primavera acima das águas do porto e as luzinhas amarelas da cidade que ficara para trás, dormiu e acordou cheio de alegria. Antes do amanhecer, a maré mudou. Eles levantaram âncora e remaram suavemente entre os Penhascos Bracejados. Quando o sol nascente cobriu de vermelho a Montanha de Gont atrás deles, içaram vela alta e seguiram para sudoeste pelo Mar de Gont.

Entre Barnisk e Torheven eles navegaram com um vento fraco e no segundo dia avistaram Havnor, a Grande Ilha, coração e centro do Arquipélago. Por três dias, avistaram as colinas verdes de Havnor enquanto se aproximavam da costa leste, mas não chegaram ao litoral. Só depois de muitos anos, Ged poria os pés naquela terra ou veria as torres brancas do Grande Porto de Havnor no centro do mundo.

Eles passaram uma noite na foz do rio Kember, ao norte da Ilha de Way, e a noite seguinte em um pequeno povoado na entrada da Baía de Felkway, e no dia seguinte passaram pelo cabo ao norte de O e entraram no Estreito de Ebavnor. Lá, baixaram as velas e remaram, sempre com terra dos dois lados e a curta distância de outros navios, grandes e pequenos, de comércio local e exterior, alguns vindos dos Além-Extremos, com cargas estranhas, depois de anos de viagem, e outros que, como pardais, paravam de ilha em ilha do Mar Central. Virando para o sul, saindo do estreito apinhado, eles deixaram Havnor para trás e navegaram entre as duas belas ilhas Arca e Ilien, com cidades coroadas por torres e terraços; a partir de então, com chuva e vento em sentido contrário, começaram a abrir caminho através do Mar Central até a Ilha de Roke.

À noite, quando o vento ficou mais forte, transformando-se em vendaval, eles baixaram a vela e o mastro e, no dia seguinte, durante todo o dia, remaram. O drácar manteve-se firme sobre as ondas e avançou gentilmente, mas na popa, durante a longa manobra, o timoneiro olhava para a chuva que fustigava o mar e não enxergava nada além dela. Foram para sudoeste pela indicação da bússola, sabendo como iriam, mas não por quais águas. Ged ouviu homens falarem das águas rasas ao norte de Roke e das Rochas Borilous a leste; outros argumentaram que eles poderiam estar muito fora do curso agora, nas águas solitárias ao sul de Kamery. O vento ficou ainda mais forte, transformando as bordas das grandes ondas em estilhaços voadores de espuma; mesmo assim, eles remaram para sudoeste com o vento pelas costas. Os turnos dos remadores foram encurtados, pois o trabalho era muito árduo; os rapazes mais jovens foram colocados em dupla no mesmo remo, e Ged revezou com os outros, como fizera desde que saíram de Gont. Quando não remavam, eles escoavam a água, pois o mar invadia o navio. Assim, trabalhavam entre as ondas que se erguiam como montanhas fumegantes sob o vento, enquanto a chuva batia forte e fria em suas costas e o tambor ressoava em meio ao barulho da tempestade como um coração palpitante.

Um homem veio tomar o lugar de Ged no remo, enviando-o para o comandante do navio na proa. A chuva escorria pela bainha do manto do comandante, mas ele permanecia firme como um barril de vinho em sua pequena ponte e, baixando os olhos para Ged, perguntou:

— Você consegue aplacar o vento, rapaz?

— Não, senhor.

— Tem habilidade com ferro?

Ele queria saber se Ged conseguiria fazer com que o ponteiro da bússola apontasse o caminho para Roke, fazendo o ímã seguir não o norte, mas a necessidade deles. Essa era uma habilidade secreta dos mestres dos mares, e Ged teve de dizer que não.

— Bem, então — o comandante gritou através do vento e da chuva —, você precisa encontrar algum navio para trazê-lo de volta para Roke saindo do povoado de Hort. Roke deve estar a oeste de nós agora, e apenas magia poderia nos levar até lá cruzando um mar como este. Devemos nos manter ao sul.

Ged não gostou daquilo, pois tinha ouvido os marinheiros falarem do povoado de Hort, um lugar sem lei, repleto de tráfico, para onde os homens eram muitas vezes levados e vendidos como escravos no Extremo Sul. Retornou ao trabalho no remo que ele puxava com um companheiro, um rapaz robusto das Andrades, e ouviu o tambor ditar o ritmo, viu a lanterna pendurada na popa balançar e bruxulear conforme o vento a impulsionava, um pontinho de luz atormentado no crepúsculo açoitado pela chuva. Ele continuava olhando para o oeste, toda vez que conseguia, em meio ao ritmo pesado da manobra do remo. E quando o navio subiu em uma onda alta, ele viu, por um instante, acima das águas escuras e fumarentas, uma luz entre as nuvens, como se fosse o último brilho do pôr do sol; mas era uma luz clara, não vermelha.

Seu companheiro de remo não viu nada, mas deu o alerta. O timoneiro olhou para ela a cada elevação das grandes ondas e a viu, assim como Ged a viu novamente, mas retrucou em um grito que era apenas o sol poente. Ged, então, chamou um dos rapazes que estavam tirando água do barco para assumir seu lugar no banco por um instante; avançou com dificuldade pelo longo corredor repleto de carga entre os assentos e, agarrando-se à proa entalhada para não ser lançado ao mar, gritou para o comandante:

— Senhor! Aquela luz a oeste é a Ilha de Roke!

— Não vi luz nenhuma — bradou o comandante, mas, enquanto falava, Ged estendeu o braço apontando, e todos viram a luz brilhar com clareza no oeste, acima das ondulações e turbulências do mar.

Não pelo bem do passageiro, mas para salvar o navio do perigo da tempestade, o comandante ordenou imediatamente que o timoneiro fosse para o oeste, em direção à luz. Mas disse a Ged:

— Rapaz, você fala como um mestre dos mares, mas vou lhe dizer uma coisa: se nos fizer errar, com um tempo desses, vou atirá-lo para que nade até Roke!

Então, em vez de seguir à frente da tempestade, eles tinham de remar contra o vento, e isso era difícil: ondas golpeavam a lateral da embarcação, desviando-a sempre a sul do novo curso, e girando-a, enchendo-o de água, de modo que o trabalho com os baldes era incessante e os remadores precisavam ficar atentos para que o navio, rodando, não erguesse os remos para fora da água enquanto os puxavam, lançando-os para baixo dos bancos. Sob as nuvens tempestuosas, a escuridão era quase total, mas, às vezes, eles distinguiam a luz a oeste, o que era suficiente para definir o curso, e assim seguiram com esforço. Por fim, o vento diminuiu um pouco e a luz cresceu diante deles. Continuaram se esforçando e, entre uma remada e outra, atravessaram, por assim dizer, uma cortina, emergindo da tempestade em um espaço límpido onde a luz do crepúsculo brilhava no céu e no mar. Acima das ondas encrespadas de espuma, avistaram, não muito longe, uma colina alta, arredondada e verde, e aos pés dela uma cidade construída em uma pequena baía onde os barcos estavam ancorados, serenos.

O timoneiro, apoiado no longo eixo de seu leme, virou a cabeça e gritou:

— Senhor! Esta terra é de verdade ou é uma bruxaria?

— Mantenha o barco como está, seu cabeça-oca! Remem, seus bastardos fracotes! Aquelas são a Baía de Thwil e a Colina de Roke, qualquer idiota consegue ver! Remem!

Assim, ao ritmo do tambor, eles remaram, exaustos, e entraram na baía. O mar ali era tão calmo que podiam ouvir as vozes das pessoas no povoado, um sino tocando e, ao longe, apenas o sibilo e o estrondo da tempestade. Nuvens escuras pairavam sobre o norte, o leste e o sul, num raio de quase dois quilômetros de distância da ilha. Mas, acima de Roke, as estrelas apareciam, uma a uma, em um céu límpido e tranquilo.

CAPÍTULO 3

A ESCOLA DE FEITICEIROS

Naquela noite, Ged dormiu a bordo do *Sombra* e, de manhã cedo, despediu-se de seus primeiros camaradas-marujos que, animados, gritavam bons votos enquanto ele subia as docas. O povoado de Thwil não é grande, suas casas debruçam-se do alto, amontadas em algumas ruas estreitas e íngremes. Para Ged, entretanto, parecia uma cidade e, não sabendo para onde ir, perguntou, ao primeiro cidadão de Thwil que viu, onde poderia encontrar o Guardião da Escola de Roke. O homem olhou-o de soslaio e disse:

— O sábio não precisa perguntar, o tolo pergunta em vão. — E saiu andando pela rua.

Ged subiu a colina até chegar a uma praça margeada em três dos lados por casas de telhados pontiagudos de ardósia, e no quarto lado pela parede de um grande edifício cujas poucas janelas pequenas eram mais altas do que as chaminés das casas: aparentemente, um forte ou castelo, construído com imensos blocos de pedra cinza. Aos pés dele, na praça, foram montadas barracas de feira e havia algumas pessoas indo e vindo. Ged fez a pergunta a uma velha senhora com uma cesta de mariscos, e ela respondeu:

— Nem sempre é possível encontrar o Guardião onde ele está, mas às vezes você o encontra onde ele não está. — E continuou anunciando os mariscos à venda.

Perto de um dos ângulos do grande edifício, havia uma portinhola de madeira. Ged foi até lá e bateu com força. Ao velho que abriu a porta, ele disse:

— Trago uma carta do mago Ogion de Gont para o Guardião da Escola desta ilha. Quero encontrá-lo, mas não quero mais ouvir charadas e zombarias!

— Esta é a Escola — afirmou o velho, indulgente. — Sou o sentinela. Entre, se puder.

Ged deu um passo à frente. Pareceu-lhe que havia atravessado a porta; no entanto, ele permanecia parado do lado de fora, na calçada onde estava antes.

Deu outro passo à frente, e outra vez permaneceu parado do lado de fora da porta. Do lado de dentro, o sentinela o observava com olhos indulgentes.

Ged estava menos confuso do que irritado, pois aquilo parecia mais uma zombaria. Usando a voz e as mãos, fez o feitiço da Abertura que a tia lhe ensinara muito tempo antes; era o mais valioso de todo o repertório de feitiços dela, e agora ele sabia compô-lo muito bem. Mas era só um encanto de bruxa, e o poder que protegia aquela porta não se abalou nem um pouco.

Quando o feitiço falhou, Ged ficou um longo tempo parado na calçada. Por fim, olhou para o velho que esperava do lado de dentro.

— Não posso entrar — falou, contrariado —, a menos que o senhor me ajude.

O sentinela respondeu:

— Diga seu nome.

Novamente Ged ficou parado, imóvel, por algum tempo, pois um homem nunca diz o próprio nome em voz alta, até que esteja em jogo algo além da segurança de sua vida.

— Sou Ged — disse ele em voz alta. Dando um passo à frente, atravessou a soleira da porta. No entanto, teve a impressão de que, embora a luz estivesse atrás dele, uma sombra o seguira para dentro, em seu encalço.

Ao se virar, também viu que o batente pelo qual entrara não era de madeira comum, como imaginara, mas de marfim, sem encaixes ou fendas: fora cortado, como ele veio a saber depois, da presa do Grande Dragão. A porta que o velho fechou atrás de si era de chifre polido, pelo qual a luz do dia penetrava, tênue, e em sua superfície interna fora entalhada a Árvore de Mil-Folhas.

— Bem-vindo a esta casa, rapaz — disse o sentinela que, sem mais palavras, conduziu-o por salões e corredores até um pátio aberto no centro das paredes do edifício. O pátio era parcialmente pavimentado com pedra, mas não era coberto, e em uma superfície gramada uma fonte brincava sob as árvores jovens à luz do sol. Lá, Ged esperou sozinho por algum tempo. Ficou parado, seu coração batia forte porque parecia sentir presenças e poderes agindo à sua volta, invisíveis, e ele sabia que o lugar fora construído não apenas com pedra, mas com uma magia mais forte do que pedra. Ele estava no espaço mais secreto da Casa dos Sábios, que se abria para o céu. Então, de repente, percebeu um homem vestido de branco que o observava por trás da queda de água da fonte.

Quando seus olhos se encontraram, um pássaro cantou alto nos galhos da árvore. Naquele instante, Ged compreendeu o canto do pássaro e a linguagem da água que caía no reservatório da fonte, além da forma das nuvens e o princípio e o fim do vento que agitava as folhas: parecia que ele mesmo era uma palavra dita pela luz do sol.

Então, o instante passou e ele e o mundo eram como antes, ou quase como antes. Ged avançou para se ajoelhar diante do arquimago, estendendo-lhe a carta escrita por Ogion.

O arquimago Nemmerle, Guardião de Roke, era um homem velho, mais velho do que qualquer homem vivo na época. A voz dele estremeceu como a voz do pássaro quando ele falou, dando boas-vindas a Ged gentilmente. Seu cabelo, sua barba e seu manto eram brancos, e era como se toda a escuridão e o peso tivessem sido extraídos dele pelo desgaste dos anos, deixando-o branco e gasto como uma tábua que passou um século à deriva no mar.

— Meus olhos estão velhos, não consigo ler o que seu mestre escreveu — disse ele, em sua voz trêmula. — Leia a carta para mim, rapaz.

Ged compreendeu e leu em voz alta o texto escrito em runas hárdicas que não dizia mais do que isto: "Senhor Nemmerle! Envio-lhe aquele que, se o vento for favorável, será o maior dos feiticeiros de Gont.". A assinatura não era o nome verdadeiro de Ogion, que Ged ainda não conhecia, mas a runa de Ogion, o Boca Fechada.

— Aquele que segura as rédeas do terremoto enviou você, o que o torna duplamente bem-vindo. O jovem Ogion foi muito querido por mim, quando veio de Gont para cá. Agora, fale-me dos mares e portentos de sua viagem, rapaz.

— Foi uma passagem favorável, senhor, exceto pela tempestade de ontem.

— Que navio o trouxe até aqui?

— O *Sombra*, vindo das Andrades.

— Pelo desejo de quem você está aqui?

— O meu.

O arquimago olhou para Ged e desviou o olhar; começou a falar em uma língua que o menino não entendia, resmungando como faria um velho cujo juízo vagueia pelo tempo e pelas ilhas. Mesmo assim, em meio aos resmungos, havia palavras a respeito do que o pássaro cantara e do que a água dissera em sua queda. Ele não estava lançando um feitiço e, ainda assim, havia um poder em sua voz que confundiu tanto a mente de Ged que o menino ficou perplexo e, por um instante, pareceu se ver de pé em um lugar estranho e vasto, sozinho entre as sombras. Mas o tempo todo esteve no pátio ensolarado, ouvindo a fonte.

Uma grande ave preta, um corvo de Osskil, veio caminhando pelo terraço de pedra e pela relva. Chegou à bainha do manto do arquimago e ficou ali: era preto, com bico em forma de adaga e olhos como seixos que olhavam Ged de lado. Ele bicou três vezes o cajado branco em que Nemmerle se apoiava, e o velho feiticeiro parou de resmungar e sorriu.

— Corra e divirta-se, rapaz — disse ele por fim, como a uma criança pequena. Novamente Ged se abaixou sobre um dos joelhos diante do homem. Quando se levantou, o arquimago havia desaparecido. Só restara o corvo, olhando para ele, com o bico estendido como se fosse bicar o cajado que desaparecera.

A ave falou no que Ged imaginou ser a língua de Osskil.

— Terrenon ussbuk! — disse ela, grasnando. — Terrenon ussbuk orrek! — E partiu, empertigada como quando chegou.

Ged se virou para sair do pátio, perguntando-se para onde deveria ir. Sob a arcada, foi recebido por um jovem alto, que o cumprimentou com muita cortesia, baixando a cabeça.

— Eu me chamo Jasper, sou filho de Enwit, do Domínio de Eolg na Ilha de Havnor. Estou à sua disposição hoje, para mostrar-lhe o Casarão e responder às suas perguntas como puder. Como devo chamá-lo, senhor?

Para Ged, um aldeão da montanha que nunca estivera entre os filhos de mercadores e nobres ricos, parecia que o sujeito estava zombando dele com a "disposição", o "senhor" e as reverências e o falatório. Ele respondeu, sucinto:

— As pessoas me chamam de Gavião.

O outro aguardou um momento como se esperasse alguma resposta mais educada, mas, não obtendo nada, endireitou-se e virou um pouco para o lado. Ele era dois ou três anos mais velho do que Ged, muito alto, e movia-se e portava-se com uma graça formal, postando-se (pensou Ged) como um dançarino. Usava um manto cinza com capuz jogado para trás. O primeiro lugar a que levou Ged foi o vestiário, onde, como aluno da escola, o garoto poderia encontrar um manto que lhe caísse bem e qualquer outra roupa de que pudesse precisar. Ele vestiu o manto cinza-escuro que havia escolhido, e Jasper disse:

— Agora você é um de nós.

Jasper tinha um jeito de sorrir vagamente enquanto falava, o que fazia Ged procurar zombarias ocultas em suas palavras educadas.

— O hábito faz o monge? — retrucou ele, mal-humorado.

— Não — falou o mais velho. — Mas já ouvi dizer que as boas maneiras fazem o sujeito... Para onde, agora?

— Para onde você quiser. Não conheço a casa.

Jasper conduziu-o pelos corredores do Casarão, mostrando-lhe os pátios abertos e os corredores cobertos, a Sala das Estantes onde os livros de ensinamentos e os tomos rúnicos eram mantidos, o grande Salão da Lareira, onde toda a escola se reunia nos dias de festival, e pelo andar superior, nas torres, sótãos e cubículos onde os estudantes e os mestres dormiam. O de Ged ficava na Torre Sul, com uma janela que dava para os telhados inclinados do povoado de Thwil e para o mar. Como os outros cubículos de dormir, não tinha mobília, a não ser um colchão de palha no canto.

— Vivemos de modo muito simples aqui — disse Jasper. — Mas espero que você não se importe com isso.

— Estou acostumado. — Logo em seguida, tentando mostrar-se um igual daquele jovem educado e arrogante, Ged acrescentou: — Imagino que não foi o seu caso, quando chegou aqui pela primeira vez.

Jasper olhou para ele e seu olhar disse, sem palavras: "Como você poderia saber com o que eu, filho do Senhor do Domínio de Eolg na Ilha de Havnor, estou ou não acostumado?". O que Jasper disse em voz alta foi simplesmente:

— Venha por aqui.

Um gongo foi tocado enquanto eles estavam no andar superior, e desceram para a refeição do meio-dia na Longa Mesa do refeitório, junto com uma centena ou mais de meninos e rapazes. Cada um se servia, brincando com os cozinheiros pelos passa-pratos da cozinha que davam para o refeitório, enchendo o prato com comida de tigelas grandes e fumegantes nos balcões e sentando-se à Longa Mesa no lugar que quisesse.

— Dizem — Jasper contou a Ged — que não importa quantos se sentem nesta mesa, sempre cabe mais um.

Certamente havia espaço para muitos grupos barulhentos de garotos falando e comendo com vigor, e para os sujeitos mais velhos em seus mantos cinzentos com fecho de prata no pescoço, que se sentavam mais quietos, aos pares ou sozinhos, com rostos sérios e concentrados, como se tivessem muito em que pensar. Jasper levou Ged para se sentar ao lado de um sujeito corpulento chamado Jero, que não falava muito, mas devorava a comida com vontade. Ele tinha o sotaque do Extremo Leste e a pele muito escura, não de tom marrom-avermelhado, como Ged, Jasper e a maioria das pessoas do Arquipélago, mas marrom-escuro. Ele era simples e suas maneiras não eram polidas. Reclamou do almoço quando terminou, mas depois, voltando-se para Ged, disse:

— Pelo menos não é ilusão, como tantas coisas por aqui; enche a barriga.

Ged não entendeu o que ele quis dizer, mas sentiu alguma simpatia pelo rapaz e ficou contente quando, depois da refeição, Jero juntou-se a eles.

Eles desceram até o povoado, para que Ged pudesse aprender a andar por ele. Curtas e pouco numerosas, as ruas de Thwil faziam curvas e meias-voltas entre as casas de telhados altos, e era fácil de se perder. Era um povoado estranho, e o povo também era estranho: pescadores, trabalhadores e artesãos como quaisquer outros, mas tão acostumados à feitiçaria que está sempre em ação na Ilha do Sábio que eles próprios pareciam meio ocultistas. Comunicavam-se (como Ged havia descoberto) por meio de charadas, e nenhum deles piscava ao ver um menino se transformar em peixe ou uma casa alçar voo; sabiam se tratar de alguma peça de um menino da escola, e continuavam consertando sapatos ou esfolando carneiros, indiferentes.

Saindo pela Porta dos Fundos e contornando os jardins do Casarão, os três garotos cruzaram o límpido riacho de Thwil por uma ponte de madeira e seguiram para o norte entre bosques e pastagens. O caminho subia, serpenteando. Eles passaram por bosques de carvalhos, onde as sombras eram espessas, apesar de todo o brilho do sol. Havia um bosque, não muito distante, à esquerda, que Ged nunca conseguia ver com clareza. A trilha nunca chegava até lá, embora parecesse estar sempre prestes a alcançá-lo. Ele sequer conseguia distinguir que tipo de árvores havia lá. Vendo como ele mantinha os olhos fixos, Jero disse em voz baixa:

— Aquele é o Bosque Imanente. Não podemos ir até lá, ainda...

Nas pastagens iluminadas pelo sol, desabrochavam flores amarelas.

— Erva-faísca — disse Jasper. — Elas crescem onde o vento deixou cair as cinzas do incêndio de Ilien, quando Erreth-Akbe defendeu as Ilhas Centrais do Senhor do Fogo. — Ele soprou em uma flor murcha e as sementes soltas voaram com o vento como faíscas de fogo ao sol.

A trilha os levou até o topo e a encosta de uma grande colina verde, arredondada e sem árvores, a colina que Ged vira do navio quando eles entraram nas águas encantadas da Ilha de Roke. Na encosta, Jasper parou.

— Em minha terra natal, em Havnor, ouvi falar muito sobre a feitiçaria gontesa, e sempre de forma elogiosa, por isso há muito tempo queria ver como acontecia. Agora temos aqui um gontês; e estamos nas encostas da Colina de Roke, cujas bases descem até o centro da terra. Aqui, todos os feitiços são poderosos. Faça um truque para nós, Gavião. Mostre-nos seu estilo.

Confuso e surpreso, Ged não disse nada.

— Depois, Jasper — disse Jero em seu jeito simples. — Dê um tempo para ele.

— Ou ele tem habilidade ou poder, caso contrário o sentinela não o deixaria entrar. Por que ele não demonstra, agora e também depois? Certo, Gavião?

— Tenho habilidade *e* poder — respondeu Ged. — Mostre para mim de que tipo de coisa você está falando.

— Ilusões, é claro. Truques, aparições. Assim!

Apontando para a encosta, Jasper disse algumas palavras estranhas, e, do lugar indicado, em meio à relva verde, um pequeno fio de água emergiu e cresceu, e agora uma fonte jorrava e a água corria colina abaixo. Ged pôs a mão no riacho e sentiu que estava molhado, bebeu e a água era fresca. Mesmo assim não matava a sede, pois era apenas uma ilusão. Com outra palavra, Jasper parou o fluxo de água, e a relva secou sob a luz do sol.

— Agora você, Jero — disse ele com seu sorriso indiferente.

Jero coçou a cabeça, parecendo irritado, mas pegou um pouco de terra na mão e começou a cantar, desafinado, para ele, amassando-o com os dedos escuros e moldando-o, pressionando-o, acariciando-o: de repente, surgiu uma criaturinha, parecida com uma abelha ou uma mosca peluda, que sobrevoou a Colina de Roke, zumbindo, e desapareceu.

Ged ficou parado, cabisbaixo, os olhos fixos. O que ele sabia além da mera bruxaria de aldeia, feitiços para chamar cabras, curar verrugas, mover fardos e restaurar vasos?

— Não faço truques como esses — disse ele. Para Jero, que queria ir em frente, foi o suficiente; mas Jasper disse:

— Por que não?

— A feitiçaria não é um jogo. Nós, gonteses, não a executamos por prazer ou aprovação — respondeu Ged, com hostilidade.

— Executam pelo quê, então? — Quis saber Jasper. — Dinheiro?

— Não! — Mas ele não conseguia pensar em mais nada para dizer que escondesse sua ignorância e salvasse seu orgulho. Jasper riu, sem irritação, e continuou a caminhada, guiando-os pela Colina de Roke. E Ged o seguiu, contrariado, com um peso no peito, ciente de que se comportara como um tolo e culpando Jasper por isso.

Naquela noite, enquanto ele estava deitado, enrolado em seu manto, no colchão de seu cubículo de pedra fria e sem iluminação, no silêncio absoluto do Casarão de Roke, a estranheza do lugar e a lembrança de todos os feitiços e feitiçarias que haviam sido feitos ali começou a oprimi-lo. A escuridão o cercava, o pavor o preenchia. Ele desejou estar em qualquer outro lugar, exceto Roke. Mas Jero veio até a porta, com um pequeno globo azulado de luz enfeitiçada pairando sobre sua cabeça para iluminar o caminho, e perguntou se poderia entrar e conversar um pouco. Ele perguntou a Ged sobre Gont e depois falou com afeto sobre as ilhas do Extremo Leste, contando como, à noite, a fumaça das fogueiras da aldeia é carregada para o mar tranquilo entre ilhotas de nomes engraçados: Korp, Kopp e Holp, Venway e Vemish, Iffish, Koppish e Sneg. Quando ele desenhou as formas daquelas terras com o dedo nas pedras do chão, para mostrar a Ged como estavam dispostas, as linhas que ele traçou brilharam levemente por algum tempo, como se desenhadas com um bastão de prata, antes de desaparecerem. Jero estava na escola havia três anos e logo seria nomeado ocultista; ele só pensava em executar as artes menores da magia, como uma ave só pensa em voar. Ainda assim, possuía uma habilidade maior que não pode ser aprendida: a arte da gentileza. Naquela noite, e em todas as outras a partir de então, ofereceu e devotou sua amizade a Ged, uma amizade segura e franca que Ged não pôde deixar de retribuir.

Porém, Jero também era amigo de Jasper, que fizera Ged de tolo naquele primeiro dia na Colina de Roke. Ged não se esqueceria disso, nem, ao que parecia, Jasper, que sempre falava com ele em tom educado e com um sorriso zombeteiro. O orgulho de Ged não seria ferido ou menosprezado. Ele jurou provar a Jasper, e a todos os outros, entre os quais Jasper era uma espécie de líder, que seu poder era realmente grande... algum dia. Pois nenhum deles, com todos os seus truques inteligentes, salvara uma aldeia com feitiçaria. E Ogion nunca escrevera que um deles seria o maior feiticeiro de Gont.

Assim, fortalecendo seu orgulho, ele colocou toda a força de vontade no trabalho que lhe deram, nas lições e ofícios, histórias e habilidades ensinadas pelos mestres de mantos cinza de Roke, que eram chamados os Nove.

Parte do dia ele estudava com o Mestre Cantor, aprendendo as sagas dos heróis e as epopeias de sabedoria, a começar com a mais antiga de todas as canções, *A criação de Éa*. Em seguida, com uma dúzia de outros rapazes, ele praticava com o Mestre Cifra dos Ventos as artes do vento e do clima. Eles passaram dias luminosos inteiros da primavera e do início do verão na Baía de Roke, em veleiros leves de um só mastro, praticando como conduzir o leme com palavras e como parar as ondas, como falar com o vento do mundo e como elevar o vento mágico. Essas são habilidades muito complexas, e muitas vezes Ged foi atingido na cabeça pelo mastro oscilante quando o barco chacoalhava com um vento repentino que soprava por trás, ou quando seu barco colidiu com outro, embora eles tivessem toda a baía para navegar, ou quando os três garotos a bordo caíam na água inesperadamente porque a embarcação fora inundada por uma onda enorme e não intencional. Em outros dias, havia expedições mais tranquilas em terra com o Mestre Herbalista, que ensinava as formas e propriedades de criaturas que brotam da terra, e com o Mestre Mão, que ensinava prestidigitação, gestos com as mãos e as artes menores de Transformação.

Ged era apto em todos esses estudos e, em um mês, já superava os rapazes que haviam chegado a Roke um ano antes dele. Os truques da ilusão, em especial, vinham com tanta facilidade que era como se ele tivesse nascido sabendo e só precisasse ser lembrado deles. O Mestre Mão era um velho gentil e alegre, que encontrava uma felicidade infinita na inteligência e na beleza dos ofícios que ensinava; Ged logo perdeu o medo dele e pedia para aprender este ou aquele feitiço; o mestre sempre sorria e lhe mostrava o que ele queria ver. Mas um dia, tendo em mente a possibilidade de enfim envergonhar Jasper, Ged disse ao Mestre Mão na Corte da Aparência:

— Senhor, todos esses encantos são praticamente iguais; conhecendo um, a pessoa conhece todos. E assim que a composição do feitiço cessa, a ilusão desaparece. Agora, se eu transformar um seixo em diamante — e ele o fez com uma palavra e um movimento do pulso —, o que devo fazer para que ele permaneça como diamante? Como o feitiço de mudança pode ser fixado e tornado permanente?

O Mestre Mão olhou para a pedra preciosa que brilhava na palma de Ged, radiante como a mais valiosa peça do tesouro de um dragão. O velho mestre murmurou uma palavra, "*Tolk*", e lá estava o seixo, nenhuma pedra preciosa, apenas um fragmento áspero de rocha cinza. O mestre pegou-o e o segurou na própria mão.

— Isto é uma rocha; *tolk* na Língua Verdadeira — disse, olhando gentilmente para Ged. — Um fragmento da pedra de que é feita a Ilha de Roke, um pedacinho da terra seca em que vivem os humanos. É o que é. Faz parte do mundo. Com a Ilusão da Mudança, você pode fazer com que ele se pareça um diamante, ou uma flor ou uma mosca ou um olho ou uma chama. — A rocha assumiu cada uma dessas formas, conforme ele as nomeava, e voltou a ser rocha. — Mas isso é mera aparência. A ilusão engana os sentidos do observador; faz com que ele veja, ouça e sinta que a coisa mudou. Mas a ilusão não muda a coisa. Para transformar esta rocha em uma pedra preciosa, você precisa mudar seu verdadeiro nome. E fazer isso, meu filho, mesmo com um fragmento tão pequeno do mundo, é mudar o mundo. Pode ser feito. Pode, de fato, ser feito. É a arte do Mestre Transformador, e você a aprenderá quando estiver pronto para aprendê-la. Mas você não deve mudar uma coisa, seja uma pedra, um grão de areia, até que conheça o bem e o mal que resultarão desse ato. O mundo está balanceado, em Equilíbrio. O poder de um feiticeiro para a Transformação e a Invocação pode abalar o equilíbrio do mundo. É perigoso esse poder. Muito perigoso. Deve seguir o conhecimento e servir à necessidade. Acender uma vela é lançar uma sombra...

Ele olhou para a pedra novamente.

— Uma pedra também é uma coisa boa, sabe — disse, em tom menos sério. — Se as ilhas de Terramar fossem todas feitas de diamantes, levaríamos uma vida difícil por aqui. Desfrute das ilusões, rapaz, e deixe as rochas serem rochas. — Ele sorriu, mas Ged foi embora, insatisfeito. Pressione um mago para descobrir seus segredos e ele sempre falará, como Ogion, sobre equilíbrio, perigo e escuridão. Com certeza um feiticeiro, alguém que tenha superado esses truques infantis de ilusão e alcançado as verdadeiras artes de Invocação e Transformação, era poderoso o suficiente para fazer o que quisesse, equilibrar o mundo como lhe parecesse melhor, e afastar as trevas com a própria luz.

No corredor, ele encontrou Jasper, que, desde que as conquistas de Ged começaram a ser elogiadas na escola, falava com ele de uma maneira que parecia mais amigável, mas era mais zombeteira.

— Você parece triste, Gavião — disse Jasper. — Seus encantos de ilusionismo deram errado?

Sempre tentando se colocar em pé de igualdade com Jasper, Ged ignorou o tom irônico e respondeu à pergunta.

— Estou farto do ilusionismo — declarou —, farto desses truques de ilusão que servem apenas para divertir senhores ociosos em seus castelos e domínios. A única magia verdadeira que me ensinaram em Roke até agora foi fazer globos de luz enfeitiçada e manipular o clima. O resto é tolice.

— Até a tolice é perigosa — respondeu Jasper — nas mãos de um tolo.

Com isso, Ged virou o rosto como se tivesse levado um tapa e deu um passo na direção de Jasper, mas o garoto mais velho sorriu como se não tivesse intenção alguma de insultar, balançou a cabeça de seu jeito formal, gracioso, e saiu andando.

Parado ali com o coração cheio de raiva, observando Jasper, Ged jurou a si mesmo que superaria seu rival, e não em uma mera competição de ilusionismo, mas em uma prova de poder. Ele demonstraria a própria capacidade e humilharia Jasper. Não deixaria aquele sujeito olhá-lo de cima, com graça, desdém, ódio.

Ged não parou para pensar por que Jasper poderia odiá-lo. Sabia apenas por que ele odiava Jasper. Os outros aprendizes logo haviam percebido que quase nunca podiam se comparar a Ged, nos esportes ou na sinceridade, e diziam, alguns como elogio, outros como desprezo: "Ele nasceu feiticeiro, nunca deixará que o vençam.". Só Jasper não o elogiava nem o evitava, simplesmente o olhava de cima, com um leve sorriso. Portanto, Jasper era seu único rival, que deveria ser humilhado.

Ged não percebeu, ou não quis perceber, que nessa rivalidade, à qual ele se aferrava e fomentava como parte do próprio orgulho, havia algo do perigo, da escuridão, sobre a qual o Mestre Mão fizera uma sutil advertência.

Quando não era impelido pela pura raiva, Ged sabia muito bem que jamais seria páreo para Jasper ou qualquer um dos garotos mais velhos; e por isso continuou trabalhando e agindo como de costume. No final do verão, o trabalho diminuiu um pouco, então havia mais tempo para os esportes: corridas de barcos enfeitiçados no porto, façanhas de ilusão nos pátios do Casarão e, em fins de tarde intermináveis pelos bosques, competições selvagens de esconde-esconde em que escondidos e buscadores ficavam invisíveis e apenas as vozes se moviam, rindo e chamando entre as árvores, seguindo e desviando de rápidos globos de uma tênue luz enfeitiçada. Então, com a chegada do outono, eles retomaram suas tarefas e voltaram a praticar novas magias. Assim, os primeiros meses de Ged em Roke passaram depressa, cheios de paixões e maravilhas.

O inverno foi diferente. Ged foi enviado com mais sete garotos para o outro lado da Ilha de Roke, até o cabo mais ao norte, onde fica a Torre Isolada. Lá vivia sozinho o Mestre Nomeador, que era chamado por um nome que não tinha significado em nenhuma língua: Kurremkarmerruk. Não havia nenhuma fazenda ou moradia a quilômetros da torre. Ela coroava, sombria, os penhascos do norte. Ali, as nuvens sobre os mares de inverno eram cinzentas; e as listas, ordens e séries de nomes que os oito alunos do Nomeador deveriam aprender, intermináveis. Na sala alta da torre, Kurremkarmerruk sentou-se entre eles, em um assento alto, escrevendo listas de nomes que deviam ser aprendidos antes que a tinta desbotasse, à meia-noite, deixando o pergaminho em branco novamente. O lugar era frio, meio escuro e sempre silencioso, exceto pelo arranhar da caneta do mestre e talvez pelo suspiro de algum aluno que devia decorar, antes da meia-noite, o nome de cada cabo, pontal, baía, braço de mar, enseada, canal, porto, águas rasas, recifes e rochas das costas de Lossow, uma ilhota do Mar de Paln. Se o aluno reclamasse, o mestre talvez não dissesse nada, mas ampliaria a lista; ou poderia dizer:

— Aquele que deseja ser Mestre dos Mares deve saber o nome verdadeiro de cada gota d'água do mar.

Ged suspirava às vezes, mas não reclamava. Ele enxergava por trás daquele objeto turvo e insondável de estudo o verdadeiro nome de cada lugar, coisa e ser: o poder que ele queria jazia como uma pedra preciosa no fundo de um poço seco. Pois a magia consiste nisso, a verdadeira denominação de algo. Foi o que Kurremkarmerruk disse a eles, certa vez, na primeira noite que passaram na torre; ele nunca repetiu, mas Ged não se esquecia de suas palavras.

— Muitos magos de grande poder — dissera ele — levaram a vida inteira tentando descobrir o nome de uma única coisa, um único nome perdido ou oculto. E mesmo assim as listas não estão completas. E nunca estarão, até o fim do mundo. Ouçam e vocês entenderão por quê. No mundo sob o sol, e no outro mundo que não tem sol, há muitas coisas que não têm relação com os humanos e com a fala dos humanos, e existem poderes além do nosso. Mas a magia, a verdadeira magia, é operada apenas pelos seres que falam a língua hárdica de Terramar, ou a Língua Arcaica da qual ela derivou.

"Essa é a língua falada pelos dragões, e a língua falada por Segoy, que fez as ilhas do mundo, e a língua de nossas epopeias e canções, feitiços, encantamentos e invocações. Suas palavras permanecem, ocultas e alteradas, entre nossas palavras hárdicas. Chamamos a espuma nas ondas de *sukien*: essa palavra é feita de duas palavras da Língua Arcaica, *suk*, pena, e *inien*, o mar. Pena do mar é espuma. Mas não se pode encantar a espuma chamando-a de *sukien*; é preciso usar o nome verdadeiro em Língua Arcaica, que é *essa*. Qualquer bruxa conhece algumas dessas palavras na Língua Arcaica, e um mago conhece várias. Mas há muitas mais, e algumas se perderam ao longo dos tempos, e outras foram escondidas, e outras são conhecidas apenas pelos dragões e pelos Antigos Poderes da Terra, algumas não são conhecidas por nenhuma criatura viva; e nenhum indivíduo poderia aprender todas elas. Pois essa língua não tem fim.

"Eis o motivo: o nome do mar é *inien*, muito bem. Mas o que chamamos de Mar Central tem seu próprio nome também na Língua Arcaica. Uma vez que nada pode ter dois nomes verdadeiros, *inien* pode significar apenas 'o mar todo, exceto o Mar Central'. E é claro que não significa nem mesmo isso, pois há mares, baías e estreitos além da conta que carregam seus próprios nomes. Portanto, se algum mago mestre dos mares fosse louco o suficiente para tentar lançar um feitiço de tempestade ou calmaria sobre todo o oceano, em seu feitiço ele deveria dizer não apenas a palavra *inien*, mas o nome de cada trecho e pedaço e parte do mar através de todo o Arquipélago, dos Além-Extremos e depois deles, onde os nomes cessam. Portanto, aquilo que nos dá o poder de fazer magia é também o que define os limites desse poder. Um mago só pode controlar o que está perto dele, o que é capaz nomear com exatidão e completude. E isso é ótimo. Se não fosse assim, a maldade dos poderosos e a loucura dos sábios há muito teriam tentado mudar o que não pode ser mudado, e o Equilíbrio pereceria. O mar desequilibrado dominaria as ilhas que perigosamente habitamos, e todas as vozes e todos os nomes seriam perdidos no silêncio imemorial."

Ged refletiu muito sobre aquelas palavras, e elas tocaram profundamente sua compreensão das coisas. No entanto, a magnitude da tarefa não era capaz de tornar o trabalho daquele longo ano na torre menos árduo e árido; e no final do ano Kurremkarmerruk disse a ele:

— Você começou bem.

E nada mais. Os magos falam a verdade, e é verdade que toda a maestria de nomes que Ged se esforçara para obter naquele ano fora apenas o princípio do que deveria continuar aprendendo por toda a vida. Ele foi liberado da Torre Isolada mais cedo do que os demais, pois aprendera mais rápido; mas esse foi todo o reconhecimento que obteve.

Ele atravessou a ilha caminhando para o sul, sozinho, no início do inverno, por estradas inabitadas. Quando veio a noite, choveu. Ged não disse nenhum encanto para mantê-lo livre da chuva, pois o clima de Roke estava nas mãos do Mestre Cifra dos Ventos e não poderia ser alterado. Ele se abrigou sob um grande pendigueiro e deitado ali, enrolado em seu manto, pensou no velho mestre Ogion, que ainda devia fazer suas perambulações de outono no alto de Gont, dormir tendo galhos sem folhas como teto e a chuva como paredes. Isso fez Ged sorrir, pois ele descobriu que pensar em Ogion era sempre reconfortante. Ged adormeceu com o coração em paz, na escuridão fria dominada pelo sussurro das águas. Ao amanhecer, levantou a cabeça; a chuva cessara; ele viu, abrigado nas dobras de seu manto, um pequeno animal adormecido que havia se esgueirado ali para se aquecer. Vendo-o, ficou maravilhado, pois se tratava de um animal raro e estranho, um otak.

Essas criaturas são encontradas apenas em quatro ilhas ao sul do Arquipélago: Roke, Ensmer, Pody e Wathort. São pequenas e esguias, com rostos largos, pelos castanho-escuros ou tigrados e olhos grandes e brilhantes. Seus dentes são cruéis e seu temperamento é violento, por isso otaks não são criados como animais de estimação. Eles não têm grito, choro nem voz alguma. Ged acariciou-o; ele acordou, bocejando e mostrando uma linguinha marrom e dentes brancos, mas não teve medo.

— Otak — disse Ged. E então, lembrando-se dos milhares de nomes de animais que aprendera na torre, chamou-o pelo verdadeiro nome em Língua Arcaica: — Hoeg! Você quer vir comigo?

O otak sentou-se na palma da mão de Ged e começou a limpar o pelo.

O garoto colocou-o no ombro, nas dobras do capuz, e lá ele ficou. Às vezes, durante o dia, ele pulava dali e disparava para a floresta, mas sempre voltava; uma dessas vezes, trouxe um rato-do-campo que capturara. Ged riu e disse-lhe para comer o rato, já que ele mesmo estava em jejum porque aquela era a noite do Festival do Regresso do Sol. Então, passando pela Colina de Roke sob o crepúsculo úmido, Ged avistou globos de luz enfeitiçada brincando na chuva sobre os telhados do Casarão e, ao chegar lá, foi recebido por mestres e companheiros no salão iluminado pela lareira.

Para Ged, foi como voltar para casa, ele que não tinha uma casa para a qual pudesse retornar. Ficou feliz em ver tantos rostos conhecidos e mais feliz ainda em ver Jero vir cumprimentá-lo com um largo sorriso no rosto escuro. Sentira mais falta do amigo naquele ano do que fora capaz de imaginar. Jero fora nomeado ocultista naquele outono e não era mais aprendiz, mas isso não colocou uma barreira entre eles. Os dois começaram a conversar imediatamente, e Ged teve a impressão de que falou mais naquela primeira hora ao lado de Jero do que durante todo o longo ano na Torre Isolada.

O otak ainda estava em seu ombro, aninhado na dobra do capuz, quando eles se sentaram para jantar nas longas mesas montadas para o festival no Salão da Lareira. Jero ficou maravilhado com a criaturinha e logo ergueu a mão para acariciá-lo, mas o otak arreganhou os dentes afiados para o garoto. Ele riu.

— Dizem, Gavião, que um homem estimado por uma besta selvagem é aquele a quem os Antigos Poderes das pedras e das fontes falarão em voz humana.

— Dizem que os feiticeiros gonteses costumam ter bichos de estimação — disse Jasper, sentado na frente de Jero. — Nosso Senhor Nemmerle tem um corvo, e as canções falam que o Mago Vermelho de Arca andava com um javali em uma corrente de ouro. Mas nunca ouvi falar de nenhum ocultista que tem um rato no capuz!

Todos riram, e Ged riu com eles. Era uma noite feliz e ele estava contente por estar ali, no acolhimento e alegria, comemorando o festival com os companheiros. Mas, como tudo que Jasper já lhe dissera, a piada o enervou.

Naquela noite, o Senhor de O, um ocultista de renome, era um dos convidados da escola. Ele havia sido aluno do arquimago e voltava a Roke, às vezes, para o Festival de Inverno ou para a Longa Dança do verão. Estava acompanhado de sua esposa, que era esguia e jovem, radiante como cobre novo, e tinha os cabelos pretos coroados com opalas. Era raro que uma mulher se sentasse nos salões do Casarão, e alguns dos velhos mestres a olhavam de soslaio, com reprovação. Mas os jovens a observavam com olhos atentos.

— Por alguém como ela — disse Jero a Ged — eu executaria os maiores encantos... — Ele deu um suspiro e riu.

— Ela é só uma mulher — respondeu Ged.

— A princesa Elfarran era só uma mulher — disse Jero —, e por causa dela toda Enlad foi destruída, e o Mago-Herói de Havnor morreu, e a ilha de Solea afundou no mar.

— Lendas antigas — retrucou Ged. Mas logo ele também começou a olhar para a Senhora de O, imaginando se aquela era realmente a beleza mortal de que falavam as lendas antigas.

O Mestre Cantor cantou a *Saga do Jovem Rei*, e todos entoaram juntos o *Conto de inverno*. Durante uma breve pausa antes que todos deixassem as mesas, Jasper se levantou e foi até a mesa mais próxima da lareira, onde o arquimago e os convidados e mestres estavam sentados, e falou com a Senhora de O. Jasper não era mais um garoto, e sim um homem, jovem, alto e bonito, com seu manto fechado no pescoço com prata; pois ele também fora nomeado ocultista naquele ano, e o broche de prata simbolizava isso. A senhora sorriu com o que ele disse e as opalas brilharam nos cabelos pretos e radiantes dela. Então os mestres assentiram, em aprovação, e Jasper executou para ela um encanto de ilusão. Fez uma árvore branca brotar do chão de pedra. Os galhos atingiam as altas vigas no teto do salão, e de cada ramo de cada galho brilhava uma maçã dourada, cada uma um sol, pois era a Árvore do Ano. Um pássaro todo branco, com uma cauda parecendo uma cascata de neve, voou entre os galhos de repente, e as maçãs douradas, desvanecendo, se transformaram em sementes, cada uma formada por uma gota de cristal. Elas caíram da árvore com um som como o da chuva, e de repente sentiu-se uma doce fragrância, enquanto a árvore, balançando, espalhava folhas de fogo róseo e flores brancas como estrelas. Então, a ilusão se desvaneceu. A Senhora de O gritou de prazer e inclinou a cabeça brilhante para o jovem ocultista, em louvor por sua maestria.

— Venha conosco, viva conosco em O-tokne. Ele não pode vir, meu senhor? — perguntou ela, de maneira infantil, ao marido sério. Mas Jasper disse apenas:

— Quando eu tiver aprendido habilidades dignas de meus mestres e dignas de seu louvor, minha senhora, então terei prazer em ir, e em servi-la.

Assim, ele agradou a todos, exceto Ged, que uniu sua voz aos elogios, mas não seu coração. *Eu poderia ter feito melhor*, disse a si mesmo, com uma inveja amarga; e depois disso, para ele, toda a alegria da noite foi obscurecida.

CAPÍTULO 4

A LIBERTAÇÃO DA SOMBRA

Naquela primavera, Ged mal viu Jero ou Jasper, pois, como ocultistas, agora eles estudavam com o Mestre Padronista no segredo do Bosque Imanente, onde nenhum aprendiz poderia pôr os pés. Ged permanecia no Casarão, trabalhando com os mestres em todas as habilidades praticadas por ocultistas, aqueles que executam magia, mas não carregam cajado: atração do vento, manipulação do clima, descobertas e amarrações, além das artes dos forjadores de feitiços, autores de feitiços, contadores, cantores, curandeiros e herbalistas. À noite, sozinho em seu cubículo de dormir, com uma pequena bola de luz enfeitiçada ardendo acima do livro, em vez de um lampião ou uma vela, ele estudava as Runas Adicionais e as Runas de Éa, que são usadas nos Grandes Feitiços. Ele aprendia todos esses ofícios com facilidade, e havia entre os estudantes o boato de que, de acordo com um ou outro mestre, o rapaz gontês era o aluno mais rápido da história de Roke, e surgiram lendas segundo as quais o otak seria um espírito disfarçado que sussurrava saberes no ouvido de Ged; dizia-se até que o corvo do arquimago aclamara Ged em seu retorno como "futuro arquimago". Acreditando ou não nessas histórias, gostando ou não de Ged, a maioria dos colegas o admirava e desejava acompanhá-lo nas raras vezes que um estado de espírito selvagem se apoderava dele e ele se juntava aos demais para liderar as brincadeiras nas longas noites de primavera. Mas na maior parte do tempo ele era puro trabalho, orgulho e mau humor, mantendo-se isolado. Sem Jero por perto, ele não tinha nenhum amigo entre os garotos e nunca quis um.

Ged estava com quinze anos, era muito jovem para aprender qualquer uma das Artes de feiticeiros ou magos, aqueles que carregam o cajado; mas aprendeu todas as artes da ilusão tão depressa que o Mestre Transformador, também ele um homem jovem, logo começou a ensiná-lo separadamente dos outros e a contar-lhe sobre os verdadeiros Feitiços de Moldagem. O mestre explicou como, caso uma coisa deva ser de fato transformada em outra, ela precisa ser renomeada pelo tempo de duração do feitiço, e revelou como isso afeta os nomes e a natureza de tudo o que cerca a coisa transformada. Falou sobre os perigos da transformação, em especial quando o mago altera a própria forma e, portanto, fica sujeito a ter seu feitiço virado contra ele mesmo. Aos poucos, motivado pela certeza de que o menino estava entendendo, o jovem mestre começou a fazer mais do que simplesmente lhe contar esses mistérios e ensinou-lhe primeiro um e depois outros dos Grandes Feitiços de Transformação, indicando a ele que estudasse o *Livro da Moldagem*. Fez isso sem o conhecimento do arquimago, em um ato imprudente, mas não teve a intenção de causar nenhum mal.

Ged também trabalhava com o Mestre Invocador, que era um homem severo, envelhecido e endurecido pela magia profunda e sombria que ensinava. Ele não lidava com ilusões, apenas com magia verdadeira, invocação de energias como luz e calor, a força que atrai o ímã, as forças que as pessoas percebem como peso, forma, cor e som: poderes reais, extraídos das imensas energias insondáveis do universo, que nenhum feitiço ou uso humano poderia esgotar ou desequilibrar. A invocação do vento e da água pelo manipulador do clima e pelo mestre dos mares eram ofícios já conhecidos dos alunos, mas foi ele quem lhes mostrou por que o verdadeiro feiticeiro só utiliza tais feitiços quando necessário, uma vez que invocar tais forças terrenas é alterar a terra da qual eles fazem parte.

— Chuva em Roke pode significar seca em Osskil — explicava ele —, e uma calmaria no Extremo Leste pode ser tempestade e ruína no oeste, a menos que você saiba o que está fazendo.

Quanto ao chamado a coisas reais e pessoas vivas, e a elevação dos espíritos dos mortos e as invocações do Invisível, feitiços que são o auge da arte do Invocador e do poder do mago, disso ele mal falava.

Uma ou duas vezes Ged tentou levá-lo a falar um pouco sobre esses mistérios, mas o mestre ficou em silêncio, olhando para ele por um longo tempo, com expressão de poucos amigos, até que Ged ficasse incomodado e não dissesse mais nada.

Às vezes, de fato, ele ficava incomodado, mesmo trabalhando com os feitiços menores que o Invocador lhe ensinava. Havia certas runas em certas páginas do *Livro de Ensinamentos* que lhe pareciam familiares, embora ele não se lembrasse em qual livro as tinha visto antes. Havia certas frases que devem ser ditas em feitiços de Invocação que ele não gostava de dizer. Elas o levavam a pensar, por um instante, em vultos em um quarto escuro, em uma porta fechada e sombras estendendo-se para ele do canto da porta. Ele logo colocava esses pensamentos ou memórias de lado e seguia em frente. Aqueles eram instantes de medo e escuridão, dizia a si mesmo, apenas sombras de sua ignorância. Quanto mais aprendia, menos precisaria temer, até que, quando enfim alcançasse seu poder total como Feiticeiro, não precisasse temer nada no mundo, absolutamente nada.

No segundo mês daquele verão, toda a escola se reuniu mais uma vez no Casarão para celebrar a Noite da Lua e a Longa Dança, que coincidiram em um só festival de duas noites, algo que acontece apenas uma vez a cada cinquenta e dois anos. Durante toda a primeira noite, a mais curta noite de lua cheia do ano, flautas ecoaram pelos campos e as ruas estreitas de Thwil foram tomadas por tambores e tochas, e o som dos cantos dominou as águas da Baía de Roke, iluminadas pela lua. Quando o sol nasceu na manhã seguinte, os Cantores de Roke começaram a cantar a longa *Saga de Erreth-Akbe*, que conta como as torres brancas de Havnor foram construídas e fala das viagens de Erreth-Akbe da Ilha Velha, Éa, por todo o Arquipélago e os Extremos, até que, por fim, no ponto mais distante do Extremo Oeste, na orla do Mar Aberto, ele encontrou o dragão Orm; e seus ossos hoje jazem na armadura despedaçada entre os ossos do dragão na costa da solitária Selidor, mas sua espada colocada no topo da torre mais alta de Havnor ainda brilha em vermelho no pôr do sol acima do Mar Central. Quando o canto terminou, a Longa Dança começou. Moradores do povoado, mestres, estudantes e agricultores, todos juntos, homens e mulheres, desciam por todas as estradas, dançando na terra quente ao anoitecer, chegando às praias, ao som de tambores e zumbidos de gaitas e de flautas. Eles iam dançando direto para o mar, um dia depois da lua cheia. E a música se perdia no som do quebra-mar. Quando o leste começava a clarear, eles voltavam pelas praias e estradas, com os tambores em silêncio e apenas as flautas tocando baixinho, agudas. Foi assim em todas as ilhas do Arquipélago naquela noite: uma única dança, uma única música que unia as terras separadas pelo mar.

Quando a Longa Dança acabou, a maioria das pessoas dormiu o dia inteiro e voltou a se reunir à noite para comer e beber. Havia um grupo de jovens, aprendizes e ocultistas, que levara a ceia do refeitório para fazer um banquete privado no pátio do Casarão: Jero, Jasper e Ged estavam lá, e seis ou sete outros, e alguns rapazes liberados temporariamente da Torre Isolada, pois o festival trouxera até Kurremkarmerruk para fora. Eles estavam comendo, rindo e, por pura diversão, fazendo truques sobre quais maravilhas poderia ter o pátio do rei. Um menino iluminou o pátio com cem estrelas de luz enfeitiçada, coloridas como joias, que balançavam em uma procissão lenta entre eles e as estrelas de verdade; dois meninos jogavam boliche com bolas de chamas verdes e pinos saltavam e desviavam quando a bola se aproximava; e durante todo o tempo, Jero ficou sentado de pernas cruzadas, suspenso no ar, comendo frango assado. Um dos garotos mais novos tentou puxá-lo para o chão, mas Jero apenas subiu um pouco mais alto, fora de alcance, e continuou sentado, calmo e sorridente, no ar. De vez em quando ele jogava fora um osso de galinha, que se transformava em uma coruja e voava piando entre as estrelas iluminadas. Ged atirava flechas de migalhas de pão contra as corujas e as fazia descer e, quando elas tocavam o solo, lá ficavam, apenas ossos e migalhas, toda a ilusão desaparecia. Ged também tentou se juntar a Jero no ar, mas sem a cifra do feitiço ele precisava agitar os braços para se manter flutuando, e todos riam de seus voos, da agitação dos braços e dos solavancos. Ele persistiu na tolice pelas risadas e riu junto, porque depois daquelas duas longas noites de dança, luar, música e magia, estava em um estado de espírito selvagem, pronto para o que desse e viesse.

Por fim, ele se aproximou de Jasper devagar, na ponta dos pés, e Jasper, que nunca ria alto, afastou-se e disse:

— O Gavião que não consegue voar...

— Jaspe é uma pedra preciosa? — Ged retrucou, sorrindo. — Ó joia entre os ocultistas, ó Gema de Havnor, brilhe para nós!

O rapaz que criara as luzes dançantes enviou uma delas para rodopiar e brilhar sobre a cabeça de Jasper. Franzindo o rosto, já não tão simpático como de costume, Jasper afastou a luz e apagou-a com um gesto.

— Estou farto de meninos, de barulho e de tolices — disse ele.

— Você está ficando velho, rapaz — observou Jero, de cima.

— Se é silêncio e penumbra o que você quer — disse um dos meninos mais novos —, sempre pode tentar a torre.

Ged disse a ele:

— O que você quer, Jasper?

— Quero a companhia dos que são iguais a mim — respondeu Jasper. — Vamos, Jero. Deixe os aprendizes com seus brinquedos.

Ged se virou para encarar Jasper.

— O que os ocultistas têm mas falta aos aprendizes? — perguntou. Sua voz era baixa, mas todos os outros de repente ficaram quietos, pois o tom, assim como o de Jasper, fez com que o rancor entre eles soasse óbvio e claro, como aço saindo de uma bainha.

— Poder — disse Jasper.

— Meu poder vai igualar o seu, em cada ação.

— Está me desafiando?

— Estou.

Jero havia descido ao chão e agora se colocava entre eles, com uma expressão séria.

— Duelos de feitiçaria são proibidos para nós, e vocês sabem muito bem. Parem com isso!

Tanto Ged como Jasper ficaram em silêncio, pois era verdade que conheciam as leis de Roke, bem como sabiam que Jero era movido pelo amor e eles próprios pelo ódio. No entanto, a raiva que sentiam foi reprimida, não esfriada. Naquele instante, afastando-se um pouco para o lado como se apenas Jero pudesse ouvi-lo, Jasper falou, com seu sorriso frio:

— Acho melhor você relembrar seu amigo pastor de cabras sobre a lei que o protege. Ele parece mal-humorado. Eu me pergunto se ele achou realmente que eu aceitaria um desafio da parte dele. Um sujeito que cheira a cabras, um aprendiz que nem conhece a Primeira Transformação.

— Jasper — disse Ged —, o que você sabe a respeito do que eu conheço?

Por um instante, sem que fosse pronunciada nenhuma palavra audível, Ged desapareceu da vista deles, e um grande falcão pairou sobre o lugar em que ele estivera, abrindo o bico em forma de gancho para gritar. Foi só um momento e então Ged surgiu novamente sob a luz bruxuleante da tocha, com os olhos escuros fixos em Jasper.

Jasper tinha recuado um passo, surpreso; mas agora, dando de ombros, disse uma palavra:

— Ilusão.

Os outros cochichavam. Jero disse:

— Isso não foi ilusão. Foi uma transformação verdadeira. E suficiente. Jasper, ouça...

— Suficiente para provar que ele deu uma espiada no *Livro da Moldagem* pelas costas do mestre, e daí? Continue, pastor de cabras. Gosto dessa armadilha que você está construindo para si mesmo. Quanto mais você tenta provar que é igual a mim, mais mostra quem é.

Com isso, Jero afastou-se de Jasper e disse baixinho a Ged:

— Gavião, seja um homem e largue disso agora... Venha comigo...

Ged olhou para o amigo e sorriu, mas tudo o que disse foi:

— Cuide do Hoeg para mim por um tempo, sim? — Ele colocou nas mãos de Jero o pequeno otak que, como sempre, estava montado em seu ombro. Hoeg nunca deixava ninguém, exceto Ged, tocá-lo, mas agora se dirigia a Jero e, subindo por seu braço, encolheu-se em seu ombro, mantendo os grandes olhos brilhantes sempre fixos no dono.

— Agora — Ged disse a Jasper, em voz baixa como antes —, o que você vai fazer para provar que é superior a mim, Jasper?

— Não tenho de fazer nada, pastorzinho de cabras. No entanto, farei. Vou lhe dar uma chance, uma oportunidade. A inveja o corrói como um verme em uma maçã. Vamos liberar esse verme. Uma vez, na Colina de Roke, você se gabou de que os feiticeiros gonteses não brincam. Venha agora para a Colina de Roke e nos mostre o que eles fazem. E depois talvez eu lhe mostre um pouco de feitiçaria.

— Sim, eu gostaria de ver isso — respondeu Ged. Os meninos mais novos, acostumados a ver seu mau temperamento estourar ao mínimo indício de desprezo ou insulto, observavam, maravilhados, a frieza que ele demonstrava agora. Jero o observou não com admiração, mas com medo crescente. Ele tentou intervir mais uma vez, mas Jasper disse:

— Vamos, fique fora disso, Jero. O que você fará com a chance que lhe dou, pastor? Vai nos mostrar uma ilusão, uma bola de fogo, um encanto que cura a sarna das cabras?

— O que você gostaria que eu fizesse, Jasper?

O rapaz mais velho deu de ombros.

— Evoque o espírito de um morto, para mim tanto faz!

— Farei isso.

— Não fará. — Jasper o encarou e, de repente, a raiva ardia mais intensa do que o desdém. — Não fará. Você não consegue. Você só se gaba e se gaba...

— Farei, juro pelo meu nome.

Todos ficaram totalmente imóveis por um instante.

Afastando-se de Jero, que o teria segurado com toda força, Ged saiu do pátio sem olhar para trás. As luzes enfeitiçadas que dançavam acima deles morreram, afundando no chão. Jasper hesitou um segundo, depois seguiu Ged. E os outros foram atrás, calados, curiosos, amedrontados.

***

As encostas da Colina de Roke subiam, escuras, para dentro de uma sombria noite de verão antes de a lua nascer. A presença daquela colina onde muitas maravilhas haviam sido operadas era pesada, como era pesado o ar que os cercava. À medida que se aproximavam da encosta, pensavam em como suas bases eram profundas, mais profundas do que o mar, alcançando até os antigos fogos cegos e secretos no centro do mundo. Eles pararam na encosta leste. As estrelas pairavam sobre a relva escura do topo da colina. Nenhum vento.

Ged deu alguns passos subindo a encosta para longe dos outros e, virando-se, disse em uma voz clara:

— Jasper! De quem é o espírito que devo chamar?

— Chame quem você quiser. Ninguém vai ouvir. — A voz de Jasper estava um pouco trêmula, talvez de raiva. Ged respondeu calmo, zombeteiro:

— Você está com medo?

Ele nem sequer ouviu a resposta de Jasper, se é que houve uma. Não se importava mais com Jasper. Agora que estavam na Colina de Roke, o ódio e a raiva tinham desaparecido, substituídos por uma certeza flagrante. Ele não precisava invejar ninguém. Sabia que seu poder, naquela noite, naquele solo escuro e encantado, era maior do que jamais fora, e que o preenchia a ponto de deixá-lo trêmulo com a sensação de uma força que mal se mantinha sob controle. Sabia agora que Jasper estava muito abaixo dele, fora enviado talvez apenas para levá-lo ali naquela noite; não era um rival, mas um mero servo do destino de Ged. Sob os pés, ele sentiu as bases da colina descendo cada vez mais na escuridão, e acima de si, via o fogo seco e distante das estrelas. Entre terra e céu, todas as coisas estavam sob suas ordens. Ele estava no centro do mundo.

— Não tenha medo — disse ele, sorrindo. — Vou chamar o espírito de uma mulher. Você não precisa temer uma mulher. Chamarei Elfarran, a bela senhora da *Escritura de Enlad*.

— Ela morreu há mil anos, os ossos dela jazem no fundo do Mar de Éa, se é que essa mulher existiu.

— Os mortos se importam com anos e distâncias? As canções mentem? — Ged respondeu com o mesmo tom de leve zombaria. Em seguida, disse: — Observe o ar entre minhas mãos. — Ele se afastou dos outros e ficou imóvel.

Com um gesto grandioso e lento, estendeu os braços; era o gesto de boas-vindas que abre uma invocação. Então começou a falar.

Ged lera as runas desse Feitiço de Invocação no livro de Ogion havia mais de dois anos e nunca mais as vira. Lera-as na escuridão. Agora, naquela escuridão, era como se as lesse novamente na página aberta diante de si durante a noite. Mas agora ele entendia o que lia, falando em voz alta palavra por palavra, e via as marcas de como o feitiço devia ser composto com o som da voz e o movimento do corpo e das mãos.

Os outros meninos estavam parados, observando em silêncio, sem se mover, a menos que estremecessem um pouco: pois o grande feitiço começava a funcionar. A voz de Ged ainda era suave, mas se transformara com uma melodia profunda, e as palavras que ele dizia não eram conhecidas dos demais. Ele ficou em silêncio. De repente, o vento soprou, murmurando na relva. Ged caiu de joelhos e gritou. Depois, caiu para a frente como se fosse abraçar a terra com os braços estendidos e, quando se levantou, segurava algo escuro entre as mãos e os braços tensos, algo tão pesado que ele tremia devido ao esforço. O vento quente assobiava na relva escura da colina. Se as estrelas brilhavam agora, ninguém as via.

As palavras do encantamento eram assobiadas e murmuradas nos lábios de Ged, e logo depois ele gritou com clareza:

— Elfarran!

E gritou novamente o nome:

— Elfarran!

E pela terceira vez:

— Elfarran!

A massa disforme de escuridão que ele havia erguido se partiu. Rompeu-se. E uma espiral de luz pálida cintilou entre os braços abertos do garoto, uma forma oval tênue estendendo-se do chão até a altura de suas mãos levantadas. Em um instante, a luz oval mudou, assumiu uma forma humana: uma mulher alta que olhava para trás por cima do ombro. Seu rosto era lindo, triste e cheio de medo.

O espírito permaneceu ali, com uma luz mortiça, apenas por um instante. Em seguida, a forma oval pálida entre os braços de Ged tornou-se brilhante, mais larga e extensa, uma fresta na escuridão da terra e da noite, um rasgo no tecido do mundo. Por ele resvalava um brilho terrível. E, por aquela brecha deformada e brilhante, subiu algo como um coágulo de sombra preta, rápida e horrível, que saltou imediatamente no rosto de Ged.

Cambaleando sob o peso da coisa, Ged deu um grito curto e rouco. O pequeno otak que observava tudo do ombro de Jero, o animal que não tinha voz, também gritou e saltou como se fosse atacar.

Ged caiu, se debateu e se contorceu, enquanto o rasgo brilhante na escuridão do mundo se alargava e se estendia acima dele. Os garotos que tinham vindo para observar fugiram, e Jasper se abaixou no chão, escondendo os olhos da luz terrível. Jero correu sozinho até o amigo. Por isso, só ele viu a massa de sombra que se agarrou a Ged, rasgando a carne dele. Era como uma besta preta, do tamanho de uma criança, que parecia inchar e encolher e que não tinha cabeça nem rosto, apenas quatro patas e garras com as quais agarrava e rasgava. Jero soluçou de horror, mas estendeu as mãos para tentar puxar a coisa para longe de Ged. Antes de tocá-la, ele ficou imóvel, incapaz de se mover.

O brilho insuportável se dissipou, e lentamente as bordas dilaceradas do mundo se uniram. Perto dali, uma voz falava tão baixo quanto o sussurro de uma árvore ou a melodia de uma fonte.

As estrelas voltaram a brilhar, e a relva da encosta clareou com a luz da lua que acabava de nascer. A noite foi curada. O equilíbrio entre luz e escuridão foi restaurado e estabilizado. A fera das sombras se foi. Ged estava deitado de costas, os braços estendidos como se ainda mantivessem o amplo gesto de boas-vindas e invocação. O rosto dele estava escurecido de sangue e havia grandes manchas pretas na camisa. O pequeno otak se encolheu no ombro dele, tremendo. Em pé, diante de Ged, estava um velho cujo manto cintilava, pálido, com o luar: o arquimago Nemmerle.

A ponta do cajado de Nemmerle pairava, prateada, acima do peito de Ged. E tocou-o com delicadeza, uma vez no coração, uma vez nos lábios, enquanto Nemmerle sussurrava. Ged se mexeu e seus lábios se separaram, ofegantes. Então o velho arquimago ergueu o cajado e fincou-o na terra, apoiando-se pesadamente nele, com a cabeça baixa, como se mal tivesse forças para permanecer em pé.

Jero percebeu-se livre para se mover. Olhando ao redor, viu que já havia outras pessoas ali, os mestres Invocador e Transformador. Um ato de grande feitiçaria não é executado sem atrair pessoas como aquelas, e eles tinham maneiras de chegar muito depressa quando a necessidade chamava, embora nenhum tivesse sido tão rápido quanto o arquimago. Eles chamaram ajuda, e alguns dos que vieram partiram com o arquimago, enquanto outros, entre eles Jero, carregaram Ged para os aposentos do Mestre Herbalista.

Durante toda a noite, o Invocador permaneceu na Colina de Roke, vigiando. Nada se moveu ali na encosta onde o material do mundo fora rasgado. Nenhuma sombra veio rastejando através do luar em busca da fresta pela qual poderia escalar de volta rumo ao próprio domínio. Ela fugira de Nemmerle e das poderosas muralhas de feitiços que cercam e protegem a Ilha de Roke, mas estava no mundo agora. No mundo, em algum lugar, escondida. Se Ged morresse naquela noite, ela poderia ter tentado encontrar a porta que ele abrira e segui-lo para o reino da morte, ou deslizar de volta para o lugar de onde viera; por isso, o Invocador esperou na Colina de Roke. Mas Ged sobreviveu.

Eles o colocaram sobre a cama no quarto de cura, e o Mestre Herbalista cuidou dos ferimentos que Ged tinha no rosto, na garganta e no ombro. Eram feridas profundas, irregulares e malignas. O sangue escuro nelas não estancava, brotando mesmo sob os encantos e sob as folhas de perioto enroladas com teias de aranha. Ged estava cego e mudo de febre, como um graveto em fogo lento, e não havia feitiço para arrefecer o que o queimava.

Não muito longe, no pátio sem telhado onde brincava a fonte, o arquimago também jazia imóvel, e frio, muito frio: apenas seus olhos viviam, observando a queda da água e o movimento das folhas iluminadas pela lua. Aqueles que estavam com ele não disseram nenhum feitiço e não executaram nenhuma cura. Conversavam calmamente entre si, de vez em quando, e então se viravam de volta para observar seu senhor. Ele permanecia imóvel, com seu nariz de falcão, sua testa e seus cabelos descoloridos pelo luar, brancos como ossos. Para controlar o feitiço desgovernado e afastar a sombra de Ged, Nemmerle gastara todo seu poder, e com ele sua força corporal se foi. Ele estava morrendo. Mas a morte de um grande mago, que ao longo da vida caminhara muitas vezes pelas encostas íngremes e secas do reino da morte, é uma questão estranha: pois o homem moribundo não anda às cegas, mas com segurança, conhecendo o caminho. Quando Nemmerle ergueu os olhos por entre as folhas da árvore, aqueles que estavam junto não sabiam se ele observava as estrelas do verão desaparecendo ao amanhecer, ou outras estrelas, que nunca desapareciam do alto de colinas que não viam o amanhecer.

O corvo de Osskil, que fora seu animal de estimação por trinta anos, se foi. Ninguém viu para onde.

— Foi voando na frente — disse o Mestre Padronista, enquanto eles mantinham vigília.

O dia chegou quente e claro. O Casarão e as ruas de Thwil estavam em silêncio. Nenhuma voz foi ouvida, até que, por volta do meio-dia, sinos de ferro tocaram alto na Torre do Cantor, um toque duro.

No dia seguinte, os Nove mestres de Roke se reuniram em algum lugar sob as árvores escuras do Bosque Imanente. Mesmo estando ali, ergueram nove paredes de silêncio sobre eles, para que nenhuma pessoa ou poder pudesse falar com eles ou ouvi-los enquanto escolhiam entre os magos de todo o Terramar aquele que seria o novo arquimago. Gensher, da Ilha de Way, foi o eleito. Um navio foi imediatamente enviado para cruzar o Mar Central até a Ilha de Way e trazer o arquimago até Roke. O Mestre Cifra dos Ventos se posicionou na popa e ergueu o vento mágico até a vela, e logo o navio partiu.

Ged nada soube sobre esses acontecimentos. Durante quatro semanas daquele verão quente ele ficou cego, surdo e mudo, embora às vezes gemesse e gritasse como um animal. Por fim, à medida que as habilidades pacientes do Mestre Herbalista realizavam a cura, os ferimentos começaram a fechar e a febre baixou. Aos poucos, Ged parecia voltar a ouvir, embora nunca falasse. Em um dia claro de outono, o Mestre Herbalista abriu as venezianas do quarto onde seu paciente estava deitado. Desde aquela noite na Colina de Roke, Ged só vira escuridão. Agora via a luz do dia e o sol brilhando. Ele escondeu entre as mãos o rosto cheio de cicatrizes e chorou.

Mesmo assim, na chegada do inverno, ele só conseguia falar com a língua hesitante, e o Mestre Herbalista o manteve ali, nos aposentos de cura, tentando conduzir seu corpo e mente aos poucos de volta às forças. Era o início da primavera quando finalmente o mestre o libertou, enviando-o primeiro para oferecer sua fidelidade ao arquimago Gensher. Pois ele não pudera se juntar a todos os outros membros da Escola nesta tarefa na chegada de Gensher a Roke.

Nenhum dos colegas teve permissão para visitar Ged durante os meses de doença, e agora, enquanto ele passava, alguns perguntavam aos outros:

— Quem é?

Antes ele era leve, ágil e forte. Agora, enfraquecido pela dor, caminhava hesitante e não erguia o rosto, cujo lado esquerdo ficara branco por causa das cicatrizes. Ele evitou aqueles que o conheciam e aqueles que não o conheciam, e foi direto para o pátio da fonte. Ali, onde uma vez ele esperara por Nemmerle, Gensher o aguardava.

Como o velho arquimago, o novo estava vestido de branco; mas, como a maioria das pessoas de Way e do Extremo Leste, Gensher tinha a pele negra e olhos negros sob as sobrancelhas grossas.

Ged se ajoelhou e ofereceu-lhe lealdade e obediência. Gensher ficou em silêncio por um tempo.

— Sei o que você fez — disse o arquimago, por fim. — Mas não o que você é. Não posso aceitar sua fidelidade.

Ged se levantou e colocou a mão no tronco da árvore jovem ao lado da fonte para se equilibrar. Ele ainda demorava muito para encontrar palavras.

— Devo deixar Roke, meu senhor?

— Você quer deixar Roke?

— Não.

— O que você quer?

— Ficar. Aprender. Desfazer... o mal...

— O próprio Nemmerle não foi capaz fazer isso. Não, eu não deixaria você ir embora de Roke. Nada o protege, exceto o poder dos mestres e as defesas colocadas nesta ilha que mantêm as criaturas malignas longe daqui. Se partisse agora, a coisa que você libertou o encontraria imediatamente, entraria em você e o possuiria. Você não seria mais um homem, mas um *gebbeth*, um fantoche cumprindo a vontade daquela sombra maligna que você trouxe à luz do sol. Então deve ficar aqui, até ganhar força e sabedoria suficientes para se defender dela, se um dia conseguir. Ela está à sua espera neste momento. Decerto está à sua espera. Você a viu desde aquela noite?

— Em sonhos, senhor. — Depois de um tempo, Ged continuou, falando com dor e vergonha: — Senhor Gensher, não sei o que era... aquela coisa que saiu do feitiço e se agarrou a mim...

— Nem eu sei. Não tem nome. Você tem um grande poder inato dentro de si e o usou de forma errada, para operar um feitiço sobre o qual não tinha controle, sem saber como aquele feitiço afeta o equilíbrio de luz e sombra, vida e morte, bem e mal. E foi motivado a fazer isso por orgulho e ódio. É alguma surpresa que o resultado tenha sido a ruína? Você invocou um espírito dos mortos, mas com ele veio um dos Poderes do que não é vida. Aquilo não foi chamado, veio de um lugar onde não há nomes. É mau, e deseja operar o mal através de você. O poder que você teve para chamá-lo dá a ele poder de agir sobre você: os dois estão ligados. Aquela é a sombra da sua arrogância, a sombra da sua ignorância, a sombra que você projeta. Uma sombra tem nome?

Ged estava parado, doente e abatido. Por fim, disse:

— Seria melhor se eu tivesse morrido.

— Quem é você para julgar isso? Justo a pessoa por quem Nemmerle deu a vida. Está seguro aqui. Vai viver aqui e continuar seu treinamento. Disseram que você era inteligente. Vá em frente e faça seu trabalho. E faça-o bem. É tudo o que pode fazer.

Gensher terminou assim e, de repente, desapareceu, à maneira dos magos. A água na fonte saltava ao sol, e Ged observou-a um pouco e ouviu sua voz, pensando em Nemmerle. Uma vez naquele pátio, ele sentiu que era, ele mesmo, uma palavra dita pela luz do sol. Agora as trevas também haviam falado: uma palavra que não poderia ser retirada.

Então deixou o pátio, dirigindo-se a seu antigo quarto na Torre Sul, que permanecera vago para ele. Ficou ali, sozinho. Quando o gongo chamou para a ceia, ele foi, mas mal falou com os outros rapazes da Longa Mesa, nem ergueu o rosto para eles, nem mesmo os que o cumprimentaram com toda gentileza. Então, depois de um ou dois dias, todos passaram a deixá-lo só. Ficar sozinho era seu desejo, pois temia o mal que poderia causar ou pronunciar involuntariamente.

Nem Jero nem Jasper estavam lá, e ele não perguntou sobre os dois. Agora, os garotos que ele capitaneara e superara estavam todos à sua frente, devido aos meses que havia perdido, e durante a primavera e o verão ele estudou com rapazes mais jovens. Não se destacou entre eles, pois as palavras de qualquer feitiço, mesmo o mais simples feitiço de ilusão, saíam vacilantes de sua boca, e suas mãos falhavam em cumprir seu ofício.

No outono, Ged deveria partir novamente para a Torre Isolada, a fim de estudar com o Mestre Nomeador. Aquela tarefa, que ele temera no passado, agora o agradava, pois silêncio era o que ele buscava, além de um longo aprendizado em que não se compunha nenhum feitiço e o poder que ele sabia ainda trazer dentro de si não seria convocado a entrar em ação.

Na véspera da partida para a torre, um visitante entrou em seu quarto, vestido com um manto de viagem marrom e carregando um cajado de carvalho com ponta de ferro. Ged se levantou ao ver o cajado do feiticeiro.

— Gavião…

Ao som daquela voz, Ged ergueu os olhos: era Jero, parado ali, sólido e corpulento como sempre, o rosto negro e rude envelhecera, mas o sorriso não mudara. Em seu ombro estava encolhida uma fera pequena de pelo tigrado e olhos brilhantes.

— Ele ficou comigo enquanto você estava doente, e agora lamento me separar dele. E lamento mais ainda ter de me separar de você, Gavião. Mas estou indo para casa. Aqui, hoeg! Vá com seu verdadeiro mestre! — Jero fez um leve afago no otak e o colocou no chão. O animal correu, se sentou no colchão de Ged e começou a limpar o pelo com a língua marrom e seca como uma folha. Jero riu, mas Ged não conseguiu sorrir. Ele se abaixou para esconder o rosto, acariciando o otak.

— Achei que você não viria me ver, Jero — disse ele.

Ele não falara em tom de reprovação, mas Jero respondeu:

— Não pude ver você. O Mestre Herbalista me proibiu; e desde o inverno estive trancado com o mestre no bosque. Eu não era livre até ganhar meu cajado. Ouça: quando você também estiver livre, venha para o Extremo Leste. Ficarei esperando. Há alegria naqueles povoados, e os feiticeiros são bem recebidos.

— Livre... — murmurou Ged e deu de ombros, tentando sorrir.

Jero olhou-o, não exatamente como costumava olhar, não de forma menos afetuosa, mas mais à maneira de um feiticeiro, talvez. Ele disse com gentileza:

— Você não ficará preso em Roke para sempre.

— Bem... Pensei que talvez eu pudesse ir trabalhar com o mestre na torre, ser um daqueles que buscam nos livros e nas estrelas os nomes perdidos, e assim... não faria mais nenhum mal, ou bem...

— Talvez — disse Jero. — Não sou um vidente, mas o que vejo à sua frente não são salas e livros, e sim mares distantes, o fogo dos dragões, as torres das cidades e todas essas coisas que um gavião vê quando voa para longe, nas alturas.

— E atrás de mim? O que vê atrás de mim? — perguntou Ged, levantando-se enquanto falava, de modo que o globo de luz encantada que queimava no alto entre os dois projetou a sombra dele contra a parede e o chão. Então virou o rosto de lado e disse, gaguejando: — Mas me conte para onde você vai, o que vai fazer.

— Vou para casa, ver meus irmãos e a irmã de quem você me ouviu falar. Quando a deixei, ela era criança, e logo ela receberá seu nome... É estranho pensar nisso! E depois vou encontrar um trabalho de feitiçaria em algum lugar das ilhotas. Ah, eu ficaria conversando com você, mas não posso, meu navio sai hoje à noite e a maré já mudou. Gavião, se algum dia seus caminhos cruzarem o Leste, venha me ver. E se precisar de mim, mande me chamar. Pode me chamar pelo meu nome: Estarriol.

Ao ouvir isso, Ged ergueu o rosto coberto de cicatrizes e olhou nos olhos do amigo.

— Estarriol — disse ele —, meu nome é Ged.

Então, calados, eles se despediram, e Jero se virou, desceu o corredor de pedra e deixou Roke.

Ged ficou parado por um tempo, como alguém que recebeu uma notícia importante e precisa preparar o espírito para aceitá-la. Era um grande presente que Jero lhe dera, o conhecimento de seu verdadeiro nome.

Ninguém sabe o nome verdadeiro de uma pessoa, exceto ela mesma e quem a nomeou. Ela pode decidir contá-lo, depois de algum tempo, a um irmão, à esposa, a um amigo, mesmo assim essas poucas pessoas nunca o usarão se uma terceira pessoa puder ouvi-lo. Na frente de outros, como todos fazem, chamam aquela pessoa pelo nome usual, o apelido, um nome como Gavião, Jero e Ogion, que significa "pinha". Se os sujeitos comuns escondem seu verdadeiro nome de todos, exceto das poucas pessoas que amam e em quem confiam totalmente, os praticantes da feitiçaria devem ter mais cuidado ainda, pois o perigo e as ameaças são maiores. Quem sabe o nome de alguém tem a vida desse indivíduo sob sua guarda. Assim, para Ged, que perdera a fé em si mesmo, Jero havia dado um presente que apenas um amigo pode dar, uma prova de confiança inabalada e inabalável.

Ged sentou-se em seu estrado e deixou o globo de luz enfeitiçada morrer, exalando, enquanto desaparecia, um leve odor de gás do pântano. Ele acariciou o otak, que se espreguiçou confortavelmente e adormeceu em seu colo como se nunca tivesse dormido em outro lugar. O Casarão estava em silêncio. Ged se lembrou que era a véspera do aniversário de sua própria Passagem, o dia em que Ogion lhe dera seu nome. Quatro anos se passaram desde então. Ele se recordou da frieza da primavera na montanha pela qual caminhou nu e sem nome.

Começou a pensar nas lagoas iluminadas do rio Ar, onde costumava nadar; e na aldeia de Dez Amieiros sob as grandes florestas inclinadas da montanha; nas sombras da manhã cobrindo a rua empoeirada da aldeia, o fogo saltando sob o sopro do fole no tanque de fundição do ferreiro em uma tarde de inverno, a cabana escura e perfumada da bruxa onde o ar era carregado de fumaça e feitiços envolventes. Ele não pensava nessas coisas havia muito tempo. Agora elas lhe ocorriam, na noite em que completava dezessete anos. Todos os anos e lugares de sua breve vida arruinada lhe vieram à mente e voltaram a constituir um todo. Enfim ele soube outra vez, depois daquele período longo, amargo, desperdiçado, quem era e onde estava.

Mas para onde ele deveria ir nos anos seguintes, isso Ged não conseguiu saber; e temia descobrir.

Na manhã seguinte, ele partiu para o outro lado da ilha, com o otak montado em seu ombro como costumava fazer. Desta vez, levou três dias, não dois, para caminhar até a Torre Isolada, e estava exaurido quando avistou a torre acima dos mares agitados e sibilantes do cabo norte. Lá dentro era escuro e frio, como em suas lembranças, e Kurremkarmerruk estava sentado em seu assento alto, escrevendo listas de nomes. Ele olhou para Ged e disse, sem dar boas-vindas, como se Ged nunca tivesse partido:

— Vá para a cama; quem está cansado fica burro. Amanhã você pode abrir o *Livro dos empreendimentos dos criadores* e aprender os nomes que estão nele.

No final do inverno, ele voltou para o Casarão. Foi nomeado ocultista e, então, o arquimago Gensher aceitou sua lealdade. Daí em diante Ged estudou as artes e os encantamentos superiores, passando das artes da ilusão para as obras de magia verdadeira, aprendendo o que devia saber para obter o cajado de mago. A dificuldade que tinha para falar os feitiços foi desaparecendo com os meses e a habilidade de suas mãos foi recuperada; ainda assim, ele nunca mais foi tão rápido para aprender como fora antes; o medo lhe ensinara uma longa e difícil lição. Mas nenhum presságio ou encontro maligno aconteceu, nem mesmo em seus trabalhos dos Grandes Feitiços de Criação e

Moldagem, que são os mais perigosos. Às vezes, ele se perguntava se a sombra que havia libertado poderia estar enfraquecida ou ter fugido do mundo de alguma maneira, pois ela não apareceu mais em seus sonhos. Mas em seu coração ele sabia que essa esperança era insensata.

Com os mestres e com os antigos *Livros de Ensinamentos*, Ged aprendeu o que pôde sobre seres como aquela sombra que ele libertara; havia pouco a aprender. Nenhuma dessas criaturas era descrita ou mencionada diretamente. Na melhor das hipóteses, livros antigos traziam indícios esparsos sobre coisas que poderiam ser como a fera-sombra. Não era um fantasma de humano nem uma criatura dos Antigos Poderes da Terra, e ainda assim parecia que poderia existir alguma ligação com eles. Em *A questão dos dragões*, que Ged leu atentamente, constava a história de um antigo Senhor dos Dragões que sucumbira ao domínio de um dos Antigos Poderes, uma pedra falante que ficava em uma longínqua terra ao norte. "Sob comando da Pedra", contava o livro, "ele disse para um espírito morto se levantar do reino dos mortos, mas como sua magia foi distorcida pela vontade da Pedra, com o espírito morto veio também uma coisa não convocada, que o devorou de dentro para fora e, assumindo a forma dele, marchou, destruindo homens". Mas o livro não dizia o que aquilo era nem contava o fim da história. E os mestres não sabiam de onde essa sombra poderia vir: daquilo que não é vida, dissera o arquimago; do avesso do mundo, disse o Mestre Transformador; e o Mestre Invocador dissera:

— Eu não sei. — O Invocador viera muitas vezes sentar-se ao lado de Ged quando ele estava doente. Continuava sombrio e sério como sempre, mas Ged agora conhecia sua compaixão e o amava muito. — Eu não sei. Sobre essa coisa sei apenas isto: somente um grande poder conseguiria tê-la invocado, e talvez um único poder, uma única voz, a sua voz. Mas o que isso significa, não sei. Você vai descobrir. Precisa descobrir ou morrer ou, pior do que morrer... — Ele falou baixinho e seus olhos estavam sombrios enquanto olhava para Ged. — Você imaginava, quando menino, que um mago é alguém que pode fazer qualquer coisa. Foi o que imaginei, no passado. Todos nós imaginávamos. E a verdade é que à medida que o poder real de um sujeito cresce e seu conhecimento se amplia, o caminho que ele pode seguir fica cada vez mais estreito, até que, por fim, ele não escolhe nada, mas faz apenas e inteiramente o que *precisa fazer*...

Depois de seu décimo oitavo aniversário, Ged foi enviado pelo arquimago para trabalhar com o Mestre Padronista. O que se aprende no Bosque Imanente não é muito discutido em outros lugares. Diz-se que nenhum feitiço é executado lá, mas o lugar em si é um encantamento. Às vezes, as árvores daquele bosque são vistas, às vezes não são vistas, e nem sempre estão no mesmo lugar e na região da Ilha de Roke. Diz-se que as próprias árvores do bosque são sábias. Diz-se que o Mestre Padronista aprende sua magia suprema lá dentro do bosque, e se as árvores morrerem, sua sabedoria também morrerá, e nesse dia as águas subirão e afogarão as ilhas de Terramar, que Segoy erguera das profundezas na época anterior ao mito, e todas as terras onde os humanos e dragões habitam.

Mas tudo isso são rumores; os magos não falam a respeito.

Os meses se passaram e, finalmente, em um dia de primavera, Ged voltou para o Casarão, e não fazia ideia do que pediriam dele em seguida. Na porta que dá para a trilha que atravessa os campos da Colina de Roke, um velho o recebeu, aguardando por ele na soleira. No início, Ged não o reconheceu, mas, depois, refletindo, lembrou-se dele como o mesmo que o deixara entrar na Escola no dia de sua chegada, cinco anos antes.

O velho sorriu, cumprimentando-o pelo nome, e perguntou:

— Você sabe quem sou?

Então Ged pensou em como se falava sempre nos Nove mestres de Roke, embora ele conhecesse apenas oito: Cifra dos Ventos, Mão, Herbalista, Cantor, Transformador, Invocador, Nomeador, Padronista. Parecia que as pessoas falavam do arquimago como o nono mestre. No entanto, quando um novo arquimago foi escolhido, nove mestres se reuniram para escolhê-lo.

— Acho que você é o Mestre Sentinela — respondeu Ged.

— Sou. Ged, você obteve sua vaga em Roke dizendo seu nome. Agora pode obter sua liberdade dizendo o meu. — Assim disse o velho, sorrindo, e esperou. Ged ficou mudo.

Ele conhecia mil maneiras, técnicas e meios de descobrir nomes de coisas e de pessoas, é claro; tal ofício era parte de tudo que ele aprendera em Roke, pois sem isso havia pouca utilidade em fazer magia. Mas descobrir o nome de um mago e mestre era outra questão. O nome de um mago fica mais escondido do que um arenque no mar, mais bem guardado do que a toca de um dragão. Um encanto forçado pode ser combatido com um encanto mais forte, artifícios sutis falharão, indagações enganosas serão frustradas de forma enganadora e a força se voltará de forma prejudicial contra si mesma.

— O senhor guarda uma porta estreita, mestre — falou Ged por fim. — Devo ficar sentado nos campos, creio, e jejuar até ficar magro o suficiente para me infiltrar por ela.

— Como quiser — afirmou o Sentinela, com um sorriso.

Então Ged afastou-se um pouco e sentou-se sob um amieiro à beira do riacho de Thwil, deixando o otak correr para brincar na água e pegar caranguejos-de-água-doce no lodo das margens. O sol se pôs, tardio e luminoso, pois a primavera já estava adiantada. Luzes de lanternas e globos de luz enfeitiçada cintilavam nas janelas do Casarão e, descendo a encosta, as ruas de Thwil se encheram de penumbra. Corujas piavam nos telhados e morcegos sobrevoavam o riacho ao crepúsculo, e Ged continuava sentado pensando em como poderia, pela força, artimanha ou feitiçaria, descobrir o nome do Sentinela. Quanto mais ele refletia, menos enxergava, entre todas as artes da bruxaria que aprendera naqueles cinco anos em Roke, alguma que servisse para extrair esse segredo do mago.

Ele se deitou no campo e dormiu sob as estrelas, com o otak aninhado no bolso. Depois que o sol nasceu, ele retornou, ainda em jejum, à porta da casa e bateu. O Sentinela abriu.

— Mestre — falou Ged —, não posso arrancar seu nome do senhor, não sou forte o suficiente e, não sendo sábio o suficiente, não posso obtê-lo com um truque. Por isso, me contento em permanecer aqui e aprender ou servir, o que o senhor quiser: a menos que, por sorte, o senhor responda a uma dúvida que tenho.

— Diga-a.

— Qual é o seu nome?

O Sentinela sorriu e disse seu nome; e Ged, repetindo-o, entrou pela última vez naquela casa.

Quando a deixou novamente, vestia um pesado manto azul-escuro, um presente do município de Baixo Tornel, para onde ele estava indo, pois eles queriam um feiticeiro. Carregava também um cajado da sua altura, esculpido em teixo e com ponta de bronze. O Sentinela se despediu dele abrindo a porta dos fundos do Casarão, a porta de chifre e marfim, e desceu as ruas de Thwil até um navio que o esperava nas águas luminosas do amanhecer.

CAPÍTULO 5

O DRAGÃO DE PENDOR

A oeste de Roke, em um aglomerado entre as duas grandes ilhas de Hosk e Ensmer, ficam as Ilhas Noventa. A mais próximo de Roke é Serd, e a mais distante é Seppish, que fica quase no Mar de Paln. Se a soma de todas elas é realmente noventa, isso é uma pergunta sem resposta, pois contando-se apenas as ilhas com nascentes de água doce, chega-se a setenta, mas contando-se todas as rochas, chega-se a cem antes de terminar a contagem, e então a maré muda. Os canais entre as ilhotas são estreitos e por eles as marés brandas do Mar Central, precipitadas e confusas, sobem e descem, de modo que em um lugar onde, com a maré alta, podem existir três ilhas, na baixa pode haver apenas uma. Assim, diante de todo o perigo das marés, toda criança que sabe andar sabe remar e tem seu pequeno barco a remo; as donas de casa remam pelo canal para tomar uma xícara de chá de rushuáche com a vizinha; mascates anunciam as mercadorias no ritmo das remadas. Lá, todas as estradas são de água salgada, bloqueadas apenas por redes estendidas de casa em casa através do estreito para pegar peixinhos chamados turbis, cujo óleo é a riqueza das Ilhas Noventa. Existem poucas pontes e nenhuma grande cidade. Cada ilhota é repleta de casas de agricultores e de pescadores, que formam comunidades com dez ou vinte ilhotas. Uma delas era Baixo Tornel, na extremidade oeste, voltada para o Mar Central, mas mais retirada em direção ao oceano vazio, aquele canto isolado do Arquipélago onde há apenas Pendor, a ilha destruída pelo dragão e, depois dela, as águas do Extremo Oeste, desoladas.

Uma casa foi preparada ali para o novo feiticeiro da comunidade. Ficava em uma colina entre campos verdes de cevada, protegida do vento oeste por um bosque de pendigueiros que agora estavam cheios de flores vermelhas. Da porta, viam-se outros telhados de palha, bosques e jardins, e outras ilhas com seus telhados, campos e colinas; em meio a tudo isso, os numerosos canais cintilantes e sinuosos do mar. Era uma casa pobre, sem janelas, com piso de terra, mas uma casa melhor do que aquela em que Ged nascera. Os magistrados de Baixo Tornel, maravilhados com o feiticeiro de Roke, desculparam-se pela humildade do lugar.

— Não temos pedras para construção — falou um.

— Nenhum de nós é rico, embora ninguém passe fome — explicou outro.

E um terceiro:

— Ao menos ficará seca, pois eu mesmo fiz o telhado, senhor.

Para Ged, era tão bom quanto qualquer palácio. Ele agradeceu sinceramente aos líderes da comunidade, e os dezoito voltaram para suas ilhas natais, cada um em seu barco a remo, para contar aos pescadores e às donas de casa que o novo feiticeiro era um jovem estranho e sombrio que falava pouco, mas falava com imparcialidade e sem orgulho.

Talvez houvesse poucos motivos para orgulho nesse primeiro cargo de Ged como mago. Feiticeiros treinados em Roke normalmente iam para cidades ou castelos, para servir aos grandes senhores que os tinham em alta consideração. Em condições normais, aqueles pescadores de Baixo Tornel não teriam entre si nada além de uma bruxa ou um simples ocultista para encantar as redes de pesca, entoar canções pelos novos barcos e curar animais e pessoas de suas doenças. Mas nos últimos anos, o velho Dragão de Pendor procriara: nove dragões, dizia-se, agora ficavam abrigados nas torres em ruínas dos Senhores do Mar de Pendor, arrastando as barrigas escamosas para cima e para baixo pelas escadarias de mármore e passagens de portas derrubadas. Desejando comida naquela ilha morta, eles acabariam por voar, mais ano menos ano, quando estivessem crescidos e a fome se abatesse sobre eles. Uma revoada de quatro já fora vista na costa sudoeste de Hosk, não pousara, mas espionara os currais, celeiros e aldeias. A fome de um dragão desperta lentamente, mas é difícil de saciar. Então, os magistrados de Baixo Tornel mandaram pessoas a Roke para implorar por um feiticeiro que protegesse seu povo do presságio que pairava sobre o horizonte ocidental, e o arquimago havia julgado o medo deles bem fundamentado.

— Não há conforto neste lugar — dissera o arquimago a Ged no dia em que o nomeara feiticeiro —, nem fama, nem riqueza, talvez nem risco. Você vai?

— Vou — respondeu Ged; não apenas por obediência. Desde a noite na Colina de Roke, seu desejo havia se voltado contra a fama e a exposição tanto quanto antes fora baseado nelas. Ele passara a sempre duvidar de sua força e temia testar o próprio poder. Mas a conversa sobre os dragões também atraía sua grande curiosidade. Em Gont, por muitos séculos não houve dragões; e nenhum dragão jamais voaria ao alcance do faro, da vista ou do feitiço de Roke, de modo que ali eles também eram apenas temas de contos e canções, coisas cantadas, mas não vistas. Ged aprendera tudo que fora possível sobre tais criaturas na Escola, mas uma coisa é ler sobre dragões e outra é conhecê-los. A oportunidade estava a favor dele e, com sinceridade, ele disse: — Eu vou.

O arquimago Gensher assentiu com um movimento de cabeça, mas seu olhar era sombrio.

— Diga-me — falou, por fim —, você tem medo de deixar Roke? Ou está ansioso para ir embora?

— Ambos, meu senhor.

Mais uma vez Gensher assentiu.

— Não sei se farei bem em tirar você da segurança daqui — explicou ele, em voz muito baixa. — Não consigo ver seu caminho. Está tudo escuro. E há um poder no norte, algo que iria destruí-lo, mas o que é e onde, se está no caminho passado ou no que você tem à frente, não posso dizer: é tudo sombra. Quando os homens de Baixo Tornel vieram aqui, pensei imediatamente em você, pois parecia um lugar seguro e fora do caminho, onde você poderia ter tempo para reunir forças. Mas não sei se algum lugar é seguro para você, ou para onde vai seu caminho. Não quero lançá-lo na escuridão...

À primeira vista, a casa sob as árvores floridas pareceu um lugar claro o bastante para Ged. Lá ele vivia observando o céu do oeste e mantinha seus ouvidos de feiticeiro atentos ao som de asas escamosas. Mas nenhum dragão apareceu. Ged pescava em seu cais e cuidava de seu canteiro de ervas. Passava dias inteiros refletindo sobre uma página ou uma linha ou uma palavra nos *Livros de Ensinamentos* que trouxera de Roke, sentado no ar livre do verão sob os pendigueiros, enquanto o otak dormia a seu lado ou caçava ratos nos campos de grama e margaridas. E atendia o povo de Baixo Tornel como curandeiro e manipulador do clima sempre que lhe pediam. Não passava por sua cabeça que um mago pudesse ter vergonha de realizar trabalhos tão simples, pois ele fora uma criança-bruxa entre pessoas mais pobres do que aquelas. Ali, no entanto, lhe pediam pouco, mantendo o respeito por ele, em parte porque era um feiticeiro da Ilha do Sábio, e em parte por causa de seu silêncio e de seu rosto cheio de cicatrizes. Isso, sendo ele tão jovem, deixava as pessoas apreensivas.

Mesmo assim, ele encontrou um amigo: um fabricante de barcos que morava na ilhota mais próxima a leste. Seu nome era Pechvarry. Eles se conheceram no píer, onde Ged parou ao vê-lo assentando o mastro de um pequeno veleiro. O homem olhou para o feiticeiro com um sorriso e disse:

— Eis o trabalho de um mês, quase terminado. Acho que o senhor poderia ter feito isso em um minuto com uma palavra, hein, senhor?

— Poderia — concordou Ged —, mas ele provavelmente afundaria no minuto seguinte, a menos que eu sustentasse os feitiços. Mas se você quiser... — Ele parou.

— Então, senhor?

— Bem, essa é uma pequena embarcação adorável. Não precisa de nada. Mas, se quiser, posso lançar um feitiço de amarração nela, para ajudar a mantê-la firme; ou um feitiço de localização, para ajudar a trazê-la do mar para casa.

Ele hesitou ao falar e não quis ofender o artesão, mas o rosto de Pechvarry brilhou.

— Este barquinho é para meu filho, senhor, e se você colocasse tantos encantos sobre ele, seria uma grande bondade e um ato amigável. — E subiu no píer para pegar a mão de Ged ali mesmo e agradecê-lo.

Depois disso, os dois passaram a trabalhar juntos com frequência, Ged entremeava seus feitiços ao trabalho manual de Pechvarry nos barcos que ele construía ou consertava e, em troca, aprendia com Pechvarry como um barco era construído e manuseado sem ajuda de magia: pois essa habilidade da verdadeira navegação era um tanto limitada em Roke. Muitas vezes, Ged, Pechvarry e seu filho Ioeth saíam para os canais e as lagoas, navegando ou remando em um ou outro barco, até que Ged se tornou um bom marinheiro e a amizade entre ele e Pechvarry se tornou séria.

No final do outono, o filho do fabricante de barcos adoeceu. A mãe mandou chamar a feiticeira da Ilha de Tesk, que era boa curandeira, e tudo pareceu bem por um ou dois dias. Então, no meio de uma noite tempestuosa, Pechvarry bateu na porta de Ged e implorou que ele viesse salvar a criança. Ged correu com o amigo para o barco e remaram com toda pressa no escuro e na chuva até a casa do fabricante de barcos. Lá, Ged viu a criança na cama, a mãe agachada em silêncio ao lado dela, e a feiticeira soltando fumaça de raiz de corli e cantando o *Canto nagiano*, que era a melhor cura de que ela dispunha. Mas ela sussurrou para Ged:

— Senhor feiticeiro, acho que esta febre é a febre vermelha e a criança vai morrer esta noite.

Quando Ged se ajoelhou e colocou as mãos sobre a criança, pensou o mesmo e recuou um momento. Nos últimos meses de sua longa enfermidade, o Mestre Herbalista transmitira a ele muitos ensinamentos de cura, e a primeira e a última lição de todos os ensinamentos era esta: cure a ferida e cure a doença, mas deixe o espírito moribundo partir.

A mãe viu seu movimento e o significado dele e gritou, desesperada. Pechvarry abaixou-se ao lado dela e disse:

— O Senhor Gavião vai salvá-lo, querida. Não precisa chorar! Ele está aqui agora. Ele consegue.

Ouvindo o lamento da mãe e vendo a confiança que Pechvarry tinha nele, Ged não sabia como poderia desapontá-los. Ele não confiava no próprio julgamento e pensava que talvez a criança pudesse ser salva, se a febre baixasse. Ele disse:

— Darei o melhor de mim, Pechvarry.

E passou a banhar o menino com água fria trazida da chuva que caía do lado de fora, e começou a dizer um dos feitiços de aplacar febres. O feitiço não fez nem bem nem mal, e de repente ele pensou que a criança estava morrendo em seus braços.

Invocando todo seu poder de uma vez e sem pensar em si mesmo, ele enviou seu espírito atrás do espírito da criança, para trazê-lo de volta. Chamou o nome da criança, "Ioeth!". Pensando ouvir uma resposta fraca em sua audição interior, ele prosseguiu, e chamou mais uma vez. Então enxergou o garotinho correndo depressa à sua frente, descendo uma encosta escura, a encosta de uma vasta colina. Não havia som algum. As estrelas acima da colina não eram estrelas que seus olhos já tivessem visto. No entanto, conhecia as constelações pelo nome: o Feixe, a Porta, Aquela que Vira, a Árvore. Aquelas eram estrelas que não se punham, que não se apagavam com a chegada do dia. Ele fora longe demais ao seguir a criança moribunda.

Sabendo disso, viu-se sozinho na encosta escura. Era difícil retornar, muito difícil.

Virou-se devagar. E, devagar, colocou pé ante pé para escalar uma colina, depois a outra. Seguiu passo a passo, desejando cada passo. E cada passo era mais difícil do que o anterior.

As estrelas não se moviam. Nenhum vento soprava sobre o solo íngreme e seco. Em todo o vasto reino das trevas, apenas ele se movia, lentamente, escalando. Chegou ao topo da colina e viu ali um muro baixo de pedras. Mas do outro lado do muro, de frente para ele, havia uma sombra.

A sombra não tinha a silhueta de uma pessoa ou de um animal. Era desprovida de forma, mal podia ser vista, mas sussurrava para Ged, embora não houvesse palavras no sussurro, e estendia-se na direção dele. Ela estava do lado dos vivos, e ele, do lado dos mortos.

Ou precisava descer a colina até as terras desérticas e as cidades dos mortos, sem luz, ou atravessar o muro de volta à vida, onde a coisa maligna e sem forma o esperava.

O cajado espiritual estava em sua mão e ele o ergueu bem alto. Com esse movimento, a força entrou nele. De repente, quando estava prestes a saltar o muro baixo de pedras direto sobre a sombra, o cajado ardeu, branco, uma luz ofuscante naquele lugar escuro. Ged saltou, sentiu a queda e não viu mais nada.

O que Pechvarry, sua esposa e a bruxa viram naquele momento foi isto: o jovem feiticeiro interrompera o feitiço no meio e segurara a criança por algum tempo, sem se mover. Depois, colocara o pequeno Ioeth suavemente na cama, levantara-se e ficara em silêncio, com o cajado na mão. De repente, erguera bem alto o cajado, que cintilara com um fogo branco enquanto ele segurava o relâmpago nas mãos, e todos os itens domésticos da cabana saltaram, estranhos, vívidos, naquele fogo momentâneo. Com os olhos iluminados do deslumbramento, eles viram o jovem caído, debruçado para a frente no chão de terra, ao lado do colchão onde a criança jazia morta.

Para Pechvarry, parecia que o feiticeiro também estava morto. Sua esposa chorava, mas ele estava totalmente perplexo. A bruxa, porém, tinha algum conhecimento, coisas que ouvira dizer, sobre a magia e os caminhos que um feiticeiro de verdade pode seguir, e providenciou para que Ged, frio e sem vida como estava, não fosse tratado como um morto, mas como alguém doente ou em transe. Ele foi levado para casa e uma velha ficou para observá-lo e ver se ele dormia para acordar ou se dormia para sempre.

O pequeno otak se escondera nas vigas da casa, como fazia quando estranhos entravam. Ficou ali enquanto a chuva batia nas paredes, o fogo arrefecia e a noite avançava devagar, com a velha abanando a cabeça ao lado da lareira. Depois, o otak desceu sorrateiramente e foi até o lugar onde Ged estava deitado, rígido e imóvel na cama. Começou a lamber as mãos e pulsos do feiticeiro, longa e pacientemente, com a língua marrom de folha seca. Agachou-se ao lado da cabeça dele e lambeu a têmpora, a bochecha cheia de cicatrizes e, com delicadeza, as pálpebras fechadas. E muito devagar, sob aquele toque suave, Ged despertou. Acordou sem saber onde estivera, onde estava ou o que era a tênue luz cinzenta à sua volta, a luz do amanhecer chegando ao mundo. Então o otak se enrolou perto de seu ombro, como de costume, e adormeceu.

Depois, quando Ged pensou naquela noite, soube que se ninguém o tivesse tocado enquanto ele estava deitado, com o espírito perdido, se ninguém o tivesse chamado de volta de alguma forma, ele poderia ter se perdido para sempre. Tratara-se apenas da sabedoria instintiva e sem voz do animal que lambe a ferida do companheiro para confortá-lo, mas Ged enxergou nessa sabedoria algo semelhante a seu próprio poder, algo tão profundo quanto a magia. A partir de então, acreditou que o sábio é aquele que nunca se separa de outras coisas vivas, tenham ou não fala, e nos anos posteriores ele se esforçou muito para aprender o que havia a ser aprendido, em silêncio, com os olhos de animais, o voo das aves, os gestos grandiosos e lentos das árvores.

Ele fizera, ileso, pela primeira vez, aquela travessia e retorno que só um feiticeiro pode fazer com os olhos abertos e que nem mesmo o maior dos magos pode fazer sem risco. Mas quando retornou foi em direção à dor e ao medo. Dor por seu amigo Pechvarry, medo por si mesmo. Agora ele sabia por que o arquimago temia enviá-lo para longe e o que escurecera e nublara até mesmo a visão do mago sobre seu futuro. Pois era a própria escuridão que o esperava, a coisa sem nome, o ser que não pertencia ao mundo, a sombra que Ged havia libertado ou criado. Em espírito, na fronteira entre morte e vida, ela esperara por ele todos aqueles anos. Por fim, encontrara-o ali. E agora estaria em seu encalço, tentando se aproximar dele, para tomar a força dele para si, e sugar sua vida e vestir sua carne.

Pouco tempo depois, ele sonhou com a coisa na forma de um urso sem cabeça nem rosto. Pensou que ela estava vagando pelas paredes da casa, procurando a porta. Não tinha um sonho como aquele desde a cura das feridas que a coisa lhe causara. Quando acordou, sentiu-se fraco e com frio, e as cicatrizes no rosto e ombro repuxavam e doíam.

Começava então uma época ruim. Quando ele sonhava com a sombra ou apenas pensava nela, sentia sempre aquele mesmo medo frio: a percepção e o poder eram drenados dele, tornando-o tolo e desorientado. Enfureceu-se com a própria covardia, mas isso de nada adiantou. Procurou alguma proteção, mas não havia nenhuma: a coisa não era carne, não era viva, não era espírito, não tinha nome, não era outra existência que não a que ele mesmo lhe concedera, um poder terrível fora das leis do mundo iluminado pelo sol. Tudo o que ele sabia era que aquela coisa era atraída por ele e tentaria fazer a própria vontade por meio dele, como sua criatura. Mas sob que forma ela viria, se ainda não possuía uma forma própria real? Como e quando viria? Isso Ged não sabia.

Ele colocou todas as barreiras de feitiçaria que pôde em sua casa e na ilha onde morava. Tais paredes de feitiço precisam ser eternamente renovadas, e ele logo percebeu que, se gastasse todas as suas forças nessas defesas, não teria utilidade para a população das ilhas. O que poderia fazer se um dragão viesse de Pendor e ele ficasse entre dois inimigos?

Sonhou novamente, mas dessa vez, no sonho, a sombra estava dentro de sua casa, ao lado da porta, estendendo-se para ele na escuridão e sussurrando palavras que ele não entendia. Acordou aterrorizado e lançou um globo de luz encantada flamejante pelo ar, para iluminar todos os cantos da casinha até Ged perceber que não havia nenhuma sombra em lugar nenhum. Em seguida, colocou lenha nas brasas de sua fogueira e sentou-se à luz do fogo, ouvindo o vento de outono bater no telhado de palha e gemer nas grandes árvores desfolhadas nas alturas; e refletiu muito. Uma velha raiva despertou em seu coração. Não suportaria esperar indefeso, ficar sentado em uma ilhota murmurando feitiços inúteis de bloqueio e proteção. No entanto, não podia simplesmente escapar da armadilha: fazer isso seria quebrar a confiança dos ilhéus e abandoná-los, indefesos, a um dragão iminente. Só havia um caminho a seguir.

Na manhã seguinte, ele desceu entre os pescadores no ancoradouro principal de Baixo Tornel e, ao encontrar o líder dos magistrados, disse-lhe:

— Preciso ir embora deste lugar. Estou em risco e coloco vocês em risco. Preciso ir. Por isso, solicito sua permissão para sair e acabar com os dragões de Pendor, para que minha missão junto a vocês seja concluída e eu possa partir livremente. Se eu falhar, é porque falharia também quando eles viessem aqui, e é melhor saber disso o quanto antes.

O magistrado olhou para ele de queixo caído.

— Senhor Gavião — argumentou —, há nove dragões por aí!

— Oito ainda são jovens, segundo dizem.

— Mas o velho…

— Repito, preciso sair daqui. Peço sua permissão para, antes disso, livrá-los do perigo do dragão, se eu for capaz.

— Como quiser, senhor — o magistrado disse, com tristeza. Todos os presentes consideraram aquilo um ato de insanidade ou bravura absurda por parte do jovem feiticeiro e, com rostos taciturnos, o viram partir, esperando não ter mais notícias dele. Algumas pessoas insinuaram que ele queria apenas navegar de volta por Hosk até o Mar Central, deixando-os em apuros; outros, entre eles Pechvarry, afirmaram que ele havia enlouquecido e procurava a morte.

Ao longo de quatro gerações, todos os navios haviam estabelecido seu curso para se manter longe da costa da Ilha Pendor. Nenhum mago fora até lá combater o dragão, pois a ilha ficava fora das rotas de navegação e seus senhores eram piratas, escravistas, criadores de guerras, odiados por todos os que viviam na região sudoeste de Terramar. Por esta razão, ninguém tentara vingar o Senhor de Pendor depois que o dragão, vindo do oeste, atacou ele e seu exército de surpresa quando estavam festejando na torre, sufocou-os com as chamas de sua boca e fez todos os habitantes do povoado fugirem gritando em direção ao mar. Sem ser vingada, Pendor foi deixada para o dragão, com todos os seus ossos, torres e joias roubadas de príncipes havia muito falecidos das costas de Paln e de Hosk.

Ged sabia tudo isso e muito mais, pois desde que viera para Baixo Tornel trazia isso em mente e refletia sobre tudo o que aprendera a respeito de dragões. Enquanto conduzia seu barquinho para o oeste, sem remar nem usar as habilidades de marinheiro que Pechvarry lhe ensinara, mas navegando por magia com o vento mágico em sua vela e um feitiço colocado na proa e na quilha para mantê-las firmes, ele observou a ilha morta elevando-se no mar. Queria velocidade e, portanto, usou o vento mágico, pois temia o que vinha atrás mais do que o que tinha diante de si. Mas com o passar do dia, a impaciência mudou de medo a uma espécie de ferocidade alegre. Ao menos ele buscava aquele perigo por vontade própria; e quanto mais se aproximava, mais estava seguro de que, pelo menos daquela vez, pelo menos naquela hora que talvez antecedesse sua morte, ele era livre. A sombra não ousara segui-lo até as mandíbulas de um dragão. As ondas corriam debruadas de branco no mar cinzento e as nuvens cinzentas flutuavam no alto com o vento norte. Ele foi para o oeste com o vento mágico rápido em sua vela e avistou as rochas de Pendor, as ruas tranquilas do povoado e as torres desmanteladas, em ruínas.

Na entrada do porto, uma baía rasa em forma de meia-lua, ele retirou o feitiço do vento e imobilizou o barquinho para que balançasse nas ondas. Então, invocou o dragão:

— Usurpador de Pendor, venha defender seu tesouro!

Sua voz não chegou longe, por causa do som das ondas que quebravam nas praias cinzentas; mas os dragões têm ouvidos aguçados. Logo um deles voou de alguma ruína sem teto do povoado, parecendo um grande morcego preto, de asas pequenas e costas espinhosas; e retornando com o vento norte, voou em direção a Ged. Seu coração se encheu ao ver a criatura que era um mito para seu povo, e ele riu e gritou:

— Vá e mande vir o Velho Dragão, seu verme do vento!

Pois aquele era um dos jovens dragões, gerado ali anos antes por uma dragoa do Extremo Oeste, que colocara seus grandes ovos de couro, como dizem que as dragoas fazem, em alguma sala ensolarada da torre destruída e voara para longe, deixando o Velho Dragão de Pendor para cuidar dos filhotes quando eles rastejassem como lagartos perversos para fora da casca.

O jovem dragão não respondeu. Não era dos maiores de sua espécie, talvez tivesse o comprimento de um navio de quarenta remos, e era magro como um verme para a envergadura de suas asas membranosas pretas. Ele não tinha se desenvolvido ainda, nem sua voz, nem uma sagacidade qualquer de dragão. Veio direto até Ged no barquinho ondulante, abrindo as longas mandíbulas dentadas enquanto deslizava como uma flecha pelo ar, de modo que tudo que Ged precisou fazer foi amarrar as asas e membros dele de forma rígida com um feitiço forte e atirá-lo para o lado no mar, como uma pedra cadente. E o mar cinzento fechou-se sobre a criatura.

Dois dragões parecidos com o primeiro surgiram da base da torre mais alta. Da mesma forma que o primeiro, vieram direto na direção de Ged, e mesmo assim ele pegou os dois, atirou-os para baixo e os afogou; e sequer ergueu o cajado de feiticeiro.

Depois de algum tempo, três se lançaram contra ele, vindos da ilha. Um deles era muito maior, e expelia fogo ondulante pelas mandíbulas. Dois voaram na direção de Ged, sacudindo as asas, mas o maior veio circundando por trás, muito rápido, para queimá-lo junto ao barco com a expiração de fogo. Nenhum feitiço de amarração pegaria os três juntos, porque dois vinham do norte e um do sul. No instante em que percebeu isso, Ged lançou um feitiço de Transformação e, entre uma expiração e outra, voou de seu barco assumindo forma de dragão.

Abrindo as asas largas e expondo as garras, ele enfrentou os dois e os murchou com fogo. Depois se virou para o terceiro, que era maior do que ele e também estava armado com fogo. No vento acima das ondas cinzentas, eles se curvaram, se agarraram, arremeteram, avançaram até que a fumaça se revolvesse em volta deles iluminada pelo brilho vermelho das bocas flamejantes. Ged arremeteu subitamente para o alto e o outro o seguiu por baixo. No meio do voo, o Ged-dragão ergueu as asas, parou e se inclinou como um gavião se inclina, com as garras expostas e voltadas para baixo, então agarrou e derrubou o outro pelo pescoço e pelo flanco. As asas pretas se debateram e o sangue preto de dragão pingou em gotas espessas no mar. O Dragão de Pendor se libertou e voou baixo e vacilante para a ilha, onde se escondeu, rastejando para dentro de algum poço ou caverna do povoado em ruínas.

Ged imediatamente assumiu sua forma e voltou ao barco, pois era muito perigoso conservar a forma de dragão além do tempo necessário. Suas mãos ficaram pretas com o sangue escaldante do verme e ele estava chamuscado em volta da cabeça, mas isso não importava agora. Ele esperou até recuperar o fôlego e então gritou:

— Seis eu vi, cinco destruí, dizem que são nove: saiam, vermes!

Criatura alguma se moveu e voz alguma se manifestou na ilha por um longo período, exceto as ondas que batiam ruidosas contra a costa. Então Ged percebeu que a torre mais alta mudava lentamente de forma, projetando-se para um dos lados como se desenvolvesse um braço. Ele temeu a magia do dragão, pois os velhos dragões são muito poderosos e ardilosos em um tipo de feitiçaria semelhante e oposta à feitiçaria humana: mas no momento seguinte viu que não se tratava de um truque feito pelo dragão, mas sim por seus próprios olhos. O que ele assumiu que fosse uma parte da torre era o ombro do Dragão de Pendor, que desenrolava sua massa e se erguia devagar.

Quando o dragão ficou totalmente em pé, a cabeça escamada, coroada de espinhos e com uma língua tripartida, ele se ergueu mais alto do que a altura da torre destruída, e as patas dianteiras repousaram sobre os escombros do povoado, com as garras expostas. As escamas cinza-escuro absorviam a luz do dia como pedras lascadas. Ele era esguio como um cão de caça e enorme como uma colina. Ged ficou pasmo. Não havia canção ou conto que pudesse preparar a mente para aquela visão. Ele quase olhou nos olhos do dragão e foi capturado, pois não se pode olhar nos olhos de um dragão. Mas desviou do olhar verde e oleoso que o observava, erguendo diante de si o cajado, que agora parecia uma farpa, um graveto.

— Tive oito filhos, feiticeirinho — falou a voz profunda e seca do dragão. — Cinco morreram, um está para morrer: chega. Você não vai conquistar meu tesouro matando-os.

— Não quero seu tesouro.

A fumaça amarela assoviou das narinas do dragão: aquela era sua risada.

— Você não gostaria de desembarcar e olhar para ele, feiticeirinho? Vale a pena vê-lo.

— Não, dragão. — Os dragões têm parentesco com o vento e o fogo, e eles não lutam no mar de bom grado. Essa tinha sido a vantagem de Ged até agora e ele a preservou; mas a faixa de água do mar entre ele e as grandes garras cinzentas não parecia mais uma grande vantagem. Era difícil não olhar dentro daqueles olhos verdes e observadores.

— Você é um feiticeiro muito jovem — falou o dragão. — Não sabia que os homens chegavam tão jovens ao poder. — Ele falava, como Ged, na Língua Arcaica, pois essa ainda é a língua dos dragões. Embora o uso da Língua Arcaica comprometa um homem com a verdade, não é assim com os dragões. Essa é a língua deles e nela eles podem mentir, distorcendo as palavras verdadeiras para fins falsos, aprisionando o ouvinte incauto em um labirinto de palavras-espelho, sendo que cada uma reflete a veracidade, mas nenhuma leva a lugar algum. Ged fora alertado sobre isso muitas vezes e quando o dragão falava, ele ouvia com desconfiança, com todas as dúvidas engatilhadas. Porém, as palavras pareciam simples e claras:

— Foi para pedir minha ajuda que você veio aqui, feiticeirinho?

— Não, dragão.

— Mesmo assim, eu poderia ajudá-lo. Você logo precisará de ajuda contra aquilo que o persegue na escuridão.

Ged perdeu a fala.

— O que é essa coisa que o persegue? Diga para mim qual é o nome dela.

— Se eu pudesse nomeá-la... — Ged se conteve.

Fumaça amarela se anelava acima da longa cabeça do dragão, saindo das narinas que eram dois tanques redondos de fogo.

— Se você pudesse nomeá-la, talvez pudesse dominá-la, feiticeirinho. Talvez eu possa revelar o nome dela, ao vê-la se aproximar. E ela vai se aproximar, se você esperar perto da minha ilha. Ela irá aonde você for. Se não quiser que ela se aproxime, precisa fugir, fugir e continuar fugindo. E ainda assim ela o perseguirá. Você gostaria de saber o nome dela?

Ged permaneceu calado mais uma vez. Não conseguia imaginar como o dragão sabia da sombra que ele havia libertado, nem como ele poderia saber o nome da sombra. O arquimago dissera que a sombra não tinha nome. No entanto, os dragões têm sua própria sabedoria; são uma espécie mais antiga do que a humana. Poucos homens podem imaginar o que um dragão sabe e como ele sabe, e esses poucos são os Senhores dos Dragões. Para Ged, apenas uma coisa era certa: embora o dragão pudesse estar falando a verdade, embora ele talvez pudesse, de fato, dizer a Ged a natureza e o nome da coisa-sombra e assim conceder a ele o poder sobre ela... Ainda assim, mesmo dizendo a verdade, ele o fazia em nome dos próprios objetivos.

— É muito raro — disse o jovem, por fim — que os dragões ofereçam favores aos humanos.

— Mas é muito comum — falou o dragão — que os gatos brinquem com os ratos antes de matá-los.

— Mas não vim aqui para brincar ou para ser um brinquedo. Vim fazer um trato com você.

Como uma espada afiada, mas cinco vezes mais longa do que qualquer espada, a ponta da cauda do dragão ergueu-se, à maneira das caudas de escorpiões, acima da armadura de suas costas, acima da torre. Ele falou secamente:

— Não negocio. Eu pego. O que tem a oferecer que eu não possa pegar de você quando quiser?

— Segurança. A sua segurança. Jure que nunca voará para o leste de Pendor, e juro que deixarei você ileso.

Um som áspero saiu da garganta do dragão como o barulho de uma avalanche distante, pedras rolando entre montanhas. O fogo dançava em sua língua tripartida. Ele se ergueu mais alto, avultando-se sobre as ruínas.

— Você me oferece segurança! E com o que me ameaça?

— Com o seu nome, Yevaud.

A voz de Ged titubeou ao dizer o nome, mas ele o disse alto e em bom som. Ao ouvi-lo o velho dragão ficou imóvel, completamente imóvel. Um minuto se passou e outro; e então Ged, parado em seu barco ondulante, sorriu. Ele arriscara a missão e a vida em um palpite extraído de antigas histórias de ensinamentos sobre dragões aprendidas em Roke, o palpite de que aquele Dragão de Pendor era o mesmo que havia destruído o oeste de Osskil nos tempos de Elfarran e Morred, e que fora expulso de Osskil por um mago, Elt, conhecedor dos nomes. A suspeita se confirmou.

— Nós somos iguais, Yevaud. Você tem força, eu tenho seu nome. Vai negociar?

Ainda assim, o dragão não respondia.

Por muitos anos o dragão se refestelara na ilha onde couraças de cor dourada e esmeralda jaziam espalhadas entre poeira, tijolos e ossos; ele vira sua ninhada de lagartos pretos brincar entre casas em ruínas e testar as asas nos penhascos; dormira muito ao sol, sem ser acordado por vozes ou barcos. Envelhecera. Era difícil agora se mexer, enfrentar aquele jovem mago, aquele inimigo frágil, mas cujo cajado fazia Yevaud, o velho dragão, estremecer só de olhar.

— Você pode escolher nove pedras de meu tesouro — respondeu ele, por fim, em uma voz que sibilava, gemia, em suas longas mandíbulas. — As melhores: escolha. Depois, vá!

— Não quero suas pedras, Yevaud.

— Para onde foi a ganância dos humanos? Os humanos amavam pedras brilhantes nos velhos tempos, no norte... Sei o que você quer, feiticeiro. Também posso lhe oferecer segurança, pois sei o que pode salvá-lo. Sei a única coisa que pode salvá-lo. Há um horror que o persegue. Vou dizer o nome dele.

O coração de Ged palpitou no peito e ele agarrou o cajado, ficando tão imóvel quanto o dragão. Por um momento, lutou contra uma esperança repentina e espantosa.

Não era a própria vida que ele negociava. Com um trunfo de mestre, e apenas um, ele poderia dominar o dragão. Colocou a esperança de lado e fez o que devia fazer.

— Não é isso o que peço, Yevaud.

Quando falou o nome do dragão, foi como se segurasse aquele ser enorme em uma coleira estável e fina, apertando-o na garganta.

Ele pôde sentir a malícia milenar e a experiência em relação aos humanos no olhar que o dragão repousava sobre ele; pôde ver as garras de aço, cada uma do tamanho do antebraço de um homem, e o couro duro como pedra, e o fogo enfraquecido escondido na garganta da criatura. E a coleira, cada vez mais apertada.

Ele falou mais uma vez:

— Yevaud! Jure pelo seu nome que você e seus filhos nunca virão para o Arquipélago.

Chamas brilhantes e altas brotaram de repente das mandíbulas do dragão, que exasperou:

— Juro pelo meu nome!

Então, a ilha ficou em silêncio e Yevaud abaixou a grande cabeça.

Quando ele a ergueu novamente e olhou, o feiticeiro havia desaparecido e a vela do barco era uma mancha branca nas ondas ao leste, seguindo rumo às ilhas adornadas de joias dos mares centrais. Então, tomado pela raiva, o velho Dragão de Pendor levantou-se, quebrando a torre com a contorção de seu corpo e batendo as asas que cobriam toda a largura do povoado em ruínas. Mas seu juramento o deteve e ele não voou, nem naquele momento nem nunca, para o Arquipélago.

CAPÍTULO 6
CAÇADO

Assim que Pendor afundou sob o horizonte que ficou para trás, Ged, olhando para o leste, sentiu medo de que a sombra invadisse seu coração novamente; era difícil trocar o perigo luminoso dos dragões por aquele horror sem forma e sem esperança. Ele deixou o vento mágico assentar e navegou com o vento do mundo, pois não tinha nenhuma pressa. Ele não possuía um plano claro sequer sobre o que deveria fazer. Precisava correr, como o dragão dissera; mas para onde? Para Roke, pensou, já que lá pelo menos estaria protegido e poderia encontrar conselhos entre os sábios.

Antes, no entanto, precisava ir a Baixo Tornel mais uma vez e contar sua história aos magistrados. Quando a notícia de que ele retornara se espalhou, cinco dias depois da partida, eles e metade do povo da cidade remaram depressa para se reunir com Ged, olhá-lo e ouvi-lo. Ao contar sua história, um homem disse:

— Mas quem viu essa maravilha de dragões mortos e dragões confusos? E se ele…

— Fique quieto! — exclamou o líder dos magistrados em tom áspero, pois sabia, como a maioria deles, que um feiticeiro pode ter maneiras sutis de dizer a verdade e de guardar a verdade para si, mas quando diz alguma coisa, aquela coisa é como ele diz. Pois essa é sua maestria. Por isso, eles refletiram e começaram a sentir que o medo fora dissipado e começaram a se alegrar. Eles insistiram com o jovem feiticeiro, perguntando novamente sobre a história. Outros ilhéus vieram e perguntaram outra vez. Ao anoitecer, Ged não precisava mais repeti-la. Os habitantes podiam fazer isso, melhor do que ele. Os cantores da aldeia já a haviam adaptado a uma melodia antiga e cantavam a *Canção do Gavião*. Fogueiras ardiam não só nas ilhas de Baixo Tornel, mas também nas comunidades ao sul e ao leste. Os pescadores gritavam as notícias de barco em barco, de ilha em ilha: o mal foi detido, os dragões nunca virão de Pendor!

Aquela noite, aquela única noite, foi uma alegria para Ged. Nenhuma sombra poderia se aproximar dele passando pelo brilho daquelas fogueiras de agradecimento que queimavam em cada colina e praia, através dos círculos de dançarinos sorridentes que o rodeavam, cantando honras e agitando tochas que lançavam faíscas densas, breves e luminosas ao vento na noite tempestuosa de outono.

No dia seguinte, ele se encontrou com Pechvarry, que disse:

— Não sabia que você era tão poderoso, meu senhor. — Havia medo naquelas palavras, pois ele ousara fazer de Ged seu amigo, mas havia também reprovação. Ged não salvara uma criancinha, embora pudesse matar dragões. Depois disso, Ged sentiu outra vez a mesma aflição e impaciência que o haviam levado a Pendor, e agora o afastavam de Baixo Tornel. No dia seguinte, embora todos tivessem prazer em mantê-lo ali pelo resto de sua vida, honrando-o e se orgulhando dele, Ged deixou a casa na colina, sem nenhuma bagagem além dos livros, do cajado e do otak montado em seu ombro.

Ele partiu em um barco a remo com dois jovens pescadores de Baixo Tornel que queriam ter a honra de ser seus barqueiros. Enquanto remavam entre as embarcações que apinhavam os canais orientais das Ilhas Noventa, sob as janelas e varandas das casas que debruçam sobre a água, passando pelos cais de Nesh, pelas pastagens chuvosas de Dromgan, pelos depósitos malcheirosos de óleo de Geath, a notícia da saga de Ged sempre chegou antes dele. As pessoas assobiavam a *Canção do Gavião* enquanto ele passava, competiam para hospedá-lo à noite para que contasse sua história de dragão. Quando finalmente chegou a Serd, o comandante do navio a quem ele pediu transporte até Roke fez uma reverência enquanto respondia:

— É um privilégio para mim, Senhor Feiticeiro, e uma honra para o meu navio!

Assim, Ged deu as costas às Ilhas Noventa; mas assim que o navio saiu do Porto Interior de Serd e içou a vela, foi atingido por um forte vento que soprou do leste, em direção contrária. Era estranho, pois o céu invernal estava claro e o tempo parecia ameno naquela manhã. Eram apenas cinquenta quilômetros de Serd a Roke, e eles continuaram navegando; e à medida que o vento aumentava, continuavam navegando. O pequeno navio, como a maioria dos navios mercantes do Mar Central, tinha uma vela da proa à popa, que podia ser virada para pegar o vento contrário, e o comandante era um marinheiro orgulhoso de sua habilidade. Então, virando ora para o norte, ora para o sul, eles se esforçaram para rumar em direção ao leste. Nuvens e chuva vieram com o vento, que mudou de direção e soprou tão forte que havia um risco considerável de o navio virar.

— Senhor Gavião — disse o comandante do navio ao jovem, que ia a seu lado em lugar de destaque na popa, embora pouca dignidade pudesse ser mantida sob aquele vento e sob a chuva que banhava até o forro de seus mantos encharcados —, o senhor poderia, talvez, dizer uma palavra a esse vento?

— A que distância estamos de Roke?

— Passamos da metade. Mas não fizemos nenhum progresso nesta última hora, senhor.

Ged falou com o vento. O sopro tornou-se menos forte e, por um tempo, eles continuaram razoavelmente bem. Mas então grandes rajadas repentinas vieram assobiando do sul e, ao encontrá-las, eles foram empurrados de volta para o oeste. As nuvens se dissiparam e fervilharam no céu, e o comandante do navio bradou, furioso:

— Essa ventania estúpida sopra para todos os lados ao mesmo tempo! Apenas um vento mágico nos ajudará a superar este clima ruim, senhor.

Ged pareceu contrariado, mas o navio e seus homens estavam em perigo por sua causa, então ele ergueu o vento mágico até a vela. Imediatamente o navio começou a seguir direto para o leste, e o comandante voltou a se animar. Mas, aos poucos, embora Ged mantivesse o encanto, o vento mágico diminuiu, ficando mais fraco, até que o navio pareceu ficar parado nas ondas por um minuto, com a vela caída, em meio a todo o tumulto de chuva e vendaval. Então, com um trovão veio um estrondo e o barco virou e saltou para o norte como um gato assustado.

Ged agarrou-se a um pilar, que estava quase deitado de lado, e gritou:

— Volte para Serd, comandante!

O mestre praguejou e gritou que não voltaria:

— Há um feiticeiro a bordo, e eu sou o melhor marinheiro mercante, e este é o navio mais prático que já naveguei... Voltar?

Então, com o navio girando de novo quase como se um redemoinho tivesse atingido sua quilha, o comandante também se agarrou à popa para se manter a bordo, e Ged disse-lhe:

— Deixe-me em Serd e navegue para onde quiser. Não é contra o seu navio que o vento sopra, mas contra mim.

— Contra você, um feiticeiro de Roke?

— O senhor nunca ouviu falar do vento Roke, comandante?

— Sim, que ele afasta os poderes malignos da Ilha do Sábio, mas o que isso tem a ver com você, um Domador de Dragões?

— Isso fica entre mim e minha sombra — respondeu Ged brevemente, como um feiticeiro faria; e não disse mais nada enquanto seguiam, velozes, com vento constante e céu claro, de volta a Serd.

Havia um peso e um pavor em seu coração enquanto Ged subiu no cais de Serd. Os dias estavam encurtando para o inverno e o crepúsculo logo chegou. Com o anoitecer, a inquietação dele sempre aumentava, e agora a curva de cada rua parecia uma ameaça, e ele precisava se controlar para não ficar olhando por cima do ombro, na tentativa de ver o que poderia estar logo atrás. Ele foi para a Casa do Mar de Serd, onde viajantes e mercadores comiam juntos a boa comida fornecida pela comunidade, e onde podiam dormir no longo salão construído com vigas expostas. Tal é a hospitalidade das prósperas ilhas do Mar Central.

Ged guardou um pouco de carne do jantar e, diante da fogueira, tirou o otak da dobra do capuz, onde ele havia se encolhido o dia todo, e tentou fazê-lo comer, acariciando-o e sussurrando:

— Hoeg, hoeg, pequenino, quietinho... — Mas ele não comia, e enfiava-se no bolso para se esconder. Por esse comportamento, por sua própria incerteza monótona, pela própria aparência da escuridão nos cantos da grande sala, Ged sabia que a sombra não estava longe.

Ninguém no lugar o conhecia: eram viajantes, vindos de outras ilhas, que não tinham ouvido a *Canção do Gavião*. Ninguém falou com ele. Por fim, Ged escolheu um colchão e deitou-se, mas passou a noite toda ali no salão de vigas com os olhos abertos entre os estranhos adormecidos. A noite toda ele tentou escolher seu caminho, planejar para onde deveria ir, o que fazer: mas cada escolha, cada plano era bloqueado por um pressentimento de destruição. Em cada caminho que poderia seguir estava a sombra. Apenas Roke estava livre dela: e para Roke ele não podia ir, proibido pelos antigos feitiços entrelaçados que mantinham a salvo a ilha ameaçada. O fato de o vento Roke ter se levantado contra ele era a prova de que a coisa que o perseguia devia estar muito perto agora.

Aquela coisa não tinha corpo, era cega à luz do sol, uma criatura de um reino sem luz, sem lugar e sem esfera temporal. Aquilo devia tatear atrás de Ged ao longo dos dias, através dos mares do mundo iluminado pelo sol, e só podia tomar forma visível no sonho e na escuridão. Ela ainda não dispunha de nenhuma substância ou ser sobre o qual a luz do sol pudesse brilhar; e assim é cantado na *Saga de Hode*: "O nascer do dia faz toda a terra e o mar, da sombra dá origem à forma, conduzindo o sonho para o reino das trevas". Mas se alguma vez a sombra alcançasse Ged, ela poderia sugar o poder dele, e tirar o peso, calor e vida de seu corpo e a vontade que o movia.

Esse era o destino cruel que ele enxergava à sua frente em todas as estradas. E sabia que poderia ser enganado para seguir esse destino, pois a sombra, cada vez mais forte à medida que se aproximava dele, agora poderia ter até força suficiente para colocar poderes ou pessoas malignas a seu serviço, mostrando a Ged falsos presságios ou falando com a voz de um estranho. Até onde ele sabia, a coisa sombria poderia espreitar por meio de algum daqueles homens que dormiam em um ou outro canto do salão de vigas da Casa do Mar naquela noite, poderia ter encontrado um ponto de apoio em uma alma escura e ali estar esperando e observando Ged, e se alimentando, agora mesmo, de sua fraqueza, de sua incerteza, de seu medo.

Aquilo já extrapolava o suportável. Ele precisava confiar no acaso e fugir para onde o acaso o levasse. Ao primeiro sinal frio do amanhecer, ele se levantou e desceu às pressas, sob as estrelas que se apagavam, até o cais de Serd, decidido apenas a embarcar no primeiro navio que o aceitasse. Uma galé estava carregando óleo de turbi; zarparia ao amanhecer, com destino ao Grande Porto de Havnor. Ged pediu transporte ao comandante. Um cajado de feiticeiro é passaporte e pagamento na maioria dos navios. Eles o levaram a bordo de boa vontade, e dentro de uma hora o navio partiu. O ânimo de Ged melhorou com o primeiro levantamento dos quarenta remos longos, e o tambor que conduzia as remadas era para ele uma música corajosa.

No entanto, ele não sabia o que faria em Havnor ou para onde fugiria a partir de lá. O norte era tão bom quanto qualquer outra direção. Ele próprio era nortista; talvez encontrasse algum navio para levá-lo de Havnor a Gont e pudesse ver Ogion novamente. Ou poderia encontrar algum navio que fosse para longe, nos Extremos, tão longe que a sombra o perderia e desistiria da perseguição. Além de ideias vagas como essas, não havia nenhum plano em sua cabeça e ele não via nenhum curso que devesse seguir. Precisava apenas correr...

Saindo de Serd, os quarenta remos levaram o navio por duzentos e quarenta quilômetros de mar invernal antes do pôr do sol do segundo dia. Aportaram em Orrimy, na costa leste da grande terra de Hosk, pois essas galés mercantis do Mar Central mantêm-se próximas à costa e passam a noite em um porto sempre que podem. Ged desembarcou, pois ainda era dia, e vagou pelas ruas íngremes do povoado portuário, sem rumo, e taciturno.

Orrimy é um povoado antigo, de construções sólidas em pedra e tijolo, murado contra os senhores sem lei do centro da Ilha de Hosk; os armazéns nas docas são como fortes, e as casas dos mercadores são elevadas e fortificadas. No entanto, para Ged, que vagava pelas ruas, aquelas mansões pesadas pareciam véus, atrás dos quais havia uma escuridão vazia; e as pessoas que passavam por ele, concentradas em seus afazeres, não pareciam homens de verdade, mas sombras de homens sem voz. Enquanto o sol se punha, ele desceu para o cais novamente, e mesmo ali, sob a extensa luz vermelha e o vento do fim do dia, o mar e a terra pareceram-lhe sombrios e silenciosos.

— Segue para onde, senhor feiticeiro?

Foi assim que alguém o abordou, de repente, por trás. Ao virar-se, ele viu um homem vestido de cinza e carregando um cajado pesado de madeira, que não era um cajado de feiticeiro. O rosto do estranho estava escondido sob o capuz, mas Ged sentiu os olhos invisíveis encontrarem os seus. Recuando, ergueu o próprio bastão de teixo entre ele e o estranho.

O homem perguntou gentilmente:

— O que teme?

— O que vem atrás de mim.

— É mesmo? Mas não sou sua sombra.

Ged ficou em silêncio. Ele sabia que aquele homem, fosse o que fosse, de fato não era o que ele temia: não era sombra, nem fantasma, nem uma criatura *gebbeth*. No silêncio seco e na obscuridade que se abatera sobre o mundo, ele ainda conservava uma voz e alguma solidez. O homem puxou o capuz para trás. Tinha uma cabeça estranha, sulcada, sem cabelos, e um rosto enrugado. Embora a idade não transparecesse em sua voz, parecia ser um homem velho.

— Não o conheço — falou o homem de cinza —, mas talvez nosso encontro não seja por acaso. Certa vez, ouvi uma história de um jovem, um homem com cicatrizes, que conquistou, em meio às trevas, um grande domínio, até mesmo um reino. Não sei se essa é a sua história. Mas vou lhe dizer o seguinte: vá para a Corte do Terrenon, se precisar de uma espada para lutar contra as sombras. Um bastão de teixo não vai atender às suas necessidades.

Esperança e desconfiança lutavam na mente de Ged enquanto ele ouvia. Um homem da feitiçaria logo descobre que poucos de seus encontros são fortuitos, seja para o bem ou para o mal.

— Em que terra fica a Corte do Terrenon?

— Em Osskil.

Ao som daquele nome, Ged viu por um instante, em um artifício de memória, um corvo preto na relva verde que olhou para ele de soslaio com um olho de pedra polida e falou; mas as palavras foram esquecidas.

— Essa terra tem um nome um tanto sombrio — disse Ged, sempre olhando para o homem de cinza, tentando julgar que tipo de pessoa era.

Havia nele um comportamento de ocultista, talvez até de feiticeiro; no entanto, ainda que falasse com Ged de maneira audaz, tinha um aspecto peculiar e abatido, quase a aparência de um homem adoecido, prisioneiro ou escravizado.

— Você é de Roke — ele respondeu. — Os feiticeiros de Roke chamam de sombrias as feitiçarias que não são suas.

— Que tipo de homem é você?

— Um viajante; um agente mercantil de Osskil: estou aqui a negócios — esclareceu o homem de cinza. Como Ged não perguntou mais nada, ele se despediu discretamente do jovem, desejando boa-noite, e seguiu pela escadaria estreita acima do cais.

Ged virou-se, sem decidir se deveria ou não dar atenção àquele aviso, e olhou para o norte. A luz vermelha estava morrendo depressa nas colinas e no mar ventoso. O crepúsculo cinzento veio, seguido pela noite.

Ele caminhou ao longo do cais, com determinação e pressa súbitas, até um pescador que estava dobrando as redes em uma canoa, e abordou-o:

— O senhor conhece algum navio neste porto que vá para o norte? Para Semel ou as Enlades?

— O drácar é de Osskil, talvez pare nas Enlades.

Igualmente apressado, Ged seguiu para o grande navio que o pescador havia apontado, um drácar de sessenta remos, delgado como uma cobra, com a proa alta curvada, entalhada e incrustada com discos de concha de *loto*, as chumaceiras pintadas de vermelho, com a runa Sifl desenhada em preto em cada uma. A embarcação parecia um navio austero e rápido, e preparada para enfrentar o mar, com toda a tripulação a bordo. Ged procurou o comandante do navio e pediu-lhe transporte para Osskil.

— Você pode pagar?

— Tenho alguma habilidade com ventos.

— Também sou manipulador de ventos. Você não tem nada para dar? Nenhum dinheiro?

Em Baixo Tornel, os magistrados haviam pagado a Ged o que puderam, com peças de marfim usadas pelos comerciantes no Arquipélago; ele aceitara apenas dez peças, embora quisessem dar-lhe mais. Agora, oferecia-as ao osskiliano, mas este balançou a cabeça.

— Não usamos esses contrapesos. Se não tem nada a pagar, não tenho lugar a bordo para você.

— Vocês precisam de braços? Já remei em uma galé.

— Sim, faltam dois homens. Encontre seu banco, então — disse o comandante do navio, e não lhe deu mais atenção.

Assim, colocando o cajado e a bolsa de livros sob o banco, Ged se tornou, por dez amargos dias de inverno, um remador daquele navio do norte. Eles deixaram Orrimy ao amanhecer e, naquele dia, Ged pensou que nunca conseguiria dar conta do trabalho. Seu braço esquerdo estava um tanto prejudicado pelos velhos ferimentos no ombro, e as remadas que havia dado pelos canais ao redor de Baixo Tornel não o treinaram para puxar e empurrar o longo remo ao ritmo do tambor. Cada turno nos remos durava duas ou três horas, e então um segundo grupo de remadores ocupava os bancos, mas o tempo de descanso parecia durar apenas o suficiente para que todos os músculos de Ged se enrijecessem, e logo ele voltava aos remos. O segundo dia foi pior; mas depois disso ele se fortaleceu para o trabalho e se saiu muito bem.

Não havia naquela tripulação a camaradagem que ele encontrara a bordo do *Sombra* quando fora para Roke pela primeira vez. Os tripulantes dos navios andradenses e gonteses são parceiros no comércio, trabalhando juntos para um lucro comum, enquanto os comerciantes de Osskil usam homens escravizados ou cativos para remar, pagando-lhes com pequenas moedas de ouro. O ouro é valioso em Osskil. Mas não é motivo de coleguismo por lá, ou entre os dragões, que também o valorizam muito. Como metade daquela tripulação era composta por homens cativos, os oficiais do navio eram senhores de escravos, dos mais cruéis. Nunca encostavam seus chicotes nas costas de um remador que trabalhasse em troca de pagamento ou transporte; e não há muita amizade em uma tripulação na qual alguns são açoitados e outros, não. Os companheiros de Ged pouco conversavam entre si, menos ainda com ele. Eram, em sua maioria, homens de Osskil, que não falavam a língua hárdica do Arquipélago e sim um dialeto próprio, e eram hostis, com pele pálida e bigodes caídos e cabelos escorridos. *Kelub*, o vermelho, era o nome de Ged entre eles. Embora soubessem que ele era um feiticeiro, não demonstravam nenhuma consideração por ele, e sim um tipo de maldade cautelosa. E o próprio Ged não estava com humor para fazer amigos. Mesmo em seu banco, envolvido no ritmo poderoso das remadas, um remador entre sessenta, em um navio que navegava por mares cinzentos e vazios, ele se sentia exposto, indefeso. Quando entravam em portos desconhecidos, ao anoitecer, e ele se enrolava em seu manto para dormir, exausto, Ged sonhava, acordava, sonhava novamente: pesadelos, dos quais não conseguia se lembrar quando acordado, mas que pareciam rondar o navio e a tripulação, de modo que ele desconfiava de cada um deles.

Todos os homens livres de Osskil usavam uma longa faca no quadril e, um dia, enquanto seu grupo de remo compartilhava a refeição do meio-dia, um desses homens perguntou a Ged:

— Você foi escravizado ou violou juramentos, Kelub?

— Nem um nem outro.

— Por que não tem nenhuma faca, então? Tem medo de briga? — perguntou o homem, Skiorh, zombando.

— Não.

— Seu cachorrinho luta por você?

— Otak — disse outro, que escutava. — Não é cachorro, é um otak. — E ele disse algo em osskiliano que fez Skiorh franzir a testa e virar para o outro lado. No mesmo instante, Ged viu uma alteração em seu rosto, um vulto e uma mudança nas feições, como se por um momento algo o tivesse transformado, usando-o, observando Ged de esguelha através dos olhos do homem. No minuto seguinte, no entanto, Ged viu todo o rosto do sujeito e parecia o mesmo; então, Ged disse a si mesmo que aquilo que vira fora o próprio medo, o próprio pavor refletido nos olhos do outro. Mas naquela noite, enquanto estavam no porto de Esen, ele sonhou, e Skiorh caminhou em seu sonho. Depois disso, evitou o homem o máximo possível e, ao que parecia, Skiorh também se afastou dele, e não trocaram mais nenhuma palavra.

As montanhas coroadas de neve de Havnor afundaram no sul, atrás deles, embaçadas pelas brumas do início do inverno. Eles remaram passando pela entrada do Mar de Éa, onde há muito tempo Elfarran se afogara, e pelas Enlades. Ficaram dois dias no porto de Berila, a Cidade de Marfim, branca no alto de sua baía, a oeste da assombrada e mítica Enlad. Em todos os portos a que chegavam, os tripulantes eram mantidos a bordo do navio e não punham os pés em terra. Então, quando o sol vermelho se erguia, eles saíam remando para o Mar de Osskil, rumo aos ventos de nordeste que sopram desimpedidos na vastidão sem ilhas do Extremo Norte. Por aquele mar acre, levaram a carga em segurança, saindo no segundo dia de Berila para o porto de Neshum, a cidade comercial de Osskil Oriental.

Ged avistou uma costa baixa açoitada pelo vento chuvoso, um povoado cinzento encolhido atrás dos extensos quebra-mares de pedra que formavam o porto e das colinas sem árvores, sob um céu obscurecido pela neve. Estavam longe da luz do sol do Mar Central.

Os estivadores da Guilda do Mar de Neshum subiram a bordo para retirar a carga: ouro, prata, joias, sedas finas e tapeçarias do sul, coisas preciosas do tipo que os senhores de Osskil acumulam. E os homens livres da tripulação foram dispensados. Ged parou um deles para perguntar o caminho; até então, a desconfiança em relação a todos o impedia de dizer para onde ia, mas agora, a pé e sozinho em uma terra estranha, ele precisava pedir informações. O homem continuou caminhando, impaciente, e disse não saber, mas Skiorh, que ouvira por acaso, disse:

— A Corte do Terrenon? Fica nos Pântanos de Keksemt. Vou pelo mesmo caminho.

A companhia de Skiorh não era a preferida de Ged, mas sem saber a língua nem o caminho, ele tinha poucas opções. E isso nem importava muito, pensou; ele não escolhera ir para aquele lugar. Fora levado, e agora continuava a ser levado. Ele puxou o capuz sobre a cabeça, pegou o cajado e a bolsa e seguiu o osskiliano pelas ruas dali, subindo pelas colinas cobertas de neve. O pequeno otak não estava montado em seu ombro, escondera-se no bolso da túnica de pele de carneiro, sob o manto, como costumava fazer no tempo frio. As colinas se estendiam formando pântanos desolados e ondulantes, até onde a vista alcançava. Eles caminharam em silêncio, e o silêncio do inverno pairava sobre toda a terra.

— É longe? — Ged perguntou depois que eles haviam percorrido alguns quilômetros, já que não avistava nenhuma aldeia ou fazenda em nenhuma direção e tendo em mente que não tinham comida. Skiorh virou a cabeça por um instante, puxando o capuz, e respondeu:

— Não muito.

Era um rosto feio, pálido, rude e cruel, mas Ged não temia nenhum homem, embora pudesse temer o destino para onde o homem o guiava. Assentiu e eles continuaram. A estrada era uma mera cicatriz entre depósitos de neve fina e arbustos sem folhas. De vez em quando, outras trilhas a cruzavam ou se ramificavam a partir dela. Agora que a fumaça das chaminés de Neshum se escondera atrás das colinas, na tarde que começava a escurecer, não se via qualquer sinal do caminho que deveriam percorrer, ou do que haviam percorrido. Apenas o vento que soprava sempre do leste. E depois de caminharem por várias horas, Ged pensou ter visto, nas colinas do noroeste para onde o caminho seguia, um minúsculo arranhão no céu, como um dente, branco. Mas a luz daquele dia curto estava diminuindo e, na elevação seguinte da estrada, ele conseguiu perceber a coisa, torre ou árvore, o que fosse, sem mais clareza do que antes.

— É para lá que vamos? — perguntou ele, apontando.

Skiorh não respondeu, mas seguiu em frente, encoberto pelo manto áspero com capuz osskiliano pontudo e peludo. Ged caminhou ao lado dele. Tinham andado muito e ele estava esgotado devido ao ritmo constante da caminhada e ao longo cansaço de dias e noites difíceis no navio. Começava a parecer que caminhava desde sempre e que caminharia para sempre ao lado daquele ser silencioso, por uma terra silenciosa e cada vez mais escura. Sua precaução e sua disposição haviam se entorpecido. Ele caminhava como em um sonho muito, muito longo, indo a lugar nenhum.

O otak se agitou em seu bolso, e certo medo vago também despertou e se agitou em sua mente. Ele se forçou a falar.

— Começa a escurecer e a nevar. Falta muito, Skiorh?

Depois de um silêncio, o outro respondeu, sem se virar:

— Não muito.

Porém, a voz não soou como a voz de um homem, e sim como a de um animal, rouco e sem lábios, que tenta falar.

Ged parou. Por toda a volta se estendiam colinas desabitadas sob a luz tardia do crepúsculo. A neve esparsa caía, serpenteando um pouco.

— Skiorh! — chamou ele, e o outro parou e se virou. Não havia rosto sob o capuz pontudo.

Antes que Ged pudesse dizer um feitiço ou invocar um poder, o *gebbeth* falou, em sua voz rouca:

— Ged!

Então, o jovem não podia mais executar nenhuma transformação, ficara preso em seu verdadeiro ser, e deveria enfrentar o *gebbeth* assim, indefeso. Também não podia pedir ajuda naquela terra estranha, onde não conhecia nada e ninguém atenderia seu chamado. Estava sozinho, sem nada entre ele e seu inimigo, exceto o cajado de teixo em sua mão direita.

A coisa que devorara a mente de Skiorh e possuíra sua carne obrigou aquele corpo a dar um passo em direção a Ged, e os braços vieram tateando em sua direção. Uma fúria de horror tomou conta de Ged, que ergueu e abaixou o cajado, derrubando o capuz que escondia o rosto-sombra. O capuz e a capa desabaram quase até o chão sob aquele golpe violento, como se não houvesse nada dentro deles além do vento, e logo depois, se contorcendo e se agitando, voltaram a se erguer. O corpo do *gebbeth* fora exaurido de substância verdadeira e era algo como uma concha ou um vapor na forma de homem, uma carne irreal que revestia a sombra, que era real. Assim, sacudindo e ondulando como se fosse soprada pelo vento, a sombra abriu os braços e avançou sobre Ged, para tentar agarrá-lo como o agarrara na Colina de Roke: e caso conseguisse, atiraria para o lado a casca de Skiorh e entraria em Ged, devorando-o por dentro, possuindo-o, que era tudo o que desejava. Ged golpeou-a mais uma vez com o cajado pesado e fumarento, derrubando a sombra, mas ela voltou e o atacou de novo; então, Ged deixou cair o cajado que ardia e fumegava, queimando sua mão. Ele recuou, imediatamente virou de costas e saiu correndo.

Ged correu, e o *gebbeth* o perseguiu a um passo de distância, incapaz de alcançá-lo, mas sem se afastar. Ged não olhou para trás nem uma vez. Correu, correu, sob o crepúsculo, atravessando aquela extensa terra onde não havia esconderijo. Em sua voz rouca e sibilante, o *gebbeth* o chamou mais uma vez pelo nome, mas ainda que tivesse tomado o poder de feiticeiro de Ged, não tinha poder sobre a força do corpo dele e não podia fazê-lo parar. Ged corria.

A noite se adensou sobre o caçador e caça, e a neve fina caía pelo caminho, de modo que Ged não conseguia mais enxergar. A pulsação martelava nos olhos, a respiração queimava na garganta, ele não estava mais correndo, mas tropeçando e cambaleando para a frente; e, mesmo assim, o perseguidor incansável parecia incapaz de alcançá-lo, sempre vindo logo atrás. E tinha começado a sussurrar e resmungar para ele, chamando-o, e Ged percebeu que durante toda sua vida aquele sussurro estivera em seus ouvidos, bem abaixo do alcance da audição, mas agora conseguia ouvi-lo e precisava desistir e parar. Porém, continuou o esforço, lutando para subir uma encosta comprida e sombria. Ele achou que havia uma luz adiante, e pensou ter ouvido uma voz à sua frente, acima dele, em algum lugar, chamando:

— Venha! Venha!

Ged tentou responder, mas não tinha voz. A luz pálida tornou-se uma certeza; brilhava por um pórtico bem diante dele: não conseguia ver os muros, mas via o portão. Diante daquela visão, ele parou e o *gebbeth* agarrou seu manto, remexendo ao lado de seu corpo, tentando segurá-lo por trás. Com suas últimas forças, Ged mergulhou por aquela porta de brilho tênue. Tentou se virar para fechá-la atrás de si e se separar do *gebbeth*, mas suas pernas não o ampararam. Ele cambaleou, em busca de apoio. Luzes flutuavam e brilhavam em seus olhos. Sentiu que estava caindo e foi pego no ar; mas sua mente, totalmente esgotada, resvalou para dentro da escuridão.

CAPÍTULO 7

O VOO DO FALCÃO

Ged acordou e ficou deitado por um longo tempo, ciente apenas de que era agradável acordar, pois não esperava acordar de novo, e era muito agradável ver a luz, a simples e vasta luz do dia ao seu redor. Ele se sentiu como se flutuasse naquela luz, ou como se estivesse à deriva em um barco, em águas muito calmas. Por fim, percebeu que estava na cama, mas uma cama em que nunca dormira. Era composta de um estrado sustentado por quatro pernas altas entalhadas, e o colchão era formado por grandes almofadas de seda cheias de plumas, por isso pensara estar flutuando, e sobre tudo isso havia um dossel vermelho pendurado, para impedir a entrada de correntes de ar. Em dois dos lados, a cortina fora amarrada e Ged avistou um quarto com paredes e piso de pedra. Através de três janelas altas, sob o sol ameno do inverno, ele viu o pântano, descampado e marrom, com canteiros aqui e ali. O quarto deveria ficar bem acima do solo, pois dava uma ampla visão do terreno.

Um cobertor de cetim com enchimento de plumas deslizou para o lado quando Ged se sentou e ele se viu vestido com uma túnica de seda e fios de prata, como um senhor. Em uma cadeira ao lado da cama, botas de pelica e uma capa forrada com pele de pelauí estavam à sua disposição. Ele ficou sentado algum tempo, tranquilo e entorpecido como alguém sob um encantamento, e então se levantou, estendendo a mão para pegar seu cajado. Mas não havia cajado.

Sua mão direita, embora tivesse sido coberta por unguentos e ataduras, estava queimada na palma e nos dedos. Agora ele sentia a mão e o corpo doloridos.

Ficou imóvel por mais algum tempo. Depois chamou, sem elevar a voz e sem nutrir esperanças:

— Hoeg… hoeg… — Pois a pequena criatura feroz e leal também se fora, a pequena alma silenciosa que uma vez o trouxera de volta do domínio da morte. Ainda estivera com ele na noite anterior, enquanto Ged corria? Aquilo acontecera na noite anterior, ou há muitas noites? Ele não sabia. Tudo era turvo e obscuro em sua mente: o *gebbeth*, o cajado em chamas, a corrida, o sussurro, o portão. Nada daquilo estava claro para Ged. Nem mesmo o presente estava claro. Ele sussurrou o nome do animal de estimação mais uma vez, mas sem esperança de resposta, e lágrimas surgiram em seus olhos.

Uma sineta tocou em algum lugar distante. Uma segunda sineta tilintou docemente bem do lado de fora do quarto. Uma porta se abriu atrás dele, do outro lado do quarto, e uma mulher entrou.

— Bem-vindo, Gavião — disse ela, sorrindo.

Ela era jovem e alta, estava vestida de branco e prata, com uma rede de prata coroando os cabelos que caíam como uma cachoeira preta.

Embotado, Ged se curvou em uma mesura.

— Você não se lembra de mim, imagino.

— Lembrar-me da senhora?

Ele nunca vira mulher tão bela, vestida de acordo com sua beleza, exceto uma vez em sua vida: a Senhora de O que acompanhara o marido ao festival de Regresso do Sol, em Roke. Ela era como a chama leve e luminosa de uma vela, mas a mulher à sua frente era como uma lua nova branca.

— Imaginei que não se lembraria — disse ela sorrindo. — Mas por mais esquecido que seja, você é bem-vindo aqui como um velho amigo.

— Que lugar é este? — perguntou Ged, ainda embotado e com a língua lenta. Ele achava difícil falar com ela e também difícil desviar o olhar dela. As roupas principescas que ele usava lhe eram estranhas, as pedras em que pisava não eram familiares, o próprio ar que respirava era estranho; ele não era ele mesmo, não era a mesma pessoa.

— Esta fortaleza é chamada de Corte do Terrenon. Meu senhor, que se chama Benderesk, é o soberano desta terra, dos limites dos Pântanos de Keksemt, ao norte, até as Montanhas de Os, e o guardião da pedra preciosa chamada Terrenon. Quanto a mim, aqui em Osskil eles me chamam de Serret, ou "prata", na sua língua. E você, sei, às vezes é chamado de Gavião e foi nomeado feiticeiro na Ilha do Sábio.

Ged olhou para a mão queimada e disse imediatamente:

— Não sei o que sou. Tive poder, no passado. Acho que o perdi.

— Não! Você não o perdeu, ou melhor, perde-o apenas para recuperá-lo dez vezes mais forte. Aqui você está protegido do que o impeliu para cá, meu amigo. Existem paredes poderosas ao redor desta torre e nem todas são construídas de pedra. Aqui pode descansar, reencontrando sua força. Aqui também pode encontrar uma força diferente e um cajado que não se reduzirá a cinzas em suas mãos. Afinal, um mau caminho pode levar a um bom fim. Venha comigo agora, permita que lhe mostre nossos domínios.

Ela falava tão docemente que Ged mal ouvia as palavras, movido apenas pela promessa da voz. Seguiu-a.

O quarto dele ficava, de fato, no alto da torre que se erguia como um dente afiado do alto da colina. Descendo escadarias sinuosas de mármore, ele seguiu Serret por ricos salões e corredores, passando por janelas altas que davam para o norte, oeste, sul e leste, acima das colinas baixas e marrons que se estendiam, sem casas, sem árvores e imutáveis, límpidas, para o céu de inverno banhado pelo sol. Só ao longe, no norte, pequenos picos brancos se destacavam contra o azul, e ao sul podia-se perceber o brilho do mar.

Lacaios abriam as portas e se postavam ao lado de Ged e da senhora; todos osskilianos pálidos e circunspectos. Ela tinha a pele clara, mas, ao contrário deles, falava bem o hárdico, inclusive, ao que pareceu a Ged, com sotaque de Gont. Mais tarde, naquele dia, ela o apresentou ao marido Benderesk, Senhor do Terrenon. Com o triplo da idade dela, branco como ossos, magro como um esqueleto, com olhos turvos, o senhor Benderesk cumprimentou Ged com uma cortesia fria e sombria, convidando-o a permanecer como seu hóspede pelo tempo que quisesse. Depois, não teve muito mais a dizer, não perguntou nada a Ged sobre suas viagens ou sobre o inimigo que o perseguira até ali; e a senhora Serret também não perguntou sobre essas questões.

Se aquilo era estranho, tratava-se apenas de parte da estranheza do lugar e de sua presença nele. A mente de Ged nunca pareceu desanuviar-se. Ele não conseguia ver as coisas com clareza. Chegara àquela torre fortificada por acaso, e ainda assim o acaso fora um desígnio; ou então chegara ali por desígnio, e ainda assim o desígnio acontecera meramente por acaso. Ele partira rumo ao norte; em Orrimy, um desconhecido dissera-lhe para procurar ajuda ali; um navio osskiliano esperava por ele; Skiorh o guiara. Quanto daquilo era obra da sombra que o perseguia? Ou de nada? E Ged e seu caçador haviam sido atraídos para lá por algum outro poder, ele caindo em uma armadilha e a sombra seguindo-o e se agarrando a Skiorh como arma quando chegara o momento? Tinha de ser isso, pois a sombra decerto era, como dissera Serret, proibida de entrar na Corte do Terrenon. Ele não sentia nenhum sinal ou ameaça de sua presença à espreita desde que acordara na torre. Mas o que, então, o trouxera até ali? Pois aquele não era um lugar ao qual alguém chegasse por acaso; mesmo no entorpecimento de seus pensamentos Ged começava a perceber isso. Nenhum outro desconhecido chegara àqueles portões. A torre ficava isolada e distante, de costas para Neshum, que era o povoado mais próximo. Ninguém ia à fortaleza, ninguém saía dela. As janelas davam para a desolação lá embaixo.

Dessas janelas, Ged olhava para fora, permanecendo sozinho em seu quarto no alto da torre, dia após dia, entorpecido, deprimido, com frio. Sempre fazia frio na torre, apesar de todos os tapetes e da tapeçaria nas paredes, das ricas roupas de pele e das amplas lareiras de mármore que havia ali. Era um frio que se infiltrava nos ossos, na medula, não podia ser repelido. E no coração de Ged também se instalara uma vergonha fria que não podia ser repelida, pois ele sempre pensava em como enfrentara o inimigo, como fora derrotado e fugira. Em sua mente, todos os mestres de Roke se reuniam, com Gensher, o arquimago, franzindo a testa no meio deles, e Nemmerle estava com eles, e Ogion, e até mesmo a bruxa que ensinara a Ged seu primeiro feitiço: todos o olhavam e ele sabia que desapontara a confiança que tinham nele. Então se defendia, dizendo:

— Se eu não tivesse fugido, a sombra teria me possuído: ela já tinha toda a força de Skiorh, e parte da minha, e eu não conseguiria lutar contra ela: ela sabia meu nome. Tive de fugir. Um *gebbeth* feiticeiro teria um poder terrível para o mal e a destruição. — Mas, em sua mente, os ouvintes não respondiam. E ele observava a neve caindo, fina e incessante, nas terras vazias abaixo da janela, e sentia o frio opaco crescer dentro de si, até parecer que não restava mais nenhum sentimento para ele, exceto uma espécie de cansaço.

Assim ele permaneceu sozinho muitos dias, por puro sofrimento. Quando enfim desceu do quarto, estava calado e embotado. A beleza da Senhora da Fortaleza confundia sua mente, e naquela corte rica, correta, ordenada e estranha, ele se sentia nascido para ser um pastor de cabras.

Quando queria ficar sozinho, deixavam-no sozinho; e quando não conseguia mais suportar seus pensamentos e observar a neve caindo, muitas vezes Serret se encontrava com ele em um dos salões sinuosos, na parte mais baixa da torre, e conversavam. Não havia alegria na Senhora da Fortaleza, ela nunca ria, embora sorrisse com frequência; ainda assim, conseguia deixar Ged à vontade com pouco mais que um sorriso. Com ela, ele começou a se esquecer de seu embotamento e de sua vergonha. Não demorou muito para que se encontrassem todos os dias para conversar, longamente, tranquilos, à toa, um pouco afastados das aias que sempre acompanhavam Serret, junto à lareira ou à janela dos cômodos mais altos da torre.

O velho senhor ficava quase sempre em seus próprios aposentos, saindo de manhã para andar de um lado para o outro pelos pátios internos cobertos de neve da torre fortificada como um velho ocultista que preparava feitiços a noite toda. Quando se juntava a Ged e Serret para jantar, ele ficava em silêncio, às vezes observando sua jovem esposa com um olhar duro e cobiçoso. Nessas ocasiões, Ged tinha pena dela. Era como um cervo branco enjaulado, como um pássaro branco com as asas aparadas, como um anel de prata no dedo de um velho. Ela era um item do tesouro de Benderesk. Quando o Senhor da Fortaleza os deixava, Ged ficava com ela, tentando alegrar sua solidão, como ela alegrara a dele.

— Que joia é essa que dá nome à sua fortaleza? — perguntou a ela enquanto conversavam sentados diante dos pratos e taças de ouro vazios na sala de jantar iluminada por velas.

— Você não ouviu falar? É um objeto famoso.

— Não. Sei apenas que os Senhores de Osskil têm tesouros famosos.

— Ah, essa joia ofusca todos eles. Gostaria de vê-la? Venha!

Ela sorriu, com um olhar de escárnio e ousadia, como se tivesse um pouco de medo do que estava fazendo, e conduziu o jovem para fora do salão, pelos estreitos corredores da base da torre, descendo as escadarias subterrâneas até uma porta trancada que ele nunca vira antes. Ela a destrancou com uma chave de prata, enquanto erguia os olhos para Ged com seu sorriso costumeiro, como se o desafiasse a acompanhá-la. Além da porta havia uma passagem curta e uma segunda porta, que ela destrancou com uma chave de ouro, e depois, uma terceira porta, que ela destrancou com uma das Grandes Palavras de desamarração. Por trás daquela última porta, a vela que ela levava revelou a eles uma pequena sala, como uma cela de masmorra, com chão, paredes e teto de pedra áspera, sem mobília, sem nada.

— Está vendo? — perguntou Serret.

Enquanto Ged olhava ao redor da sala, seus olhos de feiticeiro viram uma das pedras que formavam o chão. Era áspera e úmida como as outras, uma pedra de pavimentação pesada e sem forma: ainda assim ele sentiu o poder que emanava dela como se a pedra falasse com ele em voz alta. A respiração ficou presa em sua garganta, e um mal-estar o dominou por um momento. Aquela era a pedra fundamental da torre. Ficava na área central, que era fria, muito fria; nada poderia aquecer aquele pequeno espaço. Tratava-se de uma coisa muito antiga: um espírito velho e terrível estava preso naquele bloco de pedra. Ele não respondeu a Serret nem sim nem não, mas ficou parado, e logo, com um rápido olhar curioso para Ged, ela apontou para a pedra.

— Este é o Terrenon. Você imaginaria que mantemos uma joia tão preciosa trancada em nosso depósito mais profundo?

Ainda assim, Ged não respondeu, permaneceu calado e desconfiado. Ela poderia estar testando-o; mas acreditava que ela não tinha noção da natureza da pedra, para falar sobre o objeto de maneira tão imprudente. Ela não sabia o suficiente para temê-la.

— Conte-me sobre os poderes da pedra — disse ele, por fim.

— Foi criada antes de Segoy erguer as ilhas do mundo do Mar Aberto. Foi criada quando o próprio mundo foi criado e durará até o fim do mundo. O tempo não é nada para ela. Se colocar a mão sobre ela e fizer uma pergunta, ela responderá, de acordo com o poder que está em você. Ela tem voz, se você souber ouvir. E falará de coisas que foram, são e serão. Ela falou sobre sua chegada muito antes de você vir para esta terra. Quer fazer-lhe uma pergunta agora?

— Não.

— Ela responderá.

— Não há nenhuma pergunta que eu queira fazer a ela.

— Isso poderia lhe dizer — disse Serret em sua voz doce — como derrotar seu inimigo.

Ged ficou mudo.

— Você tem medo da pedra? — perguntou ela, como se não acreditasse nisso; e ele respondeu:

— Sim.

No frio mortal e no silêncio da sala cercada por paredes de feitiços e de pedras, à luz da única vela que ela segurava, Serret olhou-o mais uma vez com olhos brilhantes.

— Gavião — falou ela —, você não está com medo.

— Mas não vou falar com esse espírito — respondeu Ged, e olhando diretamente para ela falou, com grande coragem: — Minha senhora, esse espírito está lacrado dentro de uma pedra, e a pedra está trancada por feitiço de amarração, por feitiço de cegamento e por encanto de bloqueio e vigilância, e pelas paredes triplas da fortaleza em uma terra árida, não porque seja preciosa, mas porque pode operar um grande mal. Não sei o que lhe falaram quando você veio para cá. Mas você, que é jovem e de coração gentil, nunca deve tocar essa coisa nem mesmo olhá-la. Não lhe fará bem.

— Eu toquei nela. Falei com ela e a ouvi falar. Não me faz mal algum.

Ela se virou e ambos saíram pelas portas e passagens até que, à luz das tochas das largas escadarias da torre, ela apagou a vela. Eles se separaram com poucas palavras.

Naquela noite, Ged dormiu pouco. Não foi a ideia da sombra que o manteve acordado; pelo contrário, aquele pensamento fora quase expulso de sua mente pela imagem, que sempre retornava, da Pedra sobre a qual aquela torre fora fundada, e pela visão do rosto de Serret, brilhante, mas sombrio, à luz da vela, voltado para Ged. Várias vezes ele sentiu os olhos dela pousados em si e tentou decidir que expressão havia neles, desdém ou mágoa, ao se recusar a tocar a Pedra. Quando, por fim, deitou-se para dormir, os lençóis de seda da cama estavam frios como gelo, e ele acordava o tempo todo no escuro pensando na Pedra e nos olhos de Serret.

No dia seguinte, Ged a encontrou no salão sinuoso de mármore cinza, agora iluminado pelo sol poente, local onde ela muitas vezes passava a tarde, entre jogos e o tear, com as acompanhantes. Disse à mulher:

— Senhora Serret, eu a afrontei. Sinto muito por isso.

— Não — falou ela, pensativa, e repetiu: — Não... — Ela dispensou as aias que estavam consigo e, ao ficarem sozinhos, voltou-se para Ged. — Meu hóspede, meu amigo — disse ela —, você é muito perspicaz, mas talvez não veja tudo o que há para ser visto. Em Gont, em Roke, eles ensinam alta feitiçaria. Mas não ensinam todas as feitiçarias. Esta é Osskil, a Terra dos Corvos, não é uma terra hárdica: os magos não a governam nem sabem muito sobre ela. Aqui, há acontecimentos que não são tratados pelos mestres dos ensinamentos do sul e coisas não mencionadas nas listas dos nomeadores. Teme-se aquilo que se desconhece. Mas você não tem nada a temer aqui na Corte do Terrenon. Um sujeito mais fraco teria, de fato. Você não. Você nasceu com o poder de controlar o que está na sala lacrada. Disso eu sei. É por isso que você está aqui agora.

— Não compreendo.

— Porque meu senhor Benderesk não foi totalmente franco com você. Eu serei franca. Venha, sente-se aqui a meu lado.

Ele se sentou ao lado dela no banco acolchoado junto ao recuo da janela. A luz do sol poente inundava-os com um brilho em que não havia calor; nos pântanos mais baixos, já mergulhados nas sombras, a neve da noite anterior estava intacta, era uma nuvem branca e opaca sobre a terra.

Então, ela falou com muita suavidade.

— Benderesk é Senhor e Herdeiro do Terrenon, mas não pode usar a coisa, não pode fazer com que ela atenda totalmente à sua vontade. Eu também não posso, sozinha ou com ele. Nenhum de nós tem habilidade e poder. Você tem ambos.

— Como sabe disso?

— Pela própria Pedra! Eu lhe disse que ela falou sobre sua chegada. A pedra conhece o mestre dela e o esperou. Antes de você nascer, ela esperava por você, por aquele que pudesse dominá-la. E aquele que pode fazer o Terrenon responder suas perguntas e atender seus desejos tem poder sobre o próprio destino: força para esmagar qualquer inimigo, mortal ou do outro mundo. E autoridade de presciência, conhecimento, riqueza, domínio e feitiçaria que poderiam humilhar o próprio arquimago! Querendo ou não, tudo isso é seu, basta pedir.

Ela ergueu novamente os estranhos olhos brilhantes, e o olhar o penetrou tão fundo que Ged tremeu como se sentisse frio. No entanto, havia medo no rosto dela, como se buscasse a ajuda dele, mas fosse orgulhosa demais para pedi-la. Ged ficou perplexo. Ela colocou a mão sobre a dele enquanto falava; o toque era leve, e a mão parecia frágil e clara sobre sua mão escura e forte. Ele disse, suplicante:

— Serret! Não tenho o poder que você pensa. O poder que já tive, desperdicei. Não posso ajudá-la, não tenho utilidade para você. Mas sei de uma coisa: os Antigos Poderes da terra não são para os humanos usarem. Eles nunca nos foram entregues, e em nossas mãos eles operam apenas a ruína. Meios perversos, fins perversos. Não fui atraído para cá, mas impelido para cá, e a força que me impulsionou trabalha para minha ruína. Não posso ajudá-la.

— Aquele que desperdiça o próprio poder às vezes é dotado de um poder muito maior — disse ela, sorrindo, como se os medos e escrúpulos dele fossem infantis. — Talvez eu saiba mais do que você sobre o que o trouxe aqui. Não é verdade que conversou com um homem nas ruas de Orrimy? Era um mensageiro, um servo do Terrenon. Ele próprio já foi um feiticeiro, mas jogou fora seu cajado para servir a um poder maior do que o de qualquer mago. E você veio para Osskil, e nos pântanos tentou lutar contra uma sombra com seu cajado de madeira; e quase não conseguimos salvá-lo, pois aquela coisa que o persegue é mais sagaz do que pensávamos, e já lhe tirou muito de sua força... Apenas a sombra pode combater a sombra. Apenas as trevas podem derrotar as trevas. Ouça, Gavião! O que precisa, então, para derrotar essa sombra que espera por você do lado de fora destas paredes?

— Preciso daquilo que não posso saber. O nome dela.

— O Terrenon, que conhece todos os nascimentos e mortes e seres antes e depois da morte, não nascidos e imortais, o mundo da luz e das trevas, vai lhe dizer esse nome.

— A que preço?

— Não há preço. Garanto, ele vai obedecê-lo, servi-lo como seu escravo.

Abalado e atormentado, Ged não respondeu. Então, ela segurou entre suas mãos a dele, olhando-o no rosto. O sol se pusera entre as névoas que encobriam o horizonte, e o ar também se tornara opaco, mas o rosto dela se iluminou de glória e triunfo quando olhou para Ged e viu que a determinação dentro dele fora abalada. Ela sussurrou, docemente:

— Você será mais poderoso do que qualquer um, um rei entre os homens. Você governará, e eu governarei com você...

Ged se levantou de repente e um passo adiante levou-o a um lugar onde conseguiu enxergar, logo depois da longa curva da parede do salão, ao lado da porta, o Senhor do Terrenon, que ouvia com um leve sorriso.

Os olhos e a mente de Ged desanuviaram-se. Ele olhou para Serret.

— É a luz que derrota a escuridão — falou ele, balbuciando. — A luz.

Enquanto falava, ele viu, de modo tão claro como se as palavras que dizia fossem a luz que lhe revelava, o quanto fora puxado até ali, atraído até ali, como eles haviam usado seu medo para conduzi-lo e como, uma vez com ele, iriam prendê-lo. Eles o salvaram da sombra, de fato, pois não queriam que ele fosse possuído por ela até que se tornasse um escravo da Pedra. Assim que sua vontade fosse capturada pelo poder da Pedra, eles deixariam a sombra penetrar nas paredes, pois é mais fácil escravizar um *gebbeth* do que um homem. Se Ged tivesse tocado a Pedra uma vez, ou falado com ela, estaria completamente perdido. Assim como a sombra não fora capaz de alcançá-lo e agarrá-lo, a Pedra também não conseguira usá-lo, não exatamente. Ele quase cedera, mas não por completo. Não concordara. É muito difícil para o mal dominar uma alma sem consentimento.

Ele estava entre os dois que haviam cedido, que haviam consentido, olhando de um para o outro, enquanto Benderesk avançava.

— Eu disse — falou o Senhor do Terrenon em voz seca para sua senhora — que ele escaparia de suas mãos, Serret. Eles são tolos espertos, seus feiticeiros gonteses. E você também é uma tola, mulher de Gont, pensando em enganar a ele e a mim, e nos governar com sua beleza, e usar o Terrenon para os próprios fins. Mas eu sou o Senhor da Pedra, eu, e eis o que faço à esposa desleal: *Ekavroe ai oelwantar.* — Era um Feitiço de Transformação, e as mãos compridas de Benderesk foram erguidas para transformar a mulher encolhida em alguma coisa horrível, uma porca, uma cachorra ou uma velha adivinha. Ged deu um passo à frente e golpeou as mãos do senhor com as suas, dizendo, ao fazê-lo, apenas uma palavra curta. E embora ele não possuísse cajado e estivesse em solo estranho e maléfico, no domínio de um poder sombrio, sua vontade prevaleceu. Benderesk ficou imóvel, os olhos turvos fixos, cheios de ódio e incapazes de ver além de Serret.

— Venha — chamou a mulher com voz trêmula —, Gavião, venha depressa antes que ele possa invocar os Servos da Pedra...

Era como se um sussurro ecoasse pela torre, através das pedras do piso e das paredes, um murmúrio seco e trêmulo, como se a própria terra falasse.

Serret pegou a mão de Ged e correu com ele pelas passagens e corredores, descendo as longas escadarias retorcidas. Eles saíram para o pátio, onde uma última luz prateada do dia ainda pairava sobre a neve suja e pisoteada. Três dos servos do castelo barraram seu caminho, mal-humorados e questionadores, como se suspeitassem de alguma conspiração dos dois contra seu mestre.

— Está ficando escuro, senhora — disse um. E o outro:

— A senhora não pode cavalgar agora.

— Saiam do meu caminho, seus imundos! — gritou Serret, e falou na sibilante língua osskiliana. Os homens caíram para trás e se agacharam no chão, se contorcendo; um deles gritou. — É preciso sair pelo portão, não há outra saída. Você consegue ver? Consegue encontrar o portão, Gavião?

Ela o puxou pela mão, mas Ged hesitou.

— Que feitiço lançou sobre eles?

— Passei chumbo quente na medula óssea, eles vão morrer. Rápido, estou dizendo, ele soltará os Servos da Pedra e não consigo encontrar o portão, há um grande encanto sobre ele. Rápido!

Ged não sabia o que ela queria dizer, pois o portão encantado era tão visível quanto o arco de pedra do pátio através do qual ele o vira. Ele conduziu Serret para lá, através da neve não pisoteada do pátio, e então, falando uma palavra de Abertura, conduziu-a através do muro de feitiços.

Ela mudou quando ambos passaram por aquela passagem saindo do crepúsculo prateado da Corte do Terrenon. Não estava menos bonita à luz sombria dos pântanos, mas havia um ar feroz de bruxa na beleza; e Ged enfim a reconheceu: a filha do Senhor do Re Albi, filha de uma feiticeira de Osskil, que zombara dele nos prados verdes acima da casa de Ogion, havia muito tempo, e que o mandara ler aquele feitiço que libertou a sombra. Mas ele pouco refletiu sobre isso, pois agora olhava por todos os lados com todos os sentidos alertas, procurando pelo inimigo, a sombra, que estaria à espera dele em algum lugar fora das paredes mágicas. Ainda poderia ser um *gebbeth*, vestido com a morte de Skiorh, ou poderia estar escondida na escuridão que se aproximava, esperando para agarrá-lo e fundir-se, sem forma, à sua carne viva. Ged sentia que ela estava próxima, mas não a via.

Porém, enquanto procurava, viu uma coisa pequena e escura meio afundada na neve, a poucos passos do portão. Inclinou-se e pegou-a delicadamente entre as duas mãos. Era o otak, com o pelo fino todo endurecido de sangue; seu corpinho leve estava duro e frio.

— Transforme-se! Transforme-se! Eles estão a caminho — gritava Serret, puxando-lhe o braço e apontando para a torre que jazia logo atrás como um imenso dente branco ao crepúsculo. Por fendas perto da base da torre avançavam criaturas escuras, que batiam asas compridas, lentamente sobrevoando os muros em direção a Ged e Serret, desprotegidos na encosta da colina. O eco murmurante que tinham ouvido dentro da fortaleza ficara mais alto, tremendo e gemendo na terra sob seus pés.

A raiva cresceu no coração de Ged, uma raiva quente de ódio contra todas as coisas cruéis e mortais que o haviam enganado, aprisionado, perseguido.

— Transforme-se — gritou Serret com ele, e com um feitiço rápido, ofegante, ela se encolheu em uma gaivota cinzenta e voou. Mas Ged se abaixou e arrancou uma folha de relva selvagem que se erguia seca e frágil da neve onde o otak havia morrido. Ele ergueu aquela lâmina e, enquanto falava em voz alta com ela, na Língua Verdadeira, ela se alongou e engrossou, e ao fim dessa transformação, Ged segurava um grande cajado, um cajado de feiticeiro. Nenhum fogo maligno vermelho queimou ao longo dele quando as criaturas pretas voadoras, saídas da Corte do Terrenon se lançaram sobre Ged e ele as atingiu nas asas: o cajado irradiava apenas o fogo mágico branco que não queima, mas afasta a escuridão.

As criaturas voltaram a atacar: bestas malfeitas, pertencentes a eras anteriores às aves, dragões ou homens, havia muito esquecidas pela luz do dia, mas lembradas pelo antigo, maligno e inesquecível poder da Pedra. Elas perseguiram Ged, atirando-se sobre ele, que sentiu, acima de si, o movimento de foice daquelas garras e ficou nauseado com o fedor de morte que exalavam. Com ferocidade, ele se defendeu e atacou, lutando contra as criaturas com o cajado de fogo que era feito de sua raiva e de uma folha de relva selvagem. E, de repente, todas elas se ergueram como corvos assustados com a carniça e se afastaram, batendo as asas, em silêncio, na direção em que Serret, em forma de gaivota, voara. As amplas asas dela pareciam lentas, mas voavam rápido, cada batida a conduzia vigorosamente pelo ar. Nenhuma gaivota poderia superar aquela velocidade intensa.

Rápido, como no passado em Roke, Ged assumiu a forma de um grande falcão: não o gavião, como o chamavam, mas o falcão peregrino que voa como uma flecha, como o pensamento. Com asas listradas, afiladas e fortes, ele voou, perseguindo seus perseguidores. O ar escureceu e, entre as nuvens, as estrelas brilharam cada vez mais forte. À frente, ele viu o grupo preto e irregular, que se dirigia para baixo e para dentro de um ponto no ar. Além daquele coágulo escuro, estava o mar, pálido com os últimos raios acinzentados de luz do dia. Ligeiro, em linha reta, o falcão-Ged disparou em direção às criaturas da Pedra e, quando ele se aproximou, elas se espalharam como gotas se espalham quando um seixo é atirado na água. Mas elas haviam pegado sua presa. Havia sangue no bico de uma e penas brancas grudadas nas garras de outra, e nenhuma gaivota voava à frente delas sobre o mar pálido.

Elas já se voltavam contra Ged mais uma vez, vindo rápida e desajeitadamente, com os bicos ferrenhos esticados para fora. Girando uma vez por cima delas, ele lançou o grito desafiador de raiva do falcão e, em seguida, disparou através das praias baixas de Osskil, sobre as ondas do mar.

As criaturas da Pedra rondaram por um instante, grasnando, e, uma a uma, avançaram pesadamente para o interior, sobre os pântanos. Os Antigos Poderes não cruzam o mar, estão ligados cada um a uma ilha, um lugar específico, uma caverna, uma pedra, a fonte de um poço. As emanações pretas voltaram para a torre fortificada, onde talvez o Senhor do Terrenon, Benderesk, tenha chorado e talvez tenha rido com o retorno delas. Mas Ged continuou, com asas de falcão, com um desvario de falcão, como uma flecha infalível, como um pensamento inesquecível, sobre o Mar de Osskil e para o leste, para o vento do inverno e da noite.

***

Ogion, o Silencioso, voltara tarde para a casa em Re Albi, depois de suas perambulações de outono. O passar dos anos o deixara mais silencioso, mais solitário do que nunca. O novo Senhor de Gont na cidade baixa nunca conseguiu tirar uma palavra dele, embora tivesse escalado o Ninho do Falcão para buscar a ajuda do mago com uma certa empreitada de pirataria em direção aos Andrades. Ogion, que falava com aranhas em suas teias e fora visto cumprimentando árvores com toda cortesia, não dirigiu uma palavra ao senhor da ilha, que foi embora descontente. Talvez houvesse algum descontentamento ou mal-estar também na mente de Ogion, pois ele havia passado todo o verão e o outono sozinho no alto da montanha, e só agora, perto do Regresso do Sol, voltou para junto de sua lareira.

Na manhã posterior ao seu retorno, ele se levantou tarde e, querendo uma xícara de chá de rushuáche, saiu para buscar água na fonte que descia pela encosta da casa. As margens da pequena lagoa agitada da fonte estavam congeladas, e o musgo seco entre as rochas estava coberto com flocos de gelo. Era um dia claro, mas o sol ainda demoraria uma hora para iluminar a encosta da montanha: todo o oeste de Gont, desde as praias até o pico, ficava sem sol, silencioso e claro nas manhãs de inverno. Enquanto o mago estava parado perto da fonte, observando as terras mais baixas, o porto e as distâncias cinzentas do mar, asas batiam acima dele, que olhou para cima, levantando um pouco o braço. Um grande falcão desceu com asas barulhentas e pousou em seu pulso. Como um pássaro de caça treinado, ele se agarrou ali, mas não usava uma corrente partida, uma anilha ou um sinete. As garras cravaram com força no pulso de Ogion; as asas listradas estremeceram; o olho redondo e dourado era opaco e selvagem.

— Você é um mensageiro ou uma mensagem? — indagou Ogion gentilmente ao falcão. — Venha comigo... — Enquanto falava, o falcão olhava para ele. Ogion ficou em silêncio por um minuto. — Chamei você uma vez, eu acho — disse ele, e então caminhou até sua casa e entrou, segurando a ave ainda no pulso. Colocou o falcão perto da lareira, ao calor do fogo, e ofereceu-lhe água. O animal não quis beber. Então Ogion começou a lançar um feitiço, muito silenciosamente, tecendo a teia de magia com as mãos mais do que com palavras. Quando o feitiço estava completo e tecido, ele disse em tom suave, sem olhar para o falcão na lareira:

— Ged.

Aguardou um pouco, depois se virou, levantou-se e foi até o jovem que estava tremendo e com os olhos opacos diante do fogo.

Ged estava rica e exageradamente vestido com peles, seda e prata, mas as roupas haviam sido rasgadas e endurecidas pelo sal marinho, e ele estava magro e arqueado, com os cabelos escorridos sobre o rosto cheio de cicatrizes.

Ogion tirou o manto sujo e principesco de seus ombros, conduziu-o para a alcova onde seu aprendiz uma vez dormira, fez com que ele se deitasse no colchão e, depois de murmurar um feitiço de sono, deixou-o. Não disse nenhuma palavra, pois sabia que Ged não tinha fala humana naquele momento.

Quando menino, Ogion, como todos os meninos, pensava que seria um jogo muito divertido assumir, pela arte da magia, qualquer forma que desejasse, homem ou fera, árvore ou nuvem, e assim brincar com milhares de seres. Mas, como feiticeiro, aprendeu o preço dessa brincadeira, que é o perigo de perder o próprio ser, lançando fora a verdade. Quanto mais tempo uma pessoa permanece em uma forma que não é a sua, maior é o perigo. Todo ocultista iniciante aprende a história do feiticeiro Bordger, de Way, que se deliciava em assumir a forma de um urso e fazia isso com uma frequência cada vez maior, até que o urso cresceu nele e o homem morreu, e ele se tornou um urso, matou o próprio filho na floresta, então foi caçado e morto. E ninguém sabe quantos dos golfinhos que saltam nas águas do Mar Central foram homens no passado, sábios que se esqueceram de sua sabedoria e de seu nome na alegria do mar agitado.

Ged assumira a forma de falcão em um momento de grande aflição e fúria, e quando voou de Osskil só tinha um pensamento em mente: voar para longe da Pedra e da sombra, escapar das terras frias e traiçoeiras, voltar para casa. A raiva e a selvageria do falcão eram semelhantes às suas e se tornaram suas, e sua vontade de voar se tornou a vontade do falcão. Assim, ele havia sobrevoado Enlad, descendo para beber em um lago solitário na floresta, mas imediatamente retomara o voo, impulsionado pelo medo da sombra que vinha atrás dele. Cruzara a grande via marítima chamada de Estreitos de Enlad, e continuara, de leste a sul, com as quase indistintas colinas de Oranea à sua direita e as colinas de Andrad, ainda mais indistintas, à sua esquerda, e diante dele apenas o mar; até que, à frente, enfim emergiu das ondas uma onda imutável, que se elevava cada vez mais alto, o pico branco de Gont. Sob toda a luz e as trevas daquele longo voo, ele usou as asas do falcão, olhou através dos olhos do falcão e, esquecendo seus próprios pensamentos, por fim conheceu o que apenas o falcão conhece: fome, vento, a maneira de voar.

Ele voara para o porto certo. Havia poucos em Roke e apenas um em Gont que poderia tê-lo transformado de volta em um homem.

Estava selvagem e silencioso quando acordou. Ogion não falou com ele, mas deu-lhe carne e água e deixou-o sentar-se curvado perto do fogo, sombrio como um falcão enorme, exausto e irritado. Ao cair da noite, Ged dormiu. Na terceira manhã, foi até a lareira onde o mago estava sentado olhando para as chamas e disse:

— Mestre…

— Bem-vindo, rapaz — interrompeu Ogion.

— Volto para você da mesma forma que parti: um tolo — falou o jovem, com a voz áspera e grossa. O mago sorriu um pouco e fez um gesto para que Ged se sentasse junto à lareira, e começou a preparar um pouco de chá para eles.

A neve caía, a primeira do inverno ali nas encostas mais baixas de Gont. As janelas de Ogion foram fechadas depressa, mas eles conseguiam ouvir a neve úmida que caía suavemente no telhado, e a profunda quietude da neve em toda a casa. Por muito tempo eles ficaram sentados ali perto do fogo, e Ged contou ao antigo mestre a história dos anos desde que partira de Gont a bordo do navio chamado *Sombra*. Ogion não fez perguntas e, ao fim do relato, permaneceu em silêncio por um longo tempo, tranquilo, refletindo. Por fim, ele se levantou, colocou pão, queijo e vinho na mesa, e os dois comeram juntos. Quando terminaram e colocaram a sala em ordem, Ogion falou.

— São cicatrizes amargas essas que você carrega, rapaz.

— Não tenho forças contra a coisa — respondeu Ged.

Ogion balançou a cabeça, mas não disse mais nada por um tempo. Depois, falou:

— Estranho: você teve força suficiente para superar um ocultista em seu próprio domínio, lá em Osskil. Teve força suficiente para resistir às armadilhas e se defender do ataque dos servos de um Antigo Poder da Terra. E em Pendor você teve força suficiente para enfrentar um dragão.

— O que tive em Osskil foi sorte, não força — respondeu Ged, e estremeceu de novo ao pensar no frio mortal da Corte do Terrenon. — Quanto ao dragão, eu sabia o nome dele. A coisa má, a sombra que me persegue, não tem nome.

— *Todas* as coisas têm um nome — disse Ogion, com tanta certeza que Ged não ousou repetir o que o arquimago Gensher dissera a ele, que as forças do mal que ele havia liberado não tinham nome. O Dragão de Pendor, de fato, tinha se oferecido para lhe dizer o nome da sombra, mas Ged depositara pouca confiança na veracidade da oferta e, além disso, não acreditara na promessa de Serret de que a Pedra lhe diria o que ele precisava saber.

— Se a sombra tem um nome — falou, por fim —, não creio que ela vá se deter e revelá-lo para mim…

— Não — disse Ogion. — Nem você se deteve e disse seu nome. E ainda assim, ela o sabia. Nos pântanos de Osskil, ela o chamou pelo nome, o nome que eu lhe dei. É estranho, estranho…

Ele mergulhou em reflexões outra vez. Por fim, Ged disse:

— Vim aqui em busca de conselho, não de refúgio, mestre. Não vou trazer essa sombra até você, e ela logo estará aqui se eu ficar. Uma vez, você a expulsou desta mesma sala…

— Não; aquilo não foi mais do que o agouro dela, a sombra de uma sombra. Eu não poderia expulsá-la agora. Só você poderia fazer isso.

— Mas sou impotente diante dela. Existe algum lugar… — Sua voz se extinguiu antes que ele fizesse a pergunta.

— Não há lugar seguro — falou Ogion, gentilmente. — Não se transforme de novo, Ged. A sombra procura destruir seu verdadeiro ser. Ela quase fez isso levando você a se tornar falcão. Não, não sei para onde você deve ir. Mesmo assim, tenho uma ideia do que deve fazer. É algo difícil de lhe dizer.

O silêncio de Ged exigia a verdade e Ogion explicou, finalmente:

— Você deve dar meia-volta.

— Meia-volta?

— Se você for em frente, se continuar correndo, onde quer que corra, encontrará o perigo e o mal, pois ele o impulsiona, ele decide o caminho que você segue. Você precisa decidir. Precisa perseguir o que o persegue. Deve caçar o caçador.

Ged não disse nada.

— Na fonte do rio Ar eu nomeei você — disse o mago —, em uma corrente que desce da montanha até o mar. Um indivíduo deve saber seu destino, mas não pode saber se não voltar, se não retornar à sua origem, e conservar esse início em seu ser. Se ele não quiser ser um tronco que gira e submerge na corrente, deve ser a própria corrente, todo ele, desde a fonte até seu encontro com o mar. Você voltou para Gont, voltou para mim, Ged. Agora dê meia-volta e busque a própria fonte, e aquilo que vem antes da fonte. Lá está sua esperança de força.

— Lá, mestre? — indagou Ged com terror na voz. — Onde?

Ogion não respondeu.

— Se eu der meia-volta — disse Ged depois de algum tempo —, se, como você diz, eu caçar meu caçador, acho que a caçada não vai durar muito. Tudo o que aquilo deseja é me enfrentar. Duas vezes isso aconteceu, e duas vezes fui derrotado.

— A terceira vez é a da sorte — disse Ogion.

Ged andava de um lado para o outro na sala, da lareira à porta, da porta à lareira.

— E se me derrotar totalmente — refletiu ele, argumentando, talvez com Ogion, talvez consigo mesmo —, ela pegará meu conhecimento e meu poder e os usará. Agora, isso é uma ameaça apenas para mim. Mas se a sombra entrar em mim e me possuir, operará um grande mal através de mim.

— Isso é verdade. Se ela derrotar você.

— No entanto, se eu fugir outra vez, ela certamente me encontrará de novo... E toda a minha força será gasta na fuga. — Ged diminuiu um pouco o ritmo dos passos e, de repente, virou-se e, ajoelhando-se diante do mago, disse: — Caminhei com grandes feiticeiros e morei na Ilha do Sábio, mas o senhor é meu verdadeiro mestre, Ogion. — Ele falou com amor e com uma alegria melancólica.

— Ótimo — disse Ogion. — Agora você sabe disso. Antes tarde do que nunca. Mas você será meu mestre, no final. — Ele se levantou e alimentou o fogo até a chama ficar forte, pendurou a chaleira para ferver e, vestindo seu casaco de pele de ovelha, disse: — Preciso cuidar das minhas cabras. Cuide da chaleira para mim, rapaz.

Quando voltou para dentro, todo coberto de flocos e removendo a neve das botas de pele de cabra, Ogion carregava uma haste longa e áspera de madeira de teixo. Durante todo o fim daquela breve tarde, e novamente depois do jantar, ele ficou sentado ao lado da fogueira, trabalhando a haste com faca, pedra de polir e feitiçaria. Muitas vezes, passou as mãos pela madeira como se procurasse alguma falha. Cantou baixinho o tempo todo ao trabalhar. Ged, ainda cansado, ouvia, e quando ficou com sono, imaginou ser uma criança na cabana da bruxa da aldeia de Dez Amieiros, em uma noite de neve, na escuridão iluminada pelo fogo, em meio ao ar pesado pelo cheiro de erva e fumaça, e sua mente ficou à deriva, em sonhos, enquanto ele ouvia a suave e longa cantilena de feitiços e sagas de heróis que lutaram contra os poderes das trevas e venceram, ou perderam, em ilhas distantes, havia muito tempo.

— Aqui — falou Ogion, entregando-lhe o cajado pronto. — O arquimago deu a você madeira de teixo, uma boa escolha, e eu a mantive. Tinha a intenção de usar essa haste em um arco longo, mas é melhor assim. Boa noite, meu filho.

Enquanto Ged, que não encontrou palavras para agradecê-lo, voltava-se para sua alcova, Ogion o observou e disse, baixinho demais para Ged ouvir:

— Ó meu jovem falcão, voe bem!

Na madrugada fria, quando Ogion acordou, Ged havia partido. Mas deixara, à moda dos feiticeiros, uma mensagem de runas rabiscadas em prata na pedra da lareira, que se desvaneceu assim que Ogion as leu: "Mestre, vou caçar".

CAPÍTULO 8
CAÇA

Ged desceu a estrada de Re Albi na escuridão do inverno, antecipando-se ao nascer do sol, e antes do meio-dia chegou ao porto de Gont. Ogion dera a ele calças gontesas decentes, além de uma camisa e um colete de couro e linho para substituir a elegância osskiliana, mas Ged guardara para a jornada de inverno o manto nobre forrado com pele de pelauí. Então, encapuzado, de mãos vazias, exceto pelo cajado escuro que tinha sua altura, ele chegou ao portão de embarque, e os soldados, encostados em esculturas de dragões, não precisaram olhar duas vezes para ver que se tratava de um feiticeiro. Colocaram suas lanças de lado e o deixaram entrar sem perguntas, observando-o enquanto ele descia a rua.

No cais e na Casa da Guilda Marítima, ele perguntou sobre os navios que poderiam seguir para o norte ou oeste para Enlad, Andrad, Oranea. Todos lhe responderam que nenhum navio sairia do porto de Gont naqueles dias, tão perto do Regresso do Sol, e na guilda disseram-lhe que nem mesmo os barcos de pesca iam além dos Penhascos Bracejados com o tempo pouco confiável.

Na despensa da guilda, ofereceram-lhe uma refeição; um mago raramente precisa pedir comida. Ele sentou-se um pouco com aqueles estivadores, armadores e manipuladores do tempo, sentindo prazer em sua conversa lenta e esparsa, em seu discurso gontês resmungão. Havia nele um grande desejo de permanecer em Gont, renunciando a toda magia e aventura, esquecendo todo o poder e horror, vivendo em paz como qualquer pessoa no terreno conhecido e estimado de sua terra natal. Esse era o desejo de Ged; mas sua vontade era outra. Ele não ficou muito tempo na Guilda Marítima, nem na cidade, depois de descobrir que não haveria navios saindo do porto. Começou a caminhar ao longo da costa da baía até chegar à primeira das pequenas aldeias que ficam ao norte da cidade de Gont, e pediu informações entre os pescadores até encontrar um que tivesse um barco para vender.

O pescador era um velho austero. Seu barco, de 3,5 metros de comprimento e construído em clínquer, estava tão empenado e arqueado que mal podia navegar; ainda assim, pedia um preço muito alto por ele: o feitiço da segurança marítima por um ano posto em seu próprio barco, nele mesmo e em seu filho. Pois os pescadores gonteses não temem nada, nem mesmo os feiticeiros, apenas o mar.

Aquele feitiço de segurança marítima que tanto valorizam no norte do Arquipélago nunca salvou ninguém de uma tempestade ou de uma onda tempestuosa, mas, lançado por alguém que conheça os mares locais e os caminhos de um barco e as habilidades dos marinheiros, tece alguma segurança diária sobre o pescador. Ged fez o feitiço com esmero e honestidade, trabalhando nele durante toda a noite e o dia seguinte, sem omitir nada, seguro e paciente, embora o tempo todo sua mente estivesse tensa pelo medo e seus pensamentos percorressem caminhos obscuros procurando imaginar como, quando e onde a sombra voltaria a aparecer para ele. Ao completar e lançar o feitiço, ele estava muito cansado. Naquela noite, dormiu na cabana do pescador, em uma rede de tripa de baleia; ao amanhecer, levantou-se, cheirando a arenque seco, e desceu até a enseada sob o Penhasco do Atalho do Norte, onde estava seu novo barco.

Empurrou a embarcação para as águas calmas perto do embarcadouro e a água começou a entrar nela, suave e imediatamente. Pisando no barco com a leveza de um gato, Ged consertou as tábuas empenadas e os pinos podres, trabalhando com ferramentas e encantamentos, como se acostumara a fazer com Pechvarry em Baixo Tornel. O povo da aldeia se reuniu em silêncio, não muito perto, para observar suas mãos rápidas e ouvir sua voz suave. Ele também executou o trabalho com esmero e paciência, até concluí-lo e o barco estar vedado e seguro. Então, usou como mastro o cajado que Ogion tinha feito para ele, prendeu-o com feitiços e fixou nele um metro de madeira sólida. Abaixo dessa madeira, teceu no tear do vento uma vela de feitiços, uma vela quadrada branca como a neve do pico de Gont acima dele. As mulheres que assistiam a isso suspiraram de inveja. Então, de pé junto ao mastro, Ged ergueu levemente o vento mágico. O barco moveu-se sobre a água, virando-se para os Penhascos Bracejados do outro lado da grande baía. Quando os pescadores, que observavam em silêncio, viram aquele barco furado deslizar sob a vela tão rápido e alinhado quanto uma narceja alçando voo, eles aplaudiram, sorrindo e batendo os pés no vento frio da praia; e Ged, ao olhar para trás por um momento, viu que torciam por ele sob o vulto escuro e irregular do Penhasco do Atalho do Norte, acima do qual os campos nevados da montanha se erguiam até as nuvens.

Ele navegou pela baía e saiu pelos Penhascos Bracejados até o mar de Gont, definindo ali seu curso para noroeste, indo a norte de Oranea, retornando por onde viera. Não tinha nenhum plano ou estratégia a não ser refazer o curso. Seguindo seu voo de falcão ao longo dos dias e pelos ventos de Osskil, a sombra poderia estar vagando ou vindo direto, não havia como saber. Mas, a menos que ela tivesse se recolhido por inteiro no reino dos sonhos, não deixaria de avistar Ged, que ia expressamente ao encontro dela, pelo mar aberto.

Era no mar que desejava encontrá-la, se esse encontro era necessário. Não tinha certeza do porquê, mas sentia pavor de encontrar a coisa em terra firme mais uma vez. Do mar surgem tempestades e monstros, mas nenhum poder do mal: o mal vem da terra. E não há mar, nem correnteza ou fonte de rio na terra escura onde Ged estivera antes. A morte é uma zona árida. Embora o próprio mar fosse um perigo para ele, com o clima duro da estação, a mudança e a instabilidade pareciam-lhe uma defesa e uma conveniência. E quando ele encontrasse a sombra ao final daquela loucura, pensou, talvez conseguisse ao menos agarrar a coisa enquanto ela o agarrava, e arrastá-la com o peso de seu corpo e o peso de sua própria morte para a escuridão das profundezas do mar, de onde, assim controlada, talvez não pudesse mais se levantar. Desse modo, sua morte ao menos daria fim ao mal que, com sua vida, ele libertara.

Ged navegou em um mar rude e cortante, acima do qual as nuvens desciam e eram carregadas como vastos véus de luto. Ele já não erguia mais o vento mágico; usava o vento do mundo, que soprava forte do noroeste; e contanto que Ged mantivesse a substância de sua vela tecida por feitiços, com uma palavra murmurada várias vezes, a própria vela içava-se e voltava-se para capturar o vento. Se ele não usasse essa magia, teria sido difícil manter o instável barquinho no curso, em meio àquele mar agitado. Ele prosseguiu, mantendo uma vigilância atenta por todos os lados. A esposa do pescador havia lhe dado dois pães e uma jarra d'água, e depois de algumas horas, quando Ged avistou a Pedra Kameber, a única ilha entre Gont e Oranea, ele comeu, bebeu e, agradecido, pensou na mulher gontesa que lhe dera a comida. Deixando para trás o vislumbre quase indistinto da terra firme, ele navegou, então, para a direção oeste, sob uma garoa penetrante e leve que em terra poderia ter sido uma neve suave. Não havia som algum, exceto o rangido do barco e o leve impacto das ondas na proa. Nenhuma embarcação ou ave à vista. Nada se movia, exceto a água em constante ondulação e as nuvens à deriva, nuvens das quais ele se lembrava vagamente, pois haviam flutuado à sua volta quando, como falcão, ele voara rumo ao leste pelo mesmo curso que tomava agora, em sentido contrário. Naquela ocasião ele observara o mar cinzento da mesma forma como agora olhava para o ar cinzento.

Não havia nada diante dele quando olhava ao redor. Com frio, cansado de olhar e espreitar para a escuridão vazia, ele se levantou.

— Então, venha — murmurou —, vamos! O que está esperando, Sombra? — Não houve resposta, nenhuma movimentação mais escura entre as névoas e ondas já escuras. No entanto, ele sabia, com uma certeza cada vez maior, que a coisa não estava muito longe, e procurava cegamente por seu rastro frio. De repente, gritou bem alto: — Estou aqui! Eu, Ged, o Gavião, e invoco minha sombra!

O barco rangeu, as ondas balançaram, o vento assobiou um pouco na vela branca. Os instantes foram passando. Ainda assim, Ged esperava, com uma das mãos no mastro de teixo de seu barco, encarando a garoa gélida que lentamente se espalhava, em linhas irregulares, pelo mar, vinda do norte. O tempo foi passando. E então, ao longe, na chuva sobre a água, ele viu a sombra se aproximando.

Ela se livrara do corpo de remador osskiliano de Skiorh, e não era como o *gebbeth* que seguira Ged por ventos e mares. Também não usava a forma de animal que ele vira na Colina de Roke e em seus sonhos. Mas agora ela tinha uma forma, mesmo à luz do dia. Na busca por Ged, e em sua luta com ele nos pântanos, ela tomara o poder dele, sugando-o para si: e talvez a invocação que ele fizera, em voz alta, em plena luz do dia, tivesse dado ou imposto a ela alguma forma e aparência. Certamente agora se assemelhava a uma pessoa, embora, sendo sombra, não projetasse nenhuma sombra. Então ela viera pelo mar, saindo dos Estreitos de Enlad em direção a Gont, uma coisa obscura e malfeita que andava inquieta sobre as ondas, espreitando o vento enquanto se aproximava; e a chuva fria atravessava-a.

Como ela era meio cega durante o dia, e como ele a chamara, Ged a avistou antes que ela o avistasse. Reconheceu-a, como ela o reconhecia, entre todos os seres, todas as sombras.

Na terrível solidão do mar de inverno, Ged parou e viu a coisa que tanto temia. O vento parecia empurrar a sombra para longe do barco, e as ondas abaixo dela confundiam os olhos de Ged, fazendo com que a sombra às vezes parecesse mais próxima. Ele já não conseguia dizer se ela se movia ou não. Agora ela o vira. E embora não houvesse nada na mente dele, além de terror e medo do toque da coisa, da dor fria e escura que lhe drenara a vida, ele esperou, sem se mover. Então, de súbito invocou em voz alta o vento mágico, forte e repentino para a vela branca, e o barco saltou sobre as ondas cinzentas direto sobre aquela coisa inferior que pairava no vento.

Em silêncio, vacilante, a sombra virou-se e fugiu.

Seguiu para o norte, contra o vento. O barco de Ged seguiu-a, a velocidade das sombras contra o ofício da magia, a ventania chuvosa contra ambos. E o jovem gritava com o barco, com a vela, com o vento e com as ondas à sua frente, como um caçador grita para seus cães quando o lobo corre bem à vista deles, e na vela tecida por feitiço ele lançou um vento que teria rasgado qualquer vela de pano e que conduziu seu barco pelo mar como uma nuvem de espuma, cada vez mais perto da coisa que fugia.

Em seguida, a sombra retornou, fazendo um semicírculo e surgindo de repente mais solta e turva, menos parecida com uma pessoa, mais parecida com uma mera fumaça que ondulava ao vento, depois deu meia-volta e correu com o vento a seu favor, como se rumasse para Gont.

Com mãos e feitiço, Ged virou o barco, que saltou da água como um golfinho, girando, em uma manobra rápida. Mais rápido do que antes, ele seguiu a sombra, mas ela ficava cada vez mais indistinta diante de seus olhos. A chuva, misturada com granizo e neve, atingia Ged nas costas e na face esquerda, e ele não conseguia enxergar mais do que cem metros à frente. Em pouco tempo, quando a tempestade ficou mais forte, ele perdeu a sombra de vista. No entanto, Ged estava seguro de seu rastro, como se seguisse as pegadas de uma fera pela neve, em vez de um espectro em fuga pela água. Embora o vento soprasse a seu favor, ele manteve o vento mágico assoviando na vela, e flocos de espuma dispararam na proa grosseira do barco, que golpeava a água enquanto avançava.

Por um longo tempo, caça e caçador mantiveram seu curso estranho e rápido, e o dia escureceu depressa. Ged sabia que, com o ritmo intenso com o qual viajara naquelas últimas horas, ele devia estar ao sul de Gont, dirigindo-se a Spevy ou Torheven, ou até mesmo deixando essas ilhas para trás e entrando no Mar Aberto do Extremo. Não saberia dizer. E não se importava. Ele caçava, perseguia, tendo o medo à sua frente.

De repente, avistou a sombra por um momento, não muito longe. O vento do mundo diminuía e o granizo da tempestade dera lugar a uma névoa fria, irregular, espessa. Através da névoa, Ged vislumbrou a sombra, que fugia um pouco à direita de seu curso. Ele falou com o vento e a vela, virou a barra do leme e seguiu, embora mais uma vez em uma perseguição às cegas: a névoa se adensava depressa, soltando vapores e se dissolvendo nos pontos em que se encontrava com o vento mágico, fechando-se ao redor do barco, uma palidez disforme que absorvia a luz e visão. Quando Ged disse a primeira palavra de um feitiço de clareamento, viu a sombra outra vez, ainda à direita de seu curso, mas muito próxima e lenta. A névoa atravessava a indefinição sem rosto da cabeça da coisa, que tinha a forma de uma pessoa, mas era deformada e mutável, como a sombra de uma pessoa. Ged desviou o barco mais uma vez, pensando ter derrubado o inimigo: no mesmo instante, a sombra desapareceu e o barco encalhou, batendo contra um baixio de rochas que a névoa o impedira de ver. Ele quase foi lançado para fora do barco, mas agarrou-se ao mastro-cajado antes do golpe da onda seguinte. Foi uma onda grande, que ergueu o barco acima da água e o atirou contra uma rocha, como um homem poderia erguer e esmagar a concha de um caracol.

Robusto e mágico era o cajado que Ogion moldara. Ele não se quebrou, boiou como um tronco seco. Ainda segurando-o, Ged foi puxado para trás com o refluxo das ondas do baixio, de modo que ficou em águas profundas e escapou de bater nas rochas até a onda seguinte. Ofuscado pelo sal e sufocado, tentou manter a cabeça erguida e lutar contra a enorme força do mar. Enquanto tentava nadar, evitando a onda seguinte, avistou uma ou duas vezes uma praia arenosa ao lado das rochas. Com toda a sua força e com a ajuda do poder do cajado, ele se empenhou em chegar àquela praia. Mas nem sequer se aproximou. A onda e o refluxo do mar o jogavam para a frente e para trás como um trapo, e o frio marítimo profundo absorveu depressa o calor de seu corpo, enfraquecendo-o até que ele não conseguisse mais mover os braços. Ged perdeu de vista as rochas e a praia e não soube para que lado se virar. À sua volta, acima e abaixo dele havia apenas o tumulto das águas, que o ofuscava, sufocava e afogava.

Uma onda, avultando-se sob a névoa irregular, atingiu-o e girou-o várias vezes, lançando-o na areia como um bastão de madeira que boiasse.

Lá ele ficou, ainda agarrado ao cajado de teixo com as duas mãos. Ondas menores o arrastaram, tentando puxá-lo para longe da areia em seu refluxo apressado, e a névoa se abriu e se fechou sobre ele; em seguida, uma chuva de granizo atingiu-o.

Depois de muito tempo, Ged se moveu. Ficou de joelhos e começou a engatinhar lentamente pela praia, para longe da água.

Na noite escura, ele sussurrou para o cajado, e um pequeno globo de luz enfeitiçada aderiu ao teixo. Com cajado e luz para guiá-lo, avançou pouco a pouco em direção ao alto das dunas. Estava tão arrasado, debilitado e com tanto frio que rastejar pela areia úmida na escuridão repleta de murmúrios e estrondos do mar foi a coisa mais difícil que já tivera de fazer. E uma ou duas vezes pareceu-lhe que o grande barulho do mar e do vento cessara e a areia molhada se transformara em pó sob suas mãos, e ele sentia o olhar imóvel de estrelas estranhas às costas; mas ele continuou a engatinhar, sem erguer a cabeça. Tempos depois, ouviu a própria respiração ofegante e sentiu o vento penetrante fustigar-lhe o rosto com chuva.

A movimentação devolveu-lhe um pouco de calor e, depois de se arrastar até as dunas, onde as rajadas de vento chuvoso eram menos fortes, ele conseguiu ficar em pé. Ordenou que a luz enfeitiçada ficasse mais forte, pois o mundo estava totalmente escuro e, apoiado no cajado, caminhou, cambaleando e parando, cerca de oitocentos metros para o interior. Então, na subida de uma duna, ouviu o ruído do mar ficar mais alto, não atrás dele, mas à frente: as dunas desciam até outra costa. Ele não estava em uma ilha, mas em um mero recife, um pedaço de areia no meio do oceano.

Exausto demais para se desesperar, Ged soltou uma espécie de soluço e ficou ali, perplexo, apoiado no cajado, por muito tempo. Em seguida, obstinado, se virou para a esquerda, ao menos para ter o vento às costas, e arrastou-se descendo a duna alta, em busca de algum buraco entre gramas marinhas baixas e cobertas de gelo onde pudesse se abrigar um pouco. Quando ergueu o cajado para ver o que estava à sua frente, percebeu um raio opaco no limite da luz enfeitiçada: uma parede de madeira molhada pela chuva.

Era uma barraca ou cabana, pequena e frágil como se uma criança a tivesse construído. Ged bateu na porta baixa com o bastão. A porta permaneceu fechada. Ele empurrou-a, abriu-a e entrou, curvando-se quase ao meio para fazê-lo. Não conseguia ficar de pé dentro do local. Havia carvões em brasa na fogueira cuja luz tênue revelou a Ged um homem de cabelos longos e brancos, encolhido de medo contra a parede oposta, e outro, homem ou mulher, ele não saberia dizer, espiando por baixo de um monte de trapos ou peles no chão.

— Não vou machucar vocês — sussurrou Ged.

Os dois não disseram nada. Ged olhava ora para um, ora para outro. Os olhos de ambos estavam perplexos de terror. Quando ele pousou o cajado, a pessoa que estava embaixo da pilha de trapos escondeu-se, choramingando. Ged tirou o manto, que pesava por causa da água e do gelo, despiu-se e se encolheu perto da fogueira.

— Preciso de algo para me cobrir — disse. Estava rouco e mal conseguia falar, pois batia o queixo e era sacudido por calafrios. Se o ouviram, nenhum dos velhos respondeu. Ele estendeu a mão e puxou da pilha um trapo que, muitos anos antes, poderia ter sido uma pele de cabra, mas se tornara apenas farrapo e gordura escurecida. A pessoa ali embaixo gemeu de medo, mas Ged não lhe deu atenção. Ele se esfregou e sussurrou:

— Você tem lenha? Aumente um pouco o fogo, senhor. Venho até vocês por necessidade, não quero lhes fazer mal.

O velho não se mexeu, observando-o, entorpecido de medo.

— O senhor me entende? Não fala hárdico? — Ged fez uma pausa e perguntou: — Kargad?

Com essa palavra, o velho assentiu uma vez, um único aceno de cabeça, como uma marionete ao comando do fio. Mas como era a única palavra que Ged conhecia da língua karginesa, aquele foi o fim da conversa. Encontrou lenha empilhada perto de uma parede e aumentou o fogo ele mesmo; depois, com gestos, pediu água, pois engolir água do mar o deixara enjoado e agora ele morria de sede. Encolhendo-se, o velho apontou para uma grande concha que continha água e empurrou para o fogo outra concha na qual havia tiras de peixe defumado. Então, de pernas cruzadas perto do fogo, Ged bebeu e comeu um pouco e, quando recuperou algo da força e do juízo, perguntou-se onde estaria. Mesmo com o vento mágico, ele não poderia ter navegado com segurança até as Terras Kargad. Aquela ilhota devia estar no Extremo, a leste de Gont, mas ainda a oeste de Karego-At. Parecia estranho que pessoas morassem em um lugar tão pequeno e abandonado, um mero banco de areia; talvez fossem náufragos; mas ele estava cansado demais para ocupar a cabeça com eles naquele momento.

Continuou virando seu manto para o calor. A pele prateada de pelauí secava depressa e, assim que a lã do forro estava aquecida, se não seca, enrolou-se nela e se esticou ao lado da fogueira.

— Vá dormir, minha gente sofrida — disse ele aos anfitriões silenciosos, e deitou a cabeça no chão de areia, adormecendo.

Passou três noites na ilha sem nome, pois na primeira manhã, ao acordar, estava com todos os músculos doloridos, febril e doente. Ficou prostrado como um tronco na cabana, ao lado da fogueira, durante todo aquele dia e noite. Na manhã seguinte, acordou ainda rígido e dolorido, mas recuperado. Vestiu as roupas com crosta de sal, pois não havia água suficiente para lavá-las e, na manhã cinzenta e ventosa, saiu para observar o lugar para onde a sombra, com sua artimanha, o levara.

Era um banco de areia rochoso de um quilômetro e meio de largura em sua parte mais larga e pouco mais comprido do que isso, cercada por baixios e rochas. Nenhuma árvore ou arbusto crescia ali, nenhuma planta além de gramas marinhas baixas. A cabana ficava em uma depressão entre as dunas, e o velho e a velha viviam sozinhos na desolação total do mar vazio. A cabana fora construída, ou melhor, empilhada com pranchas e galhos de madeira encontrados no mar. A água vinha de um pequeno poço salobro ao lado da cabana; a comida era peixe e marisco, fresco ou seco, e algas das rochas. As peles esfarrapadas da cabana, e um pequeno estoque de agulhas de ossos e anzóis, além de tendões para linhas de pesca e varetas para fazer fogo, não vinham de cabras, como Ged pensara a princípio, mas de focas manchadas; e de fato aquele era o tipo de lugar onde uma foca iria criar seus filhotes no verão. Mas ninguém mais ia ali. Os velhos temiam Ged não porque o considerassem um espírito, e não porque ele fosse um feiticeiro, mas simplesmente porque ele era um homem. Tinham se esquecido que havia outras pessoas no mundo.

O medo mal-humorado do velho não diminuiu. Quando ele achava que Ged estava chegando perto a ponto de poder encostar nele, afastava-se mancando e olhava para trás com uma carranca entre o arbusto de seus cabelos brancos e sujos. A velha, no início, choramingava e se escondia sob a pilha de trapos sempre que Ged se movia. Quando ele cochilou, febril, na cabana escura, viu-a se agachar para observá-lo com um olhar estranho, obtuso e ansioso; e depois de um tempo ela lhe trouxe água para beber. Quando ele se sentou para pegar a concha das mãos dela, assustada, a mulher a deixou cair, derramando toda a água, depois chorou e enxugou os olhos com os longos cabelos cinza-esbranquiçados.

Agora ela o observava enquanto Ged trabalhava na praia, aproveitando troncos e pranchas de seu barco, que haviam chegado à costa, para fazer um novo barco, usando a enxó rudimentar de pedra do velho e um feitiço de amarração. Não se tratava de um conserto nem da construção de um barco, pois ele não tinha madeira adequada ou suficiente e precisava suprir todas as suas necessidades com pura magia. No entanto, a velha olhava menos para seu trabalho maravilhoso e mais para ele, com o mesmo desejo nos olhos. Tempos depois, ela saiu e logo voltou com um presente: um punhado de mexilhões que havia colhido nas pedras. Ged os comeu no mesmo instante, úmidos do mar e crus, e agradeceu. Parecendo ganhar coragem, ela foi até a cabana e voltou com algo nas mãos, um pacote embrulhado em um trapo. Timidamente, observando o rosto dele o tempo todo, ela desembrulhou o objeto e ergueu-o para que ele visse.

Era um vestido infantil de brocado de seda duro com pérolas minúsculas, manchado de sal, amarelado pelos anos. No pequeno corpete, as pérolas eram trabalhadas em uma forma que Ged conhecia: a flecha dupla dos Irmãos Divinos do Império Kargad, encimada por uma coroa de rei.

A velha, enrugada, suja, vestida com um saco mal costurado de pele de foca, apontou para o vestidinho de seda e para si mesma e sorriu: um sorriso doce e sem sentido, como o de um bebê. De algum esconderijo costurado na saia do vestido, ela tirou um pequeno objeto, que estendeu em direção a Ged. Era um pedaço de metal escuro, uma joia quebrada talvez, o semicírculo de um bracelete partido.

Ged olhou para aquilo, mas ela gesticulou para que ele o pegasse e não ficou satisfeita enquanto Ged não o fez; então ela acenou com a cabeça e sorriu novamente; ela lhe dera um presente. Mas enrolou o vestido com cuidado em suas cobertas de trapos sebosos e voltou para a cabana para esconder aquele objeto encantador.

Ged colocou o bracelete quebrado no bolso da túnica quase com o mesmo cuidado, pois seu coração estava cheio de pena. Ele adivinhou agora que aqueles dois poderiam ser filhos de alguma casa real do Império Kargad; algum tirano ou usurpador que temia derramar sangue real os havia expulsado, enviando-os para viver ou morrer em uma ilhota desconhecida longe de Karego-At. Um era um menino de oito ou dez anos, talvez, e o outro, uma princesa bebê robusta em um vestido de seda e pérolas; e eles viveram, e viveram sozinhos, quarenta anos, cinquenta anos, em uma rocha no oceano, príncipe e princesa da Desolação.

Mas ele só conheceu a veracidade dessa suposição quando, anos depois, a busca pelo Anel de Erreth-Akbe o levou às Terras Kargad e às Tumbas de Atuan.

Sua terceira noite na ilha clareou com um calmo e pálido amanhecer. Era o dia do Regresso do Sol, o dia mais curto do ano. Seu pequeno barco de madeira e magia, restos e feitiços, estava pronto. Ele tentara dizer aos velhos que os levaria para qualquer terra, Gont ou Spevy ou as Torikles; e os teria deixado até mesmo em alguma costa solitária de Karego-At, se eles tivessem pedido, embora as águas karginesas não fossem um lugar seguro para um forasteiro do Arquipélago se aventurar. Mas eles não queriam deixar sua ilha árida. A velha parecia não entender o que ele tentava dizer com seus gestos e palavras calmas; o velho entendeu e recusou. Toda a memória que ele guardava de outras terras e outras pessoas era um pesadelo infantil cheio de sangue, gigantes e gritos; Ged pôde ver isso no rosto do homem conforme ele balançava a cabeça sem parar.

Então, naquela manhã, Ged encheu um odre de pele de foca com água do poço, e como ele não podia agradecer aos velhos pelo fogo e pela comida, e não tinha um presente para a velha, como gostaria, fez o que pôde, e colocou um encanto naquela fonte salobra e pouco confiável. A água subiu pela areia tão doce e límpida quanto qualquer fonte de montanha nas alturas de Gont, e a partir de então nunca falhou. Por causa disso, aquele lugar de dunas e rochas agora está mapeado e tem um nome; os marinheiros o chamam de Ilha da Fonte. Mas a cabana se foi, e as tempestades de muitos invernos não deixaram nenhum sinal dos dois indivíduos que viveram lá e morreram sozinhos.

Quando Ged levou seu barco para longe da extremidade sul arenosa da ilha, eles se mantiveram escondidos na cabana, como se tivessem medo de olhar. Ele deixou que o vento do mundo, constante, vindo do norte, enchesse sua vela de tecido mágico, e avançou depressa pelo mar.

Naquele ponto, a busca marítima de Ged era um assunto estranho, pois, ele estava bastante ciente, tornara-se um caçador que não sabia o que era a coisa que caçava, nem onde, em todo Terramar, ela poderia estar. Ele precisava caçá-la por suposição, por palpite, por sorte, assim como fora caçado por ela. Cada um deles era cego ao outro; Ged ficava tão perplexo com sombras impalpáveis quanto a sombra ficava perplexa com a luz do dia e com coisas sólidas. Ged tinha apenas uma certeza: ele era de fato o caçador agora, e não o caçado. Pois a sombra, tendo-o atirado nas rochas, poderia tê-lo mantido à sua mercê durante todo o tempo em que ele ficara, meio morto, na praia, e quando cambaleara pela escuridão nas dunas tempestuosas; mas a sombra não esperara por essa oportunidade. Enganara-o e fugira imediatamente, sem ousar enfrentá-lo. Ele percebeu, com isso, que Ogion estava certo: a sombra não poderia se valer do poder dele enquanto a enfrentasse. Portanto, ele precisava enfrentá-la, segui-la, embora seu rastro fosse frio através de mares vastos, e não tivesse nada para guiá-lo, exceto a sorte do vento do mundo que soprava para o sul, e um vago palpite ou noção em sua mente de que sul ou leste era o caminho certo a seguir.

Antes do anoitecer, ele avistou à sua esquerda a longa e tênue linha costeira de uma grande terra, que devia ser Karego-At. Ged estava nas mesmas rotas marítimas daquele povo branco e bárbaro. Redobrou a vigilância para qualquer navio ou galé kargineses; e se lembrou, enquanto navegava pelo fim de tarde vermelho, daquela manhã de sua infância na aldeia de Dez Amieiros, com os guerreiros emplumados, o fogo, a névoa. Pensando naquele dia, ele viu, de repente, com remorso no coração, como a sombra o havia enganado com seu próprio truque ao lançar aquela névoa sobre ele no mar, como se a trouxesse do próprio passado dele, cegando-o para o perigo e enganando-o até a morte.

Ele manteve seu curso rumo ao sudeste e a terra sumiu de vista quando a noite caiu sobre a extremidade leste do mundo. As depressões das ondas estavam todas escuras, enquanto os cumes cintilavam, mas com um reflexo claro e avermelhado vindo do oeste. Ged cantou em voz alta o *Conto de inverno*, e os cantos da *Saga do Jovem Rei* como ele se lembrava, pois essas canções são cantadas no Festival de Regresso do Sol. Sua voz era clara, mas caía no vazio do vasto silêncio do mar. A escuridão surgiu depressa, assim como as estrelas do inverno.

Naquela que era a noite mais longa do ano, ele permaneceu acordado, observando as estrelas surgirem à sua esquerda e girarem acima de sua cabeça até mergulharem nas águas escuras à sua direita, enquanto o constante vento do inverno o empurrava para o sul sobre um mar invisível. Ged só conseguia dormir de tempos em tempos, por alguns instantes, logo despertando. O barco com o qual ele navegou não era um barco de verdade, apenas pouco mais do que meio encanto e feitiçaria, e o resto, meras pranchas e troncos boiando que, se ele permitisse que os feitiços de moldagem e amarração se afrouxassem, logo se desmantelariam e se espalhariam, ficando à deriva como pequenos destroços nas ondas. A vela também, tecida de magia e ar, não permaneceria muito tempo contra o vento se ele dormisse, e se transformaria em uma lufada de ar. Os feitiços de Ged eram convincentes e potentes, mas quando a matéria sobre a qual os feitiços atuam é escassa, o poder que os mantém ativos precisa ser renovado a cada instante; então ele não dormiu naquela noite. Teria viajado com mais facilidade e rapidez na forma de um falcão ou golfinho, mas Ogion o aconselhara a não mudar de forma e ele sabia o valor do conselho de Ogion. Então, navegou para o sul sob as estrelas que iam para o oeste, e a longa noite passou devagar, até que o primeiro dia do ano novo iluminou todo o mar.

Logo que o sol raiou, ele avistou terra adiante, mas pouco avançou naquela direção. O vento do mundo diminuiu com o amanhecer. Ged ergueu um vento mágico leve em sua vela, para conduzi-lo em direção àquela terra. Ao vê-la, o medo o invadiu novamente, o pavor que o impelia a dar meia-volta e fugir. E ele seguiu aquele medo como um caçador segue os sinais, as pegadas largas, firmes, do urso que pode, a qualquer momento, se voltar contra ele vindo dos matagais. Pois agora Ged estava perto; e sabia disso.

Era uma terra de aparência estranha que se erguia do mar à medida que se aproximava. O que de longe parecia a encosta íngreme de uma montanha estava dividido em vários cumes longos e íngremes, talvez ilhas separadas, entre as quais o mar corria em braços ou canais estreitos. Ged examinara muitos gráficos e mapas na torre do Mestre Nomeador em Roke, mas eles mostravam principalmente o Arquipélago e os mares centrais. Ele estava no Extremo Leste agora, e não sabia qual ilha poderia ser aquela. Também não pensava muito nisso. Era o medo que estava à sua frente, que se escondia dele ou o esperava por entre as encostas e florestas da ilha, e era para o medo que ele se dirigia.

Os penhascos escuros coroados pela floresta tornavam-se sombrios e elevavam-se muito acima de seu barco, e rajadas das ondas que quebravam contra os cabos rochosos respingavam em sua vela enquanto o vento mágico o conduzia entre dois grandes cabos em um braço de mar, uma via marítima que corria à frente dele para o fundo da ilha e não era mais larga do que o comprimento de duas galés. O mar, confinado, estava agitado nas margens íngremes. Não havia praias, pois as falésias caíam direto na água escurecida pelo reflexo frio de suas alturas. Não havia vento; havia muito silêncio.

Com engodos, a sombra o havia conduzido aos pântanos de Osskil e às rochas, em meio à névoa, e agora? Haveria um terceiro truque? Ele atraíra a coisa para lá ou ela o atraíra para uma armadilha? Ele não sabia. Sabia apenas do tormento apavorante e da certeza de que deveria seguir em frente e fazer o que se propusera a fazer: caçar o mal, seguir seu terror até a fonte. Manobrou com muito cuidado, observando à frente e atrás, e subindo e descendo os penhascos em ambos os lados. A luz do sol do novo dia ficara para trás, em mar aberto. Tudo era escuro ali. A abertura entre os cabos parecia um portal remoto e radiante quando ele olhou para trás. Os penhascos se erguiam cada vez mais altos à medida que se aproximava da base da montanha de onde brotavam, e a faixa de água ficava mais estreita. Ele espiou à frente, na fenda escura, e à esquerda e à direita, subindo as grandes encostas cheias de cavernas e rochas, onde as árvores se encolhiam, com raízes parcialmente aéreas. Nada se movia. Agora estava chegando ao fim da enseada, um elevado maciço rochoso, enrugado e pálido, contra o qual, estreitando-se até a largura de um pequeno riacho, as últimas ondas do mar batiam, fracas. Penedos caídos, troncos apodrecidos e raízes de árvores retorcidas deixavam apenas um caminho estreito para manobra. Era uma armadilha: uma armadilha escura sob os pés da montanha silenciosa, e ele caíra. Nada se movia acima ou diante dele. Tudo estava mortalmente quieto. Ged não poderia ir mais longe.

Ele deu meia-volta com o barco, fazendo-o girar com feitiço e remo improvisado, tomando cuidado para não se chocar contra as rochas subaquáticas ou se enredar nas raízes e galhos estendidos no caminho, até a embarcação estar voltada para fora; e ele estava prestes a levantar um vento para levá-lo de volta por onde tinha vindo, quando, de repente, as palavras do feitiço congelaram em seus lábios e seu coração gelou. Ele olhou para trás por cima do ombro. A sombra estava às suas costas, dentro do barco.

Se ele tivesse perdido um instante, estaria perdido; mas estava pronto e se lançou para agarrar e segurar a coisa que oscilava e tremia ao alcance de seu braço. Nenhuma magia seria útil para Ged agora, apenas sua própria carne, sua própria vida, contra o sem vida. Ele não disse uma palavra, mas atacou, e o barco mergulhou e tombou com o movimento rápido e a investida. Uma dor subiu pelos braços até o peito, tirando-lhe o fôlego, um frio gelado o preencheu e ele ficou cego: mesmo assim, naquelas mãos que capturaram a sombra não havia nada, só escuridão, ar.

Ged cambaleou para a frente, agarrando-se ao mastro para evitar a queda, e a luz voltou a atingir seus olhos. Viu a sombra se afastar, trêmula, e se encolher e depois se esticar enormemente sobre ele, sobre a vela, por um instante. Em seguida, como fumaça preta no vento, ela recuou e fugiu, sem forma, descendo pela água em direção ao portal luminoso entre os penhascos.

Ged caiu de joelhos. O pequeno barco remendado pelo feitiço balançou, balançou até ficar imóvel, boiando nas ondas inquietas. Ele se agachou, entorpecido, sem refletir, esforçando-se para respirar, até que enfim a água fria, que jorrou sob suas mãos, alertou-o de que ele precisava cuidar do barco, pois os feitiços que o sustentavam iam enfraquecendo. Ged se levantou, segurando o cajado que usava de mastro, e refez o feitiço de amarração da melhor maneira que pôde. Ele estava com frio e cansado; as mãos e braços doíam muito, e não havia poder nele. Desejou poder se deitar ali naquele lugar escuro onde o mar e a montanha se encontravam e dormir, dormir nas águas incansáveis, oscilantes.

Não sabia se esse cansaço era uma feitiçaria lançada sobre ele pela sombra enquanto fugia, se provinha da amarga frieza de seu toque, ou se era mera fome e sono e gasto de forças; mas ele lutou contra isso, obrigando-se a levantar um leve vento mágico na vela e seguir pelo mar escuro para onde a sombra fugira.

Todo o terror se fora. Toda a alegria se fora. Não havia mais perseguição. Agora, ele não era caçado nem caçador. Pela terceira vez eles se encontraram e se tocaram: ele por vontade própria voltara-se para a sombra, procurando segurá-la com mãos vivas. Não a segurara, mas forjara entre eles um vínculo — um vínculo que não tinha ponto de ruptura. Não havia necessidade de caçar a coisa, de rastreá-la, nem a fuga a beneficiaria. Nenhum deles podia escapar. Quando chegassem ao local e ao momento de seu último encontro, eles se encontrariam.

Mas até lá, e em outro lugar que não aquele, nunca haveria descanso ou paz para Ged, dia ou noite, na terra ou no mar. Ele sabia agora, e esse saber era duro, que sua tarefa nunca fora desfazer o que havia feito, mas terminar o que começara.

Ele navegou entre os penhascos escuros e a manhã marítima estava ampla e clara, com um vento favorável soprando do norte.

Bebeu a água que trouxera no odre de pele de foca e seguiu, contornando o cabo mais a oeste até chegar a um largo estreito entre ele e uma segunda ilha situada a oeste. Então, reconheceu o lugar, lembrando-se dos mapas marítimos do Extremo Sul. Eram as Mãos, um par de ilhas solitárias que estendem seus dedos montanhosos para norte, em direção às Terras Kargad. Ged navegou entre as duas ilhas e, quando a tarde escureceu sob nuvens tempestuosas vindas do norte, ele chegou à orla, na costa sul da ilha oeste. Avistara ali uma pequena aldeia, acima da praia, onde um riacho descia até o mar, e pouco se importava com a hospitalidade que encontraria, contanto que pudesse ter água, calor do fogo e sono.

Os aldeões eram pessoas rudes e acanhadas, intimidadas pelo cajado de um feiticeiro, cautelosas com um rosto estranho, mas hospitaleiras com quem chegava sozinho, pelo mar, antes de uma tempestade. Ofereceram-lhe comida e bebida em abundância, e o conforto da luz do fogo e o conforto de vozes humanas falando sua própria língua hárdica e, além disso, o melhor de tudo, deram-lhe água quente para lavar-se do frio e do sal do mar, e uma cama onde poderia dormir.

CAPÍTULO 9

IFFISH

Ged passou três dias naquela aldeia da Mão Ocidental, recuperando-se e preparando um barco construído não de feitiços e destroços do mar, mas de madeira sólida bem pregada e calafetada, com um mastro robusto e vela própria, para que pudesse navegar com facilidade e dormir quando necessário. Como a maioria dos barcos do norte e dos Extremos, aquele era construído em clínquer, com pranchas sobrepostas e presas uma sobre a outra para dar força em alto-mar; todas as partes da embarcação eram resistentes e bem-feitas. Ged reforçou a madeira com encantos profundamente entrelaçados, pois achou que poderia ir longe naquele barco, que fora construído para carregar duas ou três pessoas. O antigo dono disse que ele e os irmãos haviam cruzado o alto-mar e o mau tempo naquela embarcação, que flutuara galantemente.

Ao contrário do astuto pescador de Gont, esse velho, com medo e admiração pela feitiçaria de Ged, teria lhe dado o barco. Mas Ged pagou-o com a moeda dos ocultistas, curando seus olhos das cataratas que o cegavam. Então o velho, regozijando-se, disse-lhe:

— Chamamos o barco de *Maçarico-Branco*, mas chame-o de *Visão Ampla* e pinte olhos na proa, assim meu agradecimento vigiará você pela madeira cega e o deixará longe das rochas e do recife. Pois eu tinha esquecido quanta luz há no mundo, até que você a devolveu.

Ged também fez outros trabalhos nos dias que passou na aldeia sob as florestas íngremes da Mão, quando seu poder voltou. Aquelas eram pessoas como as que ele conhecera quando menino no vale de Gont, ao norte, embora mais pobres ainda. Com elas, Ged se sentia em casa, como jamais se sentiria nas cortes dos ricos, e conhecia as necessidades amargas delas sem precisar perguntar. Então, colocou feitiços de cura e proteção em crianças que estavam fracas ou doentes, e feitiços de crescimento nos rebanhos magros de cabras e ovelhas dos aldeões; colocou a runa Simn nos bilros e teares, remos de barcos e ferramentas de bronze e pedra que trouxeram para ele, para que fizessem seu trabalho bem; e escreveu a runa Pirr nas vigas dos telhados das cabanas, pois ela protege a casa e as pessoas que estão nela de fogo, vento e loucura.

Depois que seu barco *Visão Ampla* estava pronto e bem abastecido com água e peixe seco, ele ficou mais um dia na aldeia, para ensinar ao jovem cantor a *Saga de Morred* e a *Epopeia havnoriana*. Era muito raro que alguma embarcação do Arquipélago chegasse às Mãos: canções feitas cem anos antes eram novidade para aqueles aldeões, que ansiavam por ouvir falar de heróis. Se Ged estivesse livre do que recaía sobre ele, teria ficado ali de bom grado por uma semana ou um mês para cantar o que sabia, para que as grandes canções pudessem ser conhecidas em uma nova ilha. Mas não estava livre e, na manhã seguinte, zarpou direto para o sul pelos extensos mares do Extremo. Pois a sombra fora naquela direção. Ele não precisava lançar nenhum feitiço de descoberta para ter essa informação: estava tão seguro disso que era como se um fino cordão o ligasse à sombra, não importando quantos quilômetros, mares e terras houvesse entre eles. Então ele partiu, seguro, sem pressa e sem esperanças pelo caminho que deveria tomar, e o vento do inverno o levou para o sul.

Ged navegou um dia e uma noite pelo mar solitário, e no segundo dia chegou a uma pequena ilha, que lhe disseram se chamar Vemish. As pessoas no pequeno porto o olhavam de soslaio, e logo o ocultista local chegou, apressado. Olhou fixamente para Ged, então fez uma reverência e disse com uma voz pomposa e lisonjeira:

— Senhor mago! Perdoe minha ousadia e honre-nos aceitando, de nossa parte, qualquer coisa de que possa precisar para sua viagem: comida, bebida, lona, corda. Minha filha traz para o seu barco neste momento duas galinhas recém-assadas. No entanto, acho prudente que siga seu caminho, deixando-nos assim que for conveniente fazê-lo.

As pessoas estão com um pouco de medo. Pois não muito tempo atrás, anteontem, uma pessoa foi vista cruzando nossa humilde ilha a pé de norte a sul, e nenhum barco foi avistado chegando com ela a bordo, nem nenhum barco foi visto partindo com ela a bordo; e aparentemente ela não projetava nenhuma sombra. Aqueles que viram tal pessoa me disseram que tem alguma semelhança com o senhor.

Ao ouvir isso, Ged abaixou a cabeça, virou-se e voltou para as docas de Vemish e navegou, sem olhar para trás. Não havia benefício algum em assustar os ilhéus ou fazer do ocultista local um inimigo. Ele preferia dormir no mar de novo e pensar sobre as informações que o ocultista lhe contara, pois estava profundamente intrigado com elas.

O dia terminou e a noite passou com uma chuva fria sussurrando sobre o mar durante as horas escuras e um amanhecer cinzento. Ainda assim, o vento ameno do norte carregava o *Visão Ampla*. Depois do meio-dia, a chuva e a névoa se dissiparam e o sol brilhava de vez em quando; e ao final do dia Ged viu bem em seu curso as colinas baixas e azuis de uma grande ilha, iluminadas por aquele sol movediço de inverno. A fumaça azul das fogueiras prolongava-se sobre os telhados de ardósia das pequenas cidades entre aquelas colinas, uma visão agradável na imensa mesmice do mar.

Ged seguiu uma frota de pesqueiros até o porto e, subindo as ruas da cidade na noite dourada de inverno, encontrou uma taverna chamada Harrekki, onde a lareira, a cerveja e costelas de carneiro assadas aqueceram-lhe corpo e alma. Nas mesas da taverna havia dois outros viajantes, mercadores do Extremo Leste, mas a maioria dos homens eram moradores do povoado que frequentavam o lugar em busca de uma boa cerveja, notícias e conversas. Não eram pessoas duras e tímidas como os pescadores das Mãos, mas sujeitos atentos e calmos. Decerto reconheceram Ged como feiticeiro, mas nada foi dito a respeito, exceto que o taverneiro, ao falar (e ele era um homem falante), mencionou que o povoado, Ismay, tinha a sorte de compartilhar com outros povoados da ilha o inestimável tesouro de um feiticeiro talentoso formado na Escola de Roke, que havia recebido seu cajado das mãos do próprio arquimago e que, embora estivesse fora do povoado no momento, morava na casa de seus ancestrais, justamente em Ismay, que, portanto, não tinha necessidade de qualquer outro praticante das Artes Elevadas.

— Como se diz, *dois cajados em um só povoado precisam competir*, não é, senhor? — disse o taverneiro, sorrindo e cheio de alegria. Assim Ged foi informado de que, como feiticeiro por empreitada, alguém que tirava a subsistência da feitiçaria, ele não era bem-vindo ali. Assim fora rudemente rejeitado em Vemish e rudemente rejeitado em Ismay, e duvidou do que haviam lhe contado sobre a amabilidade no Extremo Leste. Aquela ilha era Iffish, onde seu amigo Jero nascera. Não parecia um lugar tão hospitaleiro quanto Jero dissera.

E, ainda assim, ele percebeu que os rostos ali eram, de fato, bastante amáveis. Porém haviam sentido o que Ged sabia ser verdade: que ele estava separado, isolado deles, que estava cercado por uma maldição e que perseguia uma coisa das trevas. Ele era como um vento frio soprando através da sala iluminada pelo fogo, como um pássaro preto carregado por uma tempestade vinda de terras estrangeiras. Quanto mais cedo seguisse adiante, levando consigo seu destino maligno, melhor para aquele povo.

— Estou em uma busca — explicou ao taberneiro. — Ficarei aqui apenas uma ou duas noites. — Seu tom era lúgubre. O taberneiro, com o olhar fixo no grande cajado de teixo no canto, pela primeira vez não disse nada, mas encheu a caneca de Ged com cerveja cor de bronze até que a espuma transbordasse.

Ged sabia que só deveria ficar por uma noite em Ismay. Não havia acolhida para ele ali ou em qualquer lugar. Precisava seguir rumo a seu destino. Mas estava cansado do mar frio e vazio e do silêncio onde nenhuma voz falava com ele. Disse a si mesmo que passaria um dia em Ismay e no dia seguinte partiria. Então, dormiu até tarde; ao acordar, caía uma neve leve e ele perambulou pelas ruas e becos do povoado observando as pessoas ocupadas com suas tarefas. Observou crianças enroladas em capas de pele brincando no castelo de neve e fazendo bonecos de neve; ouviu a boataria vinda do outro lado da rua, de portas abertas, e observou o forjador de bronze trabalhar com um menininho de rosto vermelho e suado que bombeava os cabos longos do fole no tanque de fundição; através das janelas iluminadas pelo tom dourado tênue e avermelhado de dentro das casas, enquanto o dia curto escurecia, viu mulheres em seus teares, virando-se por um momento para falar ou sorrir para o filho ou marido no calor doméstico. Ged via todas essas coisas de fora e isolado, sozinho, e seu coração pesava muito, embora não admitisse que estava triste. Ao cair da noite, ele continuava nas ruas, relutante em voltar para a taverna. Então, ouviu um homem e uma menina conversando alegremente enquanto desciam a rua, passando por ele, na direção contrária, e de repente ele se virou, pois conhecia a voz do homem.

Seguiu e alcançou a dupla, chegando ao lado deles no crepúsculo tardio iluminado apenas por lampejos distantes. A garota deu um passo para trás, mas o homem olhou para ele e logo ergueu o cajado que carregava, segurando-o entre eles como uma barreira para repelir a ameaça ou ato maligno. E aquilo era mais do que Ged pôde suportar. Sua voz estremeceu um pouco quando ele disse:

— Achei que você me reconheceria, Jero.

Mesmo assim, Jero hesitou por um momento.

— De fato, reconheço — disse ele, e abaixou o bastão, pegou a mão de Ged e o abraçou pelos ombros. — Reconheço! Bem-vindo, meu amigo, bem-vindo! Que recepção lamentável dei a você, como se fosse um fantasma vindo pelas costas; e esperei sua chegada, procurei por você...

— Então você é o feiticeiro de quem tanto se gabam em Ismay? Eu imaginei...

— Oh, sim, eu sou o feiticeiro deles; mas escute, deixe-me dizer por que não o reconheci, rapaz. Talvez eu tenha procurado demais por você. Três dias atrás... você estava aqui três dias atrás, em Iffish?

— Cheguei ontem.

— Há três dias, nas ruas de Quor, a aldeia no alto das colinas, vi você. Ou melhor, vi algo à sua semelhança, uma imitação sua, ou talvez simplesmente um homem que se parece com você. Ele estava à minha frente, saindo da cidade, e fez uma curva na estrada quando o vi. Chamei e não obtive resposta, segui e não encontrei ninguém;

nenhum rastro; mas o chão estava coberto de gelo. Era uma coisa esquisita, e agora, vendo você sair das sombras daquele jeito, pensei que estava sendo enganado de novo. Sinto muito, Ged. — Ele falou o nome verdadeiro de Ged baixinho, para que a garota que estava esperando um pouco atrás dele não ouvisse.

Ged também falou baixo, ao usar o nome verdadeiro do amigo:

— Não faz mal, Estarriol. Mas este sou eu, e estou feliz em vê-lo...

Jero talvez tenha ouvido algo mais do que simples alegria na voz do outro. Ele ainda não havia soltado o ombro de Ged e agora dizia, na Língua Verdadeira:

— Você está com problemas e veio das trevas, Ged, mas sua chegada é uma alegria para mim. — Então ele prosseguiu, em seu hárdico com sotaque dos Extremos: — Vamos, venha para casa conosco, estamos indo para casa, já está ficando escuro! Esta é minha irmã, a mais nova de nós, mais bonita do que eu sou, como você pode ver, mas muito menos inteligente: Aquileia é o nome dela. Aquileia, este é o Gavião, o melhor de nós e meu amigo.

— Senhor feiticeiro — a garota o cumprimentou, e educadamente abaixou a cabeça e escondeu os olhos com as mãos para mostrar respeito, como as mulheres faziam no Extremo Leste; os olhos dela, quando visíveis, eram claros, tímidos e curiosos. Ela tinha uns quatorze anos, possuía a pele escura como a do irmão, mas era muito frágil e esguia. Agarrado à manga dela havia um dragão, com asas e garras, não maior do que sua mão.

Eles saíram juntos pela rua escura e Ged comentou, enquanto avançavam:

— Em Gont, dizem que as mulheres gontesas são corajosas, mas nunca vi uma jovem de lá usar um dragão como bracelete.

Isso fez Aquileia rir, e ela respondeu sem rodeios:

— Este é apenas um harrekki, vocês não têm harrekki em Gont? — Então ela ficou tímida por um momento e escondeu os olhos.

— Não, nem dragões. A criatura não é um dragão?

— Um dragãozinho que vive em carvalhos e come vespas, minhocas e ovos de pardais, não cresce mais do que isso. Oh, senhor, meu irmão me falou muitas vezes sobre o animal de estimação que você tinha, a coisa selvagem, o otak, você ainda o tem?

— Não. Não mais.

Jero se virou para ele como se fizesse uma pergunta, mas segurou a língua e não perguntou nada até muito mais tarde, quando os dois se sentaram sozinhos ao lado da fogueira de pedra da casa de Jero.

Embora fosse o feiticeiro geral de toda a ilha de Iffish, Jero fez de Ismay, pequeno povoado onde nascera, sua casa, e vivia com o irmão e a irmã mais novos. Seu pai fora um mercador marítimo com alguns meios, e a casa era espaçosa, com vigas fortes, e muitos bens domésticos em cerâmica, tecelagem fina, vasos de bronze e latão conservados em prateleiras e baús entalhados. Uma grande harpa taoniana ocupava um canto da sala de estar, e o tear de tapeçaria de Aquileia, com estrutura alta incrustada com marfim, outro. Apesar dos modos simples e tranquilos, Jero era um feiticeiro poderoso e um senhor em sua própria casa. Havia um casal de velhos serviçais, que cuidava da casa, o irmão, um rapaz alegre, e Aquileia, ágil e silenciosa como um peixinho, que serviu o jantar aos dois amigos, comeu com eles, ouvindo a conversa, e depois se recolheu no próprio quarto. Tudo ali era bem-cuidado, calmo e seguro, e passando os olhos pela sala iluminada pelo fogo, Ged disse:

— É assim que um homem deve viver. — E suspirou.

— Bem, é uma boa maneira de viver — falou Jero. — Há outras. Agora, rapaz, conte-me, se puder, as coisas que se passaram com você desde a última vez que conversamos, há dois anos. E me conte sobre essa viagem que está fazendo, já que, se entendi bem, você não vai ficar muito tempo conosco desta vez.

Ged contou e, quando terminou, Jero ficou pensativo por um longo tempo. Por fim, disse:

— Vou com você, Ged.

— Não.

— Pois vou.

— Não, Estarriol. Esta missão ou maldição não é sua. Comecei esse percurso maligno sozinho, vou terminá-lo sozinho, não quero que ninguém mais sofra com isso, muito menos você, que tentou impedir minha mão de executar o ato maligno logo no início, Estarriol...

— O orgulho sempre foi o mestre da sua mente — disse o amigo sorrindo, como se falassem de um assunto de pouca importância para ambos. — Agora, pense: a busca é sua, com certeza, mas se a busca falhar, não deveria haver outra pessoa que pudesse alertar o Arquipélago? Pois, nesse caso, a sombra teria um poder terrível. E caso derrote a coisa, não deveria haver outra pessoa para contar a história no Arquipélago, para que a saga seja conhecida e cantada? Sei que não posso lhe ser útil; no entanto, acho que devo ir junto.

Diante da insistência, Ged não pôde recusar a companhia do amigo, mas disse:

— Eu não deveria ter ficado mais um dia aqui. Sabia disso, mas fiquei.

— Feiticeiros não se encontram por acaso, rapaz — disse Jero. — E afinal, como você mesmo disse, estive com você no início de sua jornada. É justo que eu o acompanhe até o fim. — Ele colocou lenha nova no fogo, e os dois ficaram sentados olhando para as chamas por um tempo.

— Tem alguém de quem não ouço falar desde aquela noite na Colina de Roke, e não tive coragem de perguntar a ninguém da escola sobre ele: refiro-me a Jasper.

— Ele nunca obteve o cajado. Deixou Roke naquele mesmo verão e foi para a Ilha de O para ser ocultista na residência do Senhor em O-tokne. Não sei mais nada dele além disso.

Ambos ficaram novamente em silêncio, observando o fogo e apreciando (já que era uma noite gélida) o calor em suas pernas e rosto, sentados na área ampla junto à fogueira, com os pés quase entre as brasas.

Enfim, Ged disse, falando baixo:

— Há uma coisa que temo, Estarriol. E a temo ainda mais se você estiver comigo quando eu partir. Lá nas Mãos, na enseada sem saída, virei-me para a sombra, ela estava ao meu alcance, e a agarrei... Tentei agarrá-la. E não havia nada que eu pudesse segurar. Não fui capaz de vencê-la. Ela fugiu, eu a segui. Mas isso pode acontecer de novo e de novo. Não tenho poder sobre a coisa. Talvez não haja nem morte nem triunfo que ponha fim a esta busca; nada para cantar; nenhum final. Talvez eu deva passar minha vida correndo de mar em mar, de terra em terra, em uma aventura inútil e sem fim, uma caçada à sombra.

— Vire essa boca para lá! — falou Jero, virando a mão esquerda, com o gesto de quem afasta o mau agouro mencionado. Apesar de todos os pensamentos sombrios, o aceno fez Ged sorrir um pouco, pois aquele era um encanto infantil, não de feiticeiro; sempre houvera em Jero aquela inocência típica de aldeia. No entanto, ele também era perspicaz, arguto, indo sempre ao cerne de uma coisa. Em seguida, ele disse: — Esse é um pensamento sombrio e, acredito, falso. Imagino, ao contrário, que aquilo que vi começar posso ver chegar ao fim. Você, de alguma forma, compreenderá a natureza, o ser, o que é essa coisa, e vai detê-la, amarrá-la e vencê-la. Embora essa seja uma questão difícil: o que é... Tem algo que me preocupa, que não compreendo. Parece que a sombra agora assume a sua forma, ou pelo menos alguma semelhança com você, como foi vista em Vemish e como a vi aqui em Iffish. Como isso é possível, e por que nunca aconteceu no Arquipélago?

— Dizem que "nos Extremos as regras mudam".

— Sim, um ditado verdadeiro, garanto. Há bons feitiços que aprendi em Roke que aqui não têm poder ou dão errado; e há também feitiços executados aqui que nunca aprendi em Roke. Cada terra tem os próprios poderes, e quanto mais nos afastamos das Terras Centrais, menos podemos adivinhar sobre esses poderes e o que os governa. Mas não creio que seja só isso que opere tal mudança da sombra.

— Nem eu. Acho que quando parei de fugir da coisa e me voltei contra ela, essa mudança em meu desejo deu-lhe uma configuração e uma forma, embora o mesmo ato a tenha impedido de tirar de mim as minhas forças. Todos os meus atos ecoam nela; ela é minha criação.

— Em Osskil ela disse seu nome e, assim, impediu qualquer feitiçaria que você pudesse ter usado contra ela. Por que ela não fez isso de novo, lá nas Mãos?

— Não sei. Talvez seja apenas da minha fraqueza que ela tire a força para falar. Ela quase fala através da minha língua: se não, como sabia o meu nome? Como sabia meu nome? Quebrei a cabeça com isso por todos os mares desde que deixei Gont, e não consigo encontrar a resposta. Talvez ela não possa falar em sua própria forma ou ausência de forma, apenas com uma língua emprestada, como um *gebbeth*. Não sei.

— Então você precisa tomar cuidado ao encontrá-la na forma *gebbeth* uma segunda vez.

— Acho — respondeu Ged, estendendo as mãos para as brasas vermelhas como se sentisse um calafrio interno — que não vai acontecer isso. Ela está ligada a mim agora, como eu a ela. Não pode se afastar de mim a ponto de agarrar qualquer outra pessoa e esvaziá-la de vontade e ser, como fez com Skiorh. Ela pode me possuir. Se algum dia eu enfraquecer novamente e tentar fugir dela, romper o vínculo, ela me possuirá. No entanto, quando a segurei com toda a força que tinha, ela se tornou mero vapor e escapou de mim... E assim será de novo, mas ela não pode escapar de fato, pois sempre posso encontrá-la. Estou preso à coisa cruel e asquerosa para sempre, a menos que possa aprender a palavra que a domina: seu nome.

Refletindo, seu amigo perguntou:

— Existem nomes nos reinos sombrios?

— Gensher, o arquimago, diz que não. Meu mestre Ogion diz o contrário.

— "Infinitos são os debates entre os magos" — citou Jero, com um sorriso um tanto sombrio.

— Aquela que serviu ao Antigo Poder em Osskil jurou que a Pedra me diria o nome da sombra, mas isso não conta. No entanto, houve também um dragão que me ofereceu esse nome em troca do dele, para ficar livre de mim; pensei que, naquilo que os magos debatem, talvez os dragões sejam sábios.

— Sábios, mas cruéis. E que dragão é esse? Você não me contou que anda falando com dragões desde a última vez que nos vimos.

Os dois conversaram até tarde naquela noite e, embora sempre voltassem ao tema amargo do que Ged tinha pela frente, o prazer de estarem juntos prevalecia, pois o amor entre ambos era forte e constante, inabalável pelo tempo ou pelo acaso. De manhã, Ged acordou sob o teto de seu amigo e, ainda sonolento, sentiu tanto bem-estar quanto se estivesse em algum lugar totalmente protegido do mal e da aflição. Durante todo o dia, um pouco dessa paz de sonho se agarrou a seus pensamentos, e ele assumiu aquilo não como um bom presságio, mas como um presente. Parecia que, ao sair daquela casa, ele deixaria o último refúgio que viria a encontrar e, portanto, enquanto o breve sonho durasse, ele seria feliz.

Tendo assuntos que precisava resolver antes de deixar Iffish, Jero foi para outras aldeias da ilha com o rapaz que era seu ocultista-aprendiz. Ged ficou com Aquileia e o irmão, chamado Airo, de idade intermediária entre ela e Jero. Ele não parecia muito mais do que um menino, pois não trazia em si nem o dom nem a sina de um poder mágico, e nunca estivera em lugar algum além de Iffish, Tok e Holp; sua vida era fácil e sem problemas. Ged o observou com admiração e um pouco de inveja, exatamente como o garoto observava Ged: para cada um deles parecia muito estranho que o outro, tão diferente, fosse da sua própria idade, dezenove anos. Ged admirava-se que alguém que vivera dezenove anos pudesse ser tão despreocupado. Admirando o rosto gracioso e alegre de Airo, sentiu-se magro e rude, sem imaginar que Airo o invejava até mesmo pelas cicatrizes que marcavam seu rosto, e as considerava o rastro das garras de um dragão, a runa e a marca de um herói.

Por isso, os dois jovens eram um pouco tímidos um com o outro; quanto a Aquileia, senhora daquela casa, ela logo perdeu o medo de Ged. Ele foi muito gentil com ela, e muitas foram as perguntas que ela fez, pois Jero, ela disse, nunca lhe contava nada. A menina se manteve ocupada durante aqueles dois dias fazendo bolos de trigo secos para os viajantes carregarem e embrulhando peixe seco, carne e alimentos semelhantes para serem estocados no barco, até que Ged lhe disse para parar, pois ele não planejava navegar direto até Selidor sem fazer uma parada.

— Onde fica Selidor?

— Muito longe, no Extremo Oeste, onde dragões são tão comuns quanto ratos.

— Melhor ficar no Leste então, nossos dragões são tão pequenos quanto ratos. Aí está sua carne, então; tem certeza de que é o suficiente? Ouça, não entendo: você e meu irmão são feiticeiros poderosos, fazem as coisas com um gesto e um murmúrio. Então, por que têm fome? No mar, quando chega a hora do jantar, por que não dizer *torta de carne*, a torta aparece e vocês comem?

— Bem, poderíamos fazer isso. Mas não temos muita vontade de comer palavras, como dizem. *Torta de carne*, afinal, são apenas palavras... Podemos torná-las perfumadas, saborosas e até satisfatórias, mas continuariam sendo palavras. Engana o estômago e não dá força ao sujeito faminto.

— Quer dizer que feiticeiros não são cozinheiros — concluiu Airo, sentado diante de Ged junto à fogueira, esculpindo uma tampa de caixa de madeira nobre; ele era marceneiro, embora não dos mais zelosos.

— Nem cozinheiros são feiticeiros, infelizmente — disse Aquileia, se ajoelhando para ver se a última fornada de bolos que assava nos tijolos da lareira estava ficando marrom. — Mas ainda não entendo, Gavião. Já vi meu irmão, e até mesmo o aprendiz dele, acender a luz em um lugar escuro apenas com uma palavra: e a luz brilha, é radiante, não é uma palavra, mas uma luz com a qual você pode ver o caminho!

— Sim — respondeu Ged. — A luz é um poder. Um grande poder, pelo qual existimos, mas que existe por si só, independentemente de nossas necessidades. A luz do sol e a luz das estrelas são tempo, e tempo é a luz. Na luz do sol, nos dias e nos anos, a vida é. Em um lugar escuro, a vida pode invocar a luz, nomeando-a. Mas, em geral, quando você vê um feiticeiro nomear ou invocar algo, algum objeto, para que apareça, é diferente: ele não invoca nenhum poder maior do que si, e o que aparece é apenas uma ilusão. Invocar algo que absolutamente não existe, chamá-lo, falando seu nome verdadeiro, é uma grande maestria que não se usa em vão, por mera questão de fome. Aquileia, seu pequeno dragão roubou um bolo.

Aquileia ouvira com tanta atenção, olhando para Ged enquanto ele falava, que não vira o harrekki escapar do poleiro aquecido sobre a lareira e agarrar um bolo de trigo maior do que ele mesmo. Ela colocou a criaturinha escamosa no colo e a alimentou com pedaços e migalhas, enquanto refletia sobre o que Ged lhe contara.

— Então, vocês não invocariam uma verdadeira torta de carne para não perturbar aquele conceito sobre o que meu irmão está sempre falando... Esqueci o nome...

— O equilíbrio — respondeu Ged, com gravidade, pois ela falava com tom muito sério.

— Sim. Mas, quando você naufragou, e depois navegou em um barco tecido principalmente de feitiços no qual não entrava água, foi ilusão?

— Bem, em parte foi ilusão, porque me preocupa ver o mar pelos grandes buracos no meu barco, então os remendei apenas pela aparência. Mas a força do barco não era ilusão, nem invocação, e sim algo feito com outro tipo de arte, um feitiço de amarração. A madeira foi amarrada como um todo, uma coisa inteira, um barco. O que é um barco senão uma coisa que não se enche de água?

— Salvei alguns que enchiam — disse Airo.

— Bem, o meu também enchia, a menos que eu cuidasse constantemente do feitiço. — Ged se inclinou no assento no canto e pegou um bolo dos tijolos, fazendo malabarismos com ele nas mãos. — Também roubei um bolo.

— E queimou os dedos. E quando você estiver passando fome nas águas poluídas entre ilhas distantes, pensará nesse bolo e dirá "Ah! Se eu não tivesse roubado aquele bolo, poderia comê-lo agora, ai de mim!". Vou comer o do meu irmão, para ele passar fome com você...

— É assim que se mantém o equilíbrio — observou Ged, enquanto ela pegava e mastigava um bolo quente meio torrado; e isso a fez rir e engasgar-se. Mas depois, parecendo séria de novo, ela disse:

— Eu gostaria de poder realmente entender o que você me diz. Sou muito burra.

— Irmãzinha — falou Ged —, sou eu que não tenho habilidade para explicar. Se tivéssemos mais tempo...

— Teremos mais tempo — afirmou Aquileia. — Quando meu irmão voltar para casa, você virá com ele, pelo menos por um tempo, não é?

— Se eu puder — respondeu ele gentilmente.

Houve uma pausa curta e Aquileia perguntou, observando o harrekki subir de volta ao poleiro:

— Apenas me explique isto, se não for um segredo: que outros grandes poderes existem além da luz?

— Não é segredo. Todo poder é um só, na origem e no fim, creio. Anos e distâncias, estrelas e velas, água, vento e feitiçaria, a arte na mão de um homem e a sabedoria na raiz de uma árvore: todos surgem juntos. Meu nome, e o seu, e o verdadeiro nome do sol, ou uma fonte de água, ou uma criança não nascida, todos são sílabas da grande palavra que é falada muito lentamente pelo brilho das estrelas. Não existe outro poder. Nenhum outro nome.

Mantendo a faca na madeira entalhada, Airo perguntou:

— E a morte?

A garota ouvia, com a cabeça negra e brilhante abaixada.

— Para que uma palavra seja dita — respondeu Ged devagar —, deve haver silêncio. Antes e depois. — Então, de repente, ele se levantou, declarando: — Não tenho o direito de falar dessas coisas. A palavra que eu deveria dizer, disse de forma errada. É melhor ficar quieto: não vou falar mais. Talvez não haja nenhum poder verdadeiro além da escuridão. — E ele deixou a lareira e a cozinha quente, pegando seu manto e saindo pelas ruas sozinho na chuva fria e fina.

— Ele está sob uma maldição — disse Airo, vendo-o se afastar, um tanto temeroso.

— Acho que esta viagem em que ele está o leva para a morte — disse a garota —, e ele tem medo, mas continua. — Ela ergueu a cabeça como se observasse, através da chama vermelha do fogo, o curso de um barco que atravessava os mares do inverno sozinho e parte para os mares vazios. Então seus olhos se encheram de lágrimas por um momento, mas ela não disse nada.

Jero voltou para casa no dia seguinte e se despediu dos notáveis de Ismay, que não estavam dispostos a deixá-lo ir para o mar no meio do inverno em uma busca mortal nem mesmo se fosse por motivos dele próprio; mas, embora pudessem censurá-lo, não havia absolutamente nada que pudessem fazer para detê-lo. Cansado dos velhos que o importunavam, ele disse:

— Pertenço a vocês, por linhagem e tradição e pelo dever que assumi perante vocês. Eu sou o seu feiticeiro. Mas é hora de lembrarem que, embora eu seja um servo, não sou seu servo. Quando estiver livre para voltar, voltarei. Até lá, adeus.

Ao raiar do dia, enquanto uma luz cinza brotava do mar no leste, os dois jovens partiram do porto de Ismay a bordo do *Visão Ampla*, levantando uma vela marrom de tecido forte ao vento norte. No cais, Aquileia observou-os partir como as esposas e irmãs dos marinheiros fazem em todas as costas de Terramar, quando observam seus homens irem para o mar; elas não acenam nem chamam em voz alta, apenas ficam paradas sob um manto encapuzado, cinza ou marrom, na orla, cada vez menor vista do barco, enquanto a água que separa barco e costa se torna cada vez mais vasta.

CAPÍTULO 10

O MAR ABERTO

O refúgio agora havia sumido de vista e os olhos pintados do *Visão Ampla*, encharcados pelas ondas, encaravam o mar cada vez mais vasto e mais desolado. Em dois dias e duas noites, os companheiros fizeram a travessia de Iffish para a Ilha de Soders, 160 quilômetros de mau tempo e ventos contrários. Lá, permaneceram no porto apenas por um breve período, suficiente para encher um odre e comprar uma lona coberta de alcatrão, que, naquele barco sem convés, protegeria um pouco seus apetrechos contra a água da chuva e do mar. Não tinham providenciado aquilo antes porque geralmente um feiticeiro cuida dessas pequenas conveniências por meio de magia, o tipo de feitiço mínimo e mais comum e, na verdade, é preciso pouca magia para dessalinizar a água do mar e assim evitar o incômodo de carregar água doce. Mas Ged não parecia muito disposto a usar seu ofício ou deixar Jero usar o dele. Disse apenas:

— É melhor não. — E seu amigo não questionou nem discutiu. Pois, quando o ar inflou a vela, ambos sentiram um forte pressentimento, frio como aquele vento de inverno. Refúgio, porto, paz, segurança, tudo isso ficara para trás. Haviam se afastado. Agora seguiam por um caminho em que todos os acontecimentos eram perigosos e nenhum ato era sem sentido. No curso em que embarcavam, a enunciação do menor dos feitiços poderia mudar a sorte e alterar a harmonia entre poder e maldição: pois ambos iam agora para o centro dessa harmonia, o lugar onde a luz e as trevas se encontram. Aqueles que viajam assim não dizem nenhuma palavra descuidada.

Navegando de novo e contornando a costa de Soders, onde os campos brancos, cobertos de neve, se tornavam colinas nebulosas,

Ged levou o barco para o sul mais uma vez, e logo entraram em águas às quais os grandes mercadores do Arquipélago nunca chegam, as orlas mais distantes do Extremo.

Jero não fez perguntas sobre o curso, sabendo que Ged não o escolhera, mas seguia como tinha de seguir. Quando a Ilha de Soders diminuía e empalidecia atrás deles, as ondas assobiavam e batiam sob a proa e a grande vastidão de água cinzenta os circundava por todos os lados até a borda do céu, Ged perguntou:

— Quais terras estão à nossa frente neste curso?

— Seguindo direto para o sul, não há terras. A sudeste, percorreremos um longo caminho e encontraremos poucas: Pelimer, Kornay, Gosk e Astowell, também chamada de Última Terra. Além dela, o Mar Aberto.

— O que fica a sudoeste?

— Rolameny, que é uma de nossas ilhas no Extremo Leste, e algumas pequenas ilhotas ao redor dela; então, mais nada, até entrarmos no Extremo Sul: Rood, e Toom, e a Ilha do Ouvido, aonde os homens não vão.

— Nós iremos, talvez — disse Ged ironicamente.

— Prefiro não ir — falou Jero. — Dizem que é uma parte desagradável do mundo, cheia de ossos e presságios. Marinheiros contam que há estrelas que podem ser vistas das águas da Ilha do Ouvido e da Alta Sorr e que não podem ser vistas em nenhum outro lugar e que nunca foram nomeadas.

— Sim, havia um marinheiro no primeiro navio que me levou a Roke e falou sobre isso. Ele contou histórias sobre o Povo Jangadeiro do limite do Extremo Sul, que nunca pisava em terra, exceto uma vez por ano, para cortar grandes toras para as jangadas. No resto do ano, todos os dias e meses, continuavam à deriva nas correntes do oceano, fora da vista de qualquer terra. Eu gostaria de ver essas jangadas-aldeias.

— Eu não gostaria — disse Jero, sorrindo. — Quero terra e pessoas da terra; o mar em seu leito e eu no meu…

— Eu gostaria de ter visto todas as cidades do Arquipélago — afirmou Ged enquanto segurava a corda da vela, observando as vastas extensões cinzentas diante deles. — Havnor, no coração do mundo, e Éa, onde os mitos nasceram, e Shelieth das Fontes de Way; todas as cidades e grandes terras. E as pequenas terras, as terras estranhas Além-Extremos também. E navegar abaixo do Território dos Dragões, a oeste. Ou velejar para o norte, rumo aos bancos de gelo, direto até a terra de Hogen. Alguns dizem que é uma terra maior que todo o Arquipélago, e outros dizem que são meros recifes e rochas com gelo entre eles. Ninguém sabe. Eu gostaria de ver as baleias nos mares do norte… Mas não posso. Devo ir para onde devo ir e virar as costas para as praias iluminadas. Tive tanta pressa, e agora não tenho mais tempo. Troquei toda a luz do sol, as cidades e as terras distantes por um punhado de poder, por uma sombra, pelas trevas. — Assim, com a determinação de um mago nato, Ged transformou seu medo e arrependimento em uma canção, um breve lamento, meio cantado, que não era apenas para si; e seu amigo, respondendo, declamou a fala do herói na *Saga de Erreth-Akbe*:

— "Ó, que eu possa ver mais uma vez o coração radiante da terra, as torres brancas de Havnor…"

Assim, navegaram em seu curso estreito sobre as vastas águas desoladas. O máximo que viram naquele dia foi um cardume de pescadinhas-prateadas nadando para o sul, mas nunca o salto de um golfinho nem o voo de uma gaivota, um airo ou uma andorinha-do-mar atravessaram o ar cinzento. Enquanto o leste escurecia e o oeste ficava vermelho, Jero pegou comida, repartiu entre eles e disse:

— Aqui está o resto da cerveja. Brindo a quem pensou em colocar o barril a bordo para homens sedentos no tempo frio: minha irmã Aquileia.

Com isso, Ged interrompeu seus pensamentos sombrios e sua observação do mar e brindou a Aquileia, talvez com mais seriedade do que Jero. A imagem dela trouxe-lhe à mente a lembrança de sua doçura sábia e infantil. Ela não era como nenhuma pessoa que ele conhecera. (Mas quais garotas Ged conhecia? Porém ele sequer se perguntou isso.)

— Ela é como um peixinho, um barrigudinho, que nada em um riacho límpido — disse Ged —: é indefeso, mas não é possível pegar.

Ao ouvir isso, Jero o encarou, sorrindo.

— Você é um mago nato — disse ele. — O nome verdadeiro dela é Kest. — Na Língua Arcaica, *kest* é um barrigudinho, como Ged bem sabia; e isso o agradou profundamente. Mas, depois de um tempo, ele disse em voz baixa:

— Talvez você não devesse ter me contado o nome dela.

Mas Jero, que não fizera aquilo sem refletir, explicou:

— O nome dela está seguro com você, assim como o meu. E, além disso, você sabia sem que eu dissesse...

O vermelho se reduziu a cinzas no oeste, e o cinza-pálido se tornou preto. Todo o mar e céu estavam escuros. Ged se esticou no fundo do barco para dormir, envolto no manto de lã e pele. Jero, segurando a corda da vela, cantarolou baixinho a *Saga de Enlad*, no trecho em que a canção conta como o mago Morred, o Branco, deixou Havnor em seu barco sem remo e, chegando à ilha de Solea, viu Elfarran nos pomares primaveris. Ged dormiu antes que a música chegasse ao triste fim daquele amor, a morte de Morred, a ruína de Enlad, as ondas do mar, vastas e amargas, submergindo os pomares de Solea. Perto da meia-noite, acordou e ficou de vigia mais uma vez enquanto Jero dormia. O pequeno barco corria vigoroso pelo mar agitado, navegando com o forte vento que se lançava na vela, vagando a cego pela noite. Mas o céu nublado se abrira e, antes do amanhecer, a lua fina que brilhava entre as nuvens de contornos marrons lançou uma luz tênue sobre o mar.

— A lua mingua até a fase da escuridão — murmurou Jero ao acordar de manhã, quando o vento frio diminuiu por algum tempo. Ged olhou para o semicírculo branco acima das águas pálidas do leste, mas não disse nada. A escuridão da lua que se segue ao Regresso do Sol, chamada Declínio, é o contrário dos dias da lua e da Longa Dança no verão. É uma época de má sorte para os viajantes e para os enfermos; as crianças não recebem seus nomes verdadeiros durante o Declínio, e nenhuma saga é cantada, espadas e ferramentas de corte não são afiadas, e juramentos não são feitos. É o eixo das trevas anual, quando as coisas feitas são malfeitas.

Três dias depois de sair de Soders, eles chegaram, seguindo pássaros marinhos e destroços da costa, a Pelimer, uma pequena ilha que se erguia acima dos altos-mares cinzentos. O povo local falava hárdico, mas à sua própria maneira, estranha até mesmo aos ouvidos de Jero. Os rapazes desembarcaram em busca de água potável e um descanso do mar, e a princípio foram bem recebidos, com admiração e comoção. Havia um ocultista no principal povoado da ilha, mas era insano. Falava apenas sobre a grande serpente que estava comendo as fundações de Pelimer, de modo que logo a ilha ficaria à deriva, como um barco solto das amarras, e deslizaria para a beirada do mundo. A princípio, ele cumprimentou os jovens feiticeiros com cortesia, mas enquanto falava sobre a serpente, começou a olhar de lado para Ged: e então começou a gritar com eles na rua, chamando-os de espiões e servos da serpente do mar. Depois disso, os pelimerianos passaram a olhá-los com desconfiança pois, ainda que insano, aquele era o ocultista deles. Por isso, Ged e Jero não se demoraram, partindo antes do anoitecer, sempre rumo ao sul e ao leste.

Naqueles dias e noites de navegação, Ged nunca falou diretamente da sombra, nem de sua busca; e o mais próximo que Jero chegou de fazer qualquer pergunta foi (já que eles seguiam o mesmo curso, se afastando cada vez mais das terras conhecidas de Terramar):

— Você tem certeza?

Ao que Ged respondeu apenas:

— O ferro tem certeza de onde está o ímã? — Jero assentiu e continuaram, nada mais sendo dito por nenhum deles. Mas, de vez em quando, falavam sobre as artes e dispositivos que os magos dos velhos tempos usavam para descobrir o nome oculto de poderes e seres funestos: como Nereger, de Paln, descobrira o nome do mago sombrio entreouvindo a conversa de dragões, e como Morred tinha visto o nome de seu inimigo escrito por gotas de chuva que caíam no campo de batalha nas Planícies de Enlad. Eles falavam de feitiços de descoberta, de invocações e daquelas Perguntas Retrucáveis que apenas o Mestre Padronista de Roke pode fazer. Mas, muitas vezes, Ged terminava a conversa murmurando as palavras que Ogion lhe dissera na encosta da Montanha de Gont, certo outono, muito tempo antes:

— Para ouvir, é preciso ficar em silêncio... — E ele ficava em silêncio e refletia, hora após hora, sempre encarando o mar à frente do curso do barco. Às vezes parecia a Jero que seu amigo via, através das ondas, quilômetros e dias cinzentos que ainda estavam por vir, a coisa que perseguiam e o fim sombrio daquela viagem.

Entre Kornay e Gosk, enfrentaram tempo ruim, não avistando nenhuma ilha sob a neblina e a chuva, e descobriram que haviam passado por elas apenas no dia seguinte, quando viram, à frente, uma ilha de penhascos encimados por pináculos, dos quais voavam, em bandos enormes, gaivotas cujos gritos, parecidos com os de gatos, podiam ser ouvidos muito além do mar. Jero disse:

— Astowell, ao que parece. A Última Terra. Ao leste e ao sul, os mapas estão vazios.

— Mesmo assim, quem vive lá talvez conheça terras mais distantes — respondeu Ged.

— Por que diz isso? — perguntou Jero, pois Ged falara com relutância; e a resposta foi novamente hesitante e estranha.

— Não é lá — falou Ged, olhando para Astowell à frente, e além da ilha, ou através da ilha. — Não é lá. Não é no mar. Não é no mar, mas em terra seca. Que terra? Antes das fontes do Mar Aberto, além das nascentes, atrás dos portões da luz do dia...

Então ele se calou e, quando falou de novo, foi com uma voz normal, como se tivesse se libertado de um feitiço ou de uma visão e não tivesse uma memória clara disso.

O porto de Astowell, na embocadura de um riacho entre montes rochosos, ficava na costa norte da ilha, e todas as cabanas do povoado ficavam voltadas para o norte e o oeste; era como se a ilha voltasse sua face, ainda que de muito longe, na direção de Terramar, na direção da humanidade.

Entusiasmo e consternação se seguiram à chegada dos estranhos em uma temporada na qual nenhum barco jamais havia enfrentado os mares ao redor de Astowell. Todas as mulheres ficaram nas cabanas de pau a pique, espiando pela porta, escondendo as crianças na barra das saias, e recuaram, temerosas, à escuridão das cabanas enquanto os estranhos vinham da praia. Os homens, sujeitos magros e parcamente vestidos para o frio, reuniram-se em um círculo solene em torno de Jero e Ged, e cada um segurava um machado de pedra ou uma faca de concha. Mas assim que o medo passou, eles deram as boas-vindas aos estranhos, e suas perguntas não tinham fim. Raramente algum navio chegava até eles, nem mesmo vindo de Soders ou de Rolameny, pois não havia nada ali para trocar por bronze ou mercadorias finas; não possuíam nem mesmo madeira. Seus barcos eram canoas de junco entrelaçado, e só um marinheiro corajoso iria a lugares distantes como Gosk ou Kornay em uma embarcação daquelas. Eles moravam sozinhos ali, no limite de todos os mapas. Não tinham bruxa ou ocultista e pareciam não reconhecer os cajados dos jovens feiticeiros pelo que eram, admirando-os apenas pelo precioso material de que eram feitos: madeira. O líder ou magistrado era muito velho, e só ele, entre toda a população, já vira um homem nascido no Arquipélago. Ged, portanto, era uma maravilha para eles; os homens levaram seus filhinhos para ver o homem do Arquipélago, para que pudessem se lembrar dele quando fossem velhos. Ali, nunca se ouvira falar de Gont, apenas de Havnor e Éa, e assim o consideraram um Senhor de Havnor. Ele fez o possível para responder às perguntas de todos sobre a cidade branca que nunca tinha visto. Mas foi ficando inquieto enquanto a noite caía e, por fim, perguntou aos homens da aldeia, enquanto se reuniam ao redor da fogueira do alojamento no calor fétido do esterco de cabra e das giestas, que eram todo o combustível que havia ali:

— O que há a leste destas terras?

Os homens ficaram em silêncio, alguns sorrindo, outros sombrios.

O velho magistrado respondeu:

— O mar.

— Não há terras mais adiante?

— Esta é Última Terra. Não há terras mais adiante. Não há nada além de água até a beirada do mundo.

— Estes são homens sábios, pai — disse um homem mais jovem —, marinheiros, viajantes. Talvez conheçam uma terra que não conhecemos.

— Não há nenhuma terra a leste desta — falou o velho, e olhou por muito tempo para Ged, depois não falou mais com ele.

Naquela noite, os amigos dormiram no calor enfumaçado do alojamento. Antes do amanhecer, Ged acordou o amigo, sussurrando:

— Estarriol, acorde. Não podemos ficar, temos de ir.

— Por que tão cedo? — Jero perguntou, com sono.

— Não é cedo, é tarde. Tenho seguido muito devagar. Ela descobriu como escapar de mim e, assim, me desgraçar. Ela não deve escapar de mim, pois terei de segui-la até onde ela for. Se a perder, estarei perdido.

— Vamos segui-la aonde?

— Rumo ao leste. Venha. Enchi os odres.

Então, eles deixaram o alojamento antes que qualquer um na aldeia acordasse, exceto um bebê que chorou um pouco na escuridão de alguma cabana e depois se aquietou. Sob a luz vaga das estrelas, encontraram o caminho até a embocadura do riacho, desamarraram o *Visão Ampla* do monte de pedras onde fora preso e o empurraram para a água escura. Assim, partiram para o leste de Astowell, para o Mar Aberto, no primeiro dia de Declínio, antes do nascer do sol.

Naquele dia, encontraram céus limpos. O vento do mundo soprava do nordeste, frio e forte, mas Ged erguera o vento mágico: o primeiro ato de magia que realizava desde que deixara a Ilha das Mãos. Eles navegavam muito rápido para o leste. O barco estremecia atingido pelas grandes ondas fumegantes, iluminadas pelo sol, mas seguia galantemente, como seu construtor prometera, respondendo ao vento mágico tão bem quanto qualquer navio enfeitiçado de Roke.

Ged não falava nada naquela manhã, exceto para renovar o poder do feitiço do vento ou para manter uma força encantada na vela, e Jero terminou seu sono, embora inquieto, na popa do barco. Ao meio-dia eles comeram. Ged distribuiu a comida com moderação, e isso era um presságio claro, mas os dois mastigaram seus pedaços de peixe salgado e bolo de trigo e nenhum deles disse nada.

Durante toda a tarde, singraram os mares rumo ao leste, sem nunca virar nem diminuir o ritmo. Uma única vez Ged quebrou o silêncio, dizendo:

— Você concorda com aqueles que pensam que, Além-Extremos, o mundo é só mar, sem terras, ou com os que imaginam outros arquipélagos ou vastas terras não descobertas na outra face do mundo?

— Neste momento — respondeu Jero —, concordo com aqueles que pensam que o mundo tem apenas uma face, e quem navegar muito longe cairá da borda dela.

Ged não sorriu; não havia alegria nele.

— Quem sabe o que se pode encontrar lá longe? Nós, que sempre nos mantivemos em nossas orlas e costas, é que não saberíamos.

— Alguns procuraram saber e não voltaram. E nenhum navio jamais chegou até nós vindo de terras que não conhecemos.

Ged não respondeu.

Durante todo aquele dia, toda aquela noite, eles foram conduzidos para o leste pelo poderoso vento mágico sobre as imensas ondas do oceano. Ged permaneceu vigilante do anoitecer até o amanhecer, pois na escuridão a força que o atraía ou impulsionava ficava ainda mais intensa. Ele sempre olhava para a frente, ainda que, na noite sem lua, seus olhos não pudessem ver mais do que os olhos pintados na proa cega do barco. Ao amanhecer, seu rosto escuro estava cinzento de cansaço e ele tinha tantas cãibras de frio que mal conseguiu se esticar para descansar. Ele sussurrou:

— Mantenha o vento mágico do oeste, Estarriol. — E então adormeceu.

Não havia sol nascente, e a chuva logo chegou, vinda do nordeste, batendo na proa. Não era nenhuma tempestade, apenas uma ventania fria e uma chuva de inverno. Em pouco tempo, todas as coisas que estavam no barco aberto ficaram completamente molhadas, apesar da capa de lona que haviam comprado; e Jero se sentiu como se estivesse ensopado até os ossos; Ged tremia dormindo. Com pena do amigo, e talvez de si mesmo, Jero tentou desviar um pouco aquele vento rude e incessante que carregava a chuva. Porém, embora ele conseguisse seguir a vontade de Ged mantendo o vento mágico forte e estável, seu trabalho com as intempéries tinha pouca força ali, tão longe da terra firme, e o vento do Mar Aberto não ouvia sua voz.

Com isso, um medo invadiu Jero, que começou a se perguntar quanto poder mágico sobraria para ele e Ged se continuassem se afastando das terras onde as pessoas deveriam viver.

Ged ficou em vigília mais uma vez naquela noite, sempre mantendo o barco rumo ao leste. Quando amanheceu, o vento do mundo diminuiu um pouco e o sol brilhou, intermitente; mas as ondas do mar eram tão altas que o *Visão Ampla* precisava adernar, escalando-as como se fossem colinas, se sustentar no cume, mergulhar repentinamente, e escalar a próxima ondulação, e a próxima, e a próxima, sem nunca parar.

Ao cair da tarde, Jero rompeu um longo silêncio.

— Meu amigo — disse ele —, você falou uma vez como se tivesse certeza de que por fim aportaríamos. Eu não questionaria sua visão se não fosse pelo fato de que ela poderia ser um engodo, um truque realizado por aquilo que você persegue, para atraí-lo além de onde uma pessoa pode ir, além do oceano. Pois nosso poder talvez mude e enfraqueça em mares estranhos. E uma sombra não se cansa, nem morre de fome, nem se afoga.

Os dois se sentaram lado a lado no banco, mas Ged agora olhava para o amigo como se ele estivesse distante, do outro lado de um imenso abismo. Seus olhos estavam confusos e ele demorou a responder. Por fim, disse:

— Estarriol, estamos chegando perto.

Ao ouvir aquelas palavras, o amigo soube que eram verdadeiras. Então, teve medo. Mas colocou a mão no ombro de Ged e respondeu apenas:

— Certo, que bom, então; isso é bom.

Mais uma vez naquela noite, Ged ficou de vigia, pois não conseguia dormir no escuro. Nem dormiria quando chegasse o terceiro dia. Ainda assim, avançavam sobre o mar em velocidade incessante, de maneira leve e terrível, e Jero se admirou do poder de Ged, capaz de sustentar um vento mágico tão forte hora após hora, no Mar Aberto, onde Jero sentia seu próprio poder enfraquecido e desorientado. E eles continuaram, até que Jero teve a sensação de que o que Ged dissera se tornaria realidade, de que estavam indo além das nascentes do mar, a leste, além dos portões da luz do dia. Ged manteve-se na proa, olhando para a frente como sempre. Mas já não olhava para o oceano, ao menos, não o oceano que Jero via, um infinito de água subindo até a borda do céu. Nos olhos de Ged havia uma visão escura que se sobrepunha como um véu ao mar cinza e ao céu cinza, e a escuridão cresceu e o véu se tornou mais espesso. Nada disso foi visível para Jero, exceto quando ele olhou para o rosto do amigo; então ele também viu a escuridão por um momento. Ambos avançaram e avançaram. E foi como se, embora um vento os levasse em um barco, Jero rumasse para o leste pelo mar do mundo, enquanto Ged seguia sozinho para um reino onde não havia leste ou oeste, nascer ou pôr do sol, nem das estrelas.

De repente, Ged levantou-se na proa e falou em voz alta. O vento mágico baixou. O *Visão Ampla* perdeu velocidade, subiu e desceu nas vastas ondas como uma lasca de madeira. Embora o vento do mundo soprasse tão forte quanto antes, agora vindo direto do norte, a vela marrom estava folgada, frouxa. E assim o barco persistia, embalado pelo lento movimento das ondas, mas não seguia em nenhuma direção.

Ged disse:

— Abaixe a vela.

E assim Jero fez, depressa, enquanto Ged desamarrava os remos, prendia-os nas travas e arqueava as costas para remar.

Jero, vendo apenas as ondas que subiam e desciam até onde a vista alcançava, não conseguia entender por que agora eram impulsionados por remos; mas ele esperou, e logo percebeu que o vento do mundo ficava fraco e as ondas diminuíam. A subida e o mergulho do barco diminuíram até que finalmente a embarcação pareceu avançar, sob as fortes remadas de Ged, sobre a água quase parada, como em uma baía sem saída para o mar. E embora Jero não pudesse enxergar o que Ged via ao olhar por cima do ombro, entre as remadas, para o que estava à frente do barco; embora Jero não pudesse ver as encostas escuras sob estrelas imóveis, ele começou a ver com seu olho de feiticeiro uma escuridão que surgia nas depressões das ondas em volta de todo o barco, e viu ondulações ficarem baixas e lentas como se fossem sufocadas com areia.

Se aquilo fosse um encantamento de ilusão, era incrivelmente poderoso; fazia o Mar Aberto parecer terra. Tentando reunir a inteligência e a coragem, Jero pronunciou o feitiço de Revelação, tendo cuidado, entre cada palavra de sílaba lenta, com mudanças ou tremores de ilusão naquele abismo estranho, cada vez mais seco e raso, do oceano. Mas não houve nada. Talvez o feitiço, que deveria afetar apenas a própria visão e não a magia que atuava sobre eles, não tivesse poder ali. Ou talvez não houvesse ilusão e os dois tivessem chegado ao fim do mundo.

Sem prestar atenção, Ged remava cada vez mais devagar, olhando por cima do ombro, escolhendo um caminho entre canais, baixios e depressões que só ele podia ver. O barco sacudiu quando a quilha estacou. Sob aquela quilha estavam as vastas profundezas do mar, mas eles estavam encalhados. Ged puxou os remos, fazendo barulho nas travas, e aquele ruído pareceu terrível, pois não havia nenhum outro som. Todos os sons de água, vento, madeira, vela se foram, perdidos em um silêncio imenso e profundo que poderia não ter sido rompido nunca. O barco estava imóvel. Nenhum sopro de vento se movia. O mar se transformara em areia, sombrio, sem agitação. Nada se movia no céu escuro ou naquele solo seco e irreal que acumulava cada vez mais escuridão ao redor da embarcação, até onde a vista alcançava.

Ged se levantou, pegou seu cajado e deu um passo sutil para fora do barco. Jero pensou tê-lo visto cair e afundar no mar, o mar que certamente existia por trás daquele véu seco, turvo, que escondia água, céu e luz. Mas não havia mais mar. Ged caminhou, deixando o barco. A areia escura exibia as pegadas por onde ele passava e rangia um pouco sob seus passos.

O cajado começou a irradiar luz, não uma luz enfeitiçada, mas um brilho branco e claro, que logo cresceu tanto que os dedos ficaram vermelhos onde seguravam a madeira.

Ele avançou, afastando-se do barco, mas sem seguir uma direção específica. Não havia direções naquele lugar, nem norte nem sul, nem leste nem oeste, apenas em frente e para longe.

Para Jero, que observava, a luz carregada por Ged parecia uma grande estrela que se movia lentamente na escuridão. E a escuridão em torno dele tornou-se mais densa, mais sombria, condensada. Ged também percebeu isso, e continuou olhando sempre para a frente através da luz. Tempos depois, ele viu, na tênue borda externa da luz, uma sombra que vinha ao seu encontro pela areia.

A princípio ela não tinha forma, mas, à medida que se aproximou, parecia um homem. Um homem idoso, cinzento e sombrio, vindo na direção de Ged; mas mesmo enxergando seu pai, o ferreiro, naquela figura, Ged percebeu que não se tratava de um homem velho, mas de um jovem. Era Jasper: o rosto jovem, bonito e insolente de Jasper, o manto cinza com fivela de prata e as passadas firmes. O olhar que ele fixou em Ged, através do ar que os separava, era cheio de ódio. Ged não parou, mas diminuiu o ritmo e, à medida que avançava, ergueu um pouco mais o cajado, cujo brilho se intensificou, e, sob aquela luz, o olhar de Jasper caiu da figura que se aproximava e ela se transformou em Pechvarry. Mas o rosto de Pechvarry estava todo inchado e pálido, como o rosto de um homem afogado, e ele estendeu a mão de uma maneira estranha, como se acenasse. Ainda assim, Ged não parou, mas continuou avançando, embora agora restassem apenas alguns metros entre eles. Então, a coisa que estava à sua frente mudou completamente, espalhando-se para os dois lados como se abrisse asas enormes e finas, e se contorceu, inchou e encolheu de volta. Ged viu nele, por um instante, o rosto branco de Skiorh, e um par de olhos nublados e fixos. E então, de repente, viu um rosto medroso que ele não conhecia, de homem ou de monstro, com lábios retorcidos e olhos que pareciam covas em direção a um vazio escuro.

Diante disso, Ged ergueu bem alto seu cajado, cujo brilho tornou--se intolerável, ardendo com uma luz tão branca e forte que impelia e angustiava até mesmo aquela escuridão ancestral. Naquela luz, todas as formas humanas se desprenderam da coisa que vinha na direção de Ged. Ela se condensou, encolheu e escureceu, rastejando pela areia sobre quatro pernas curtas com garras. Contudo, ela avançava, levantando para ele um focinho cego e disforme, sem lábios, orelhas ou olhos. Quando se encontraram, a coisa tornou-se totalmente preta, envolta na luz branca do mago, e se levantou, empertigada. Em silêncio, o homem e a sombra se encontraram frente a frente e pararam.

Em voz alta e clara, rompendo aquele antigo silêncio, Ged falou o nome da sombra, e no mesmo instante a sombra, sem lábios ou língua, disse a mesma palavra: "Ged". E as duas vozes eram uma só.

Ged estendeu as mãos, largando o cajado, e dominou sua sombra, o eu sombrio que se estendia para ele. A luz e as trevas se encontraram, se uniram e eram uma.

Mas para Jero, que olhava aterrorizado, de longe, no crepúsculo escuro, sobre a areia, parecia que Ged fora vencido, pois o brilho claro enfraqueceu e diminuiu. Raiva e desespero o dominaram, e ele saltou na areia para ajudar o amigo ou morrer com ele, e correu em direção àquele pequeno vislumbre de luz no crepúsculo vazio da terra seca. Porém, enquanto corria, a areia afundava sob seus pés, e ele se debatia como se pisasse em areia movediça, em um pesado fluxo de água: até que, com um estrondo, a glória da luz do dia, o frio cortante do inverno e o gosto amargo do sal, o mundo foi restaurado e Jero se debatia no mar repentino, verdadeiro e vivo.

Perto dali, o barco balançava nas ondas cinzentas, vazio. Jero não conseguiu ver mais nada na água; as ondas golpeavam seus olhos e o cegavam. Não sendo um nadador forte, lutou ao máximo para chegar ao barco e arrastar-se para dentro dele. Tossindo e tentando afastar a água que escorria do cabelo, ele olhou à sua volta, desesperado, sem saber para que lado se virar. E, por fim, divisou algo escuro entre as ondas, muito além do que havia sido a areia e agora eram águas selvagens. Então, saltou para os remos e remou com força até seu amigo, agarrou os braços de Ged e ajudou-o, puxando-o para o lado.

Ged estava atordoado e com os olhos fixos, como se não enxergasse nada, mas não havia dor nele. Seu cajado, de teixo preto, destituído de todo o esplendor, fora agarrado por sua mão direita, que não o

largava. Ele não disse uma palavra. Exaurido, encharcado e trêmulo, ficou encolhido junto ao mastro, sem jamais olhar para Jero, que içou a vela e manobrou o barco para pegar o vento nordeste. Ged não enxergou coisa alguma do mundo até que, bem diante do curso, no céu que escurecia ao pôr do sol, entre nuvens longas em uma baía de luz azul-clara, a lua nova surgiu: um anel de marfim, uma borda de chifre, o reflexo da luz do sol brilhando através do oceano escuro.

Ged ergueu o rosto e olhou para aquele brilho crescente e distante no oeste.

Ele observou por muito tempo e então se levantou, aprumado, segurando o cajado com as duas mãos, como um guerreiro segura sua longa espada. Observou à sua volta o céu, o mar, a vela marrom e inflada, o rosto do amigo.

— Estarriol — disse —, veja, está feito. Acabou. — Ele riu. — A ferida está curada — continuou. — Estou completo, estou livre. — Então se abaixou e escondeu o rosto nos braços, chorando como um menino.

Até aquele momento, Jero o observara com um pavor ansioso, pois não tinha certeza do que acontecera ali na terra escura. Não sabia se era Ged no barco com ele, e sua mão estava havia horas pronta para lançar âncora, arrebentar o piso do barco e afundá-lo no meio do mar, em vez de levar de volta aos portos de Terramar a coisa maligna que, ele temia, podia ter assumido a aparência e a forma de Ged. Naquele instante, vendo o amigo e ouvindo-o falar, sua dúvida desapareceu. E ele começou a ver a verdade: que Ged não havia perdido nem ganhado, mas, ao nomear a sombra de sua morte com seu próprio nome, ele se curara; um homem que, conhecendo todo o seu verdadeiro eu, não pode ser usado ou possuído por qualquer poder que não seja ele mesmo, e cuja existência, portanto, é dedicada à vida e nunca à ruína, à dor, ao ódio ou às trevas. Em *A criação de Éa*, que é a canção mais antiga, é dito: "Apenas no silêncio a palavra, apenas nas trevas a luz, apenas na morte a vida: o voo do falcão reluz no céu límpido". Era essa a canção que Jero cantava em voz alta enquanto conduzia o barco para o oeste, com o vento frio da noite de inverno soprando às costas deles vindo da vastidão do Mar Aberto.

Os dois navegaram por oito dias antes de avistarem terra. Muitas vezes tiveram de encher os odres com água do mar adoçada com feitiço; e pescaram, mas mesmo ao invocar os encantos dos pescadores, pegaram pouca coisa, pois no Mar Aberto os peixes não sabem os próprios nomes e não prestam atenção à magia. Quando não tinham mais nada para comer, a não ser alguns pedaços de carne defumada, Ged lembrou-se do que Aquileia dissera ao vê-lo roubar o bolo da lareira: que se arrependeria do roubo no instante em que passasse fome no mar; mas mesmo com fome, a lembrança o agradou. Pois ela também havia dito que ele voltaria para casa com seu irmão.

O vento mágico os impulsionara por apenas três dias para o leste, mas dezesseis dias eles navegaram para o oeste, retornando. Ninguém jamais voltou de tão longe, no Mar Aberto, como os jovens feiticeiros Estarriol e Ged no Declínio do inverno, em um barco de pesca aberto. Eles não enfrentaram grandes tempestades e foram orientados de maneira constante pela bússola e pela estrela Tolbegren, seguindo um curso mais ao norte em relação ao caminho de ida. Assim, não voltaram para Astowell, mas passando por Alta Toly e Sneg, sem avistar essas que são as primeiras terras erguidas ao sul do cabo de Koppish. Acima das ondas eles viram penhascos rochosos erguidos como uma grande fortaleza. Aves marinhas gritavam sobrevoando as ondas, e a fumaça azul das fogueiras de pequenas aldeias ondulava ao vento.

De lá, a viagem para Iffish não foi longa. Chegaram ao porto de Ismay em uma noite tranquila e escura antes da neve. Amarraram o barco *Visão Ampla*, que os conduzira à orla do reino da morte e os trouxera de volta, e subiram pelas ruas estreitas até a casa do feiticeiro. Seus corações estavam muito leves quando entraram na luz e no calor do fogo sob aquele teto; e Aquileia correu para encontrá-los, chorando de alegria.

* * *

Se Estarriol de Iffish manteve sua promessa e fez uma canção sobre a primeira grande saga de Ged, ela se perdeu. Conta-se, no Extremo

Leste, a história de um barco que, a dias de distância de qualquer costa, encalhou no abismo do oceano. Em Iffish, dizem que foi Estarriol quem navegou aquele barco, mas em Tok dizem que foram dois pescadores lançados por uma tempestade no Mar Aberto, e em Holp a história é sobre um pescador holpês e conta que ele não conseguiu tirar o barco das areias invisíveis em que encalhou, e por isso ainda vaga por lá. Assim, da canção da Sombra restam apenas alguns fragmentos de lendas, carregados como troncos boiando de ilha em ilha ao longo dos anos. Mas na *Saga de Ged* nada é dito sobre essa viagem, nem sobre o encontro de Ged com a sombra, antes mesmo que ele navegasse ileso pelo Território dos Dragões ou trouxesse de volta o Anel de Erreth-Akbe das Tumbas de Atuan para Havnor, ou voltasse uma última vez a Roke, como arquimago de todas as ilhas do mundo.

POSFÁCIO

Era uma vez um editor que me perguntou se eu gostaria de escrever um romance para adolescentes.

— Ah, não! — eu disse. — Não, muito obrigada, mas eu não conseguiria.

Era a ideia de escrever com um público específico, ou de idade específica, que me assustava. Eu publicava fantasia e ficção científica, mas estava interessada na forma em si, não em quem a leria ou em que idade teria. Mas talvez meu verdadeiro problema fosse que passei tantos anos escrevendo romances, enviando-os para editoras, e vendo eles serem devolvidos com um baque surdo no capacho da porta que eu tinha dificuldade em compreender que um editor de verdade havia de fato me pedido para escrever um livro...

Esse era Herman Schein, da Parnassus Press, em Berkeley, editor dos livros infantis de minha mãe. Ele queria começar a produzir romances para crianças mais velhas. Quando falei:

— Ah, não! — ele respondeu apenas:

— Bem, pense a respeito. Pode ser fantasia, talvez... o que você quiser.

Eu pensei. Aos poucos, a ideia se assentou. Será que escrever para crianças mais velhas era tão diferente de apenas escrever? Por quê? Apesar do que alguns adultos parecem pensar, adolescentes são plenamente humanos. E alguns deles leem com tanta intensidade e empolgação que é como se sua vida dependesse disso. Talvez dependa, às vezes.

E fantasia, fantasia pura, à moda antiga, não misturada com ficção científica: gostei da ideia. Durante toda a minha vida li sobre feiticeiros, dragões, feitiços mágicos...

Naquela época, em 1967, os feiticeiros eram todos, mais ou menos, Merlin e Gandalf. Velhos, chapéus pontudos, barbas brancas. Mas este era para ser um livro juvenil. Bem, Merlin e Gandalf devem ter sido jovens um dia, certo? E quando eles eram jovens, quando eram crianças tolas, como aprenderam a ser feiticeiros?

E lá estava meu livro.

Bem, não instantaneamente, é claro. Um romance demora a ser escrito. Este foi muito rápido e fácil, no entanto. Eu não tinha um enredo delineado quando comecei, mas sabia qual seria a história. Sabia quem era meu Gavião e, de um modo geral, sabia para onde ele iria, para onde tinha de ir, não apenas para aprender a ser um feiticeiro, mas para aprender a ser Ged. Então, conforme eu escrevia sua história, as coisas que ele fazia e dizia, os lugares aonde ele ia e as pessoas que encontrava me mostraram e me disseram o que ele tinha de fazer e para onde deveria ir em seguida.

Mas *onde* é tão importante no reino da imaginação quanto é aqui na mundanidade. Antes de começar a escrever a história, peguei um grande pedaço de papel e desenhei o mapa. Desenhei todas as ilhas de Terramar, o Arquipélago, as Terras Kargad, os Extremos. E dei-lhes nomes: Havnor, a grande ilha no meio do mundo; Selidor, bem longe no oeste, e o Território dos Dragões, e Hur-at-Hur, e todo o resto. Mas só quando naveguei com Ged, saindo de Gont, comecei a conhecer as ilhas, uma por uma. Com ele, cheguei primeiro a Roke, às Ilhas Noventa e a Osskil, e ainda mais a leste do que Astowell. E com ele fui pela primeira vez à região escura e seca, o lugar do outro lado do muro para onde os mortos devem ir. Uma viagem longa o suficiente, estranha o suficiente, grande o suficiente para um livro.

***

Fantasia agora é um ramo da indústria editorial, com muitos títulos, muitas sequências, grandes expectativas de sucesso monstruoso e de associação com filmes. Em 1967, fantasia não era nada. Coisa de criança. O único romance de fantasia para adultos de que a maioria das pessoas já tinha ouvido falar era *O senhor dos anéis*. Havia outros, alguns deles maravilhosos, mas a maioria espreitava em pequenos sebos, cheirando a gatos e mofo. Sinto falta desses sebos agora, dos gatos, do mofo, da emoção da descoberta. A fantasia como mercadoria de uma linha de montagem não me anima.

Mas me alegro quando a vejo escrita como aquilo que sempre foi — literatura — e reconhecida como tal.

Quando *O feiticeiro de Terramar* foi lançado, não existia um livro como este. Era original, algo novo. No entanto, também era convencional o suficiente para não assustar resenhistas. Foi bem recebido. O prêmio Horn, do *Boston Globe*, ajudou nisso. E o fato de que a fantasia não é "para" uma certa idade, mas é uma literatura acessível a qualquer pessoa que a lê, isso também ajudou. Meu feiticeiro nunca chegou às listas de mais vendidos, mas continuou encontrando leitores, ano após ano. O livro nunca ficou fora de catálogo.

O convencionalismo da história e sua originalidade refletem sua existência e parcial subversão dentro de uma tradição aceita e reconhecida, com a qual cresci. Trata-se da tradição de contos fantásticos e histórias de heróis, que chegam até nós como um grande rio de fontes no alto das montanhas do Mito: uma confluência de contos populares e de fadas, épicos clássicos, romances medievais, renascentistas e orientais, baladas românticas, contos vitorianos imaginativos e livros de aventuras fantásticas do século xx, como o ciclo arturiano de T. H. White e o grande livro de Tolkien.

A maior parte desse maravilhoso transbordamento de literatura foi escrita para adultos, mas a ideologia literária modernista direcionou tudo para as crianças. E as crianças podiam nadar e nadavam com alegria como se estivessem em seu elemento nativo, pelo menos até que algum professor ou professora lhes dissesse que tinham de sair, se enxugar e respirar modernismo para sempre.

A parte da tradição que eu conhecia melhor foi escrita (ou reescrita para crianças) principalmente na Inglaterra e no norte da Europa. Os personagens principais eram homens. Se a história era heroica, o herói era um homem branco; a maioria das pessoas de pele escura era inferior ou má. Se havia uma mulher na história, ela era um objeto passivo de desejo e resgate (uma linda princesa loira); mulheres ativas (negras, bruxas) em geral causavam destruição ou tragédia. De qualquer forma, as histórias não eram sobre as mulheres. Eram sobre os homens, o que os homens faziam e o que importava para os homens.

É nesse sentido que *O feiticeiro* era perfeitamente convencional. O herói faz o que um homem deve fazer: ele usa sua força, inteligência e coragem para passar de origens humildes a grande fama e poder, em um mundo onde as mulheres são secundárias, um mundo dos homens.

Em outros aspectos, minha história não seguiu a tradição. Seus elementos subversivos atraíram pouca atenção, sem dúvida porque eu era deliberadamente furtiva a respeito delas. Muitas pessoas brancas que o leram em 1967 não estavam prontas para aceitar um herói de pele marrom. Mas não esperavam por um. Eu não chamei atenção para o assunto, e é preciso ter avançado no livro até perceber que Ged, como a maioria dos personagens, não é branco.

Seu povo, os habitantes do Arquipélago, tem pele de vários tons de cobre e marrom, passando a preto nas cordilheiras sul e leste. As pessoas de pele clara entre elas têm ancestrais do Extremo Norte ou kargineses. Os invasores kargineses no primeiro capítulo são brancos. Serret, que trai Ged quando menina e quando mulher, é branca. Ged é marrom-acobreado e seu amigo Jero é preto. Eu estava contrariando a tradição racista, "fazendo uma declaração", mas fiz isso de maneira discreta, e quase não se percebeu.

Infelizmente, eu não tinha poder, naquela época, para combater a recusa categórica de muitos departamentos de arte em colocar pessoas de grupos étnicos diversos na capa de um livro. Assim, tendo passado por muitos Geds branco-lírio, a pintura de Ruth Robbins para a primeira edição, o perfil delicado e forte de um jovem com pele marrom-acobreada foi, para mim, a única capa verdadeira do livro.

Minha história decolou em sua própria direção, longe também da tradição que diz respeito a heróis e vilões. Histórias de heróis e fantasias de aventura tradicionalmente colocam o herói justo em uma guerra contra inimigos injustos, que ele (em geral) vence. Essa convenção foi e ainda é tão dominante que é tida como certa: "é claro", uma fantasia heroica tem mocinhos lutando contra bandidos, a Guerra do Bem contra o Mal.

Mas não há guerras em Terramar. Sem soldados, sem exércitos, sem batalhas. Nada do militarismo que veio da saga arturiana e de outras fontes e que agora, sob a influência de jogos de guerra fantásticos, se tornou quase obrigatório.

Eu não pensei e não penso dessa forma; minha mente não funciona em termos de guerra. Minha imaginação se recusa a limitar todos os elementos que compõem uma história de aventura e a tornam emocionante — perigo, risco, desafio, coragem — a campos de batalha. Um herói cujo heroísmo consiste em matar pessoas não me interessa, e detesto as orgias bélicas hormonais de nossa mídia visual, a matança mecânica de batalhões intermináveis de demônios vestidos de preto, com dentes amarelos e olhos vermelhos.

A guerra como metáfora moral é limitada, limitadora e perigosa. Ao reduzir as opções de ação a "uma guerra contra" seja o que for, você divide o mundo em Eu ou Nós (bom) e Eles ou Algo (mau), reduzindo também a complexidade ética e a riqueza moral de nossa vida a Sim/Não, liga/desliga. Isso é pueril, enganoso e degradante. Nas histórias, essa lógica escapa de qualquer solução, exceto a violência, e oferece a quem lê uma mera garantia infantil. Muitas vezes, os heróis de tais fantasias se comportam exatamente como os vilões, agindo com violência estúpida, mas o herói está do lado "certo" e, portanto, vencerá. O certo define o poder.

Ou o poder define o certo?

Se a guerra é o único jogo em andamento, sim: o poder define o que é certo. É por isso que não jogo jogos de guerra.

Para ser o homem que pode ser, Ged precisa descobrir quem e o que é seu verdadeiro inimigo. Ele tem de descobrir o que significa ser ele mesmo. Isso requer não uma guerra, mas uma busca e uma descoberta. A busca o leva através de perigo mortal, perda e sofrimento. A descoberta lhe traz a vitória, o tipo de vitória que não é o fim de uma batalha, mas o início de uma vida.

A DESCOBERTA DE TERRAMAR

Terramar surgiu em 1964, em dois contos que escrevi e publiquei. São acanhados, estão mais para o olhar de relance de um marinheiro diante de duas ou três ilhas do que para a descoberta de um novo mundo. Nesses contos, no entanto, Terramar existe da mesma forma que as Américas existiram em 1492 na ilha Watling, hoje conhecida como ilha de São Salvador.

Esses contos falam das *Ilhas*, do *Além-Extremos*, das *ilhas grandes e ricas do Arquipélago*, das *Ilhas Centrais*, dos *ancoradouros cobertos pelo branco dos navios*, e dos *telhados dourados de Havnor*. Terramar está lá, ainda que inexplorado. Alguns dos elementos mencionados (trolls, magia maléfica) nunca mais reaparecerão. Mas, em cada história, um dos elementos acaba se tornando uma parte da tessitura intrínseca de Terramar. "The rule of names" mostra uma magia que opera por meio de nomes e saberes, e "The word of Unbinding" dá um primeiro vislumbre do mundo sombrio dos mortos.

O restante de Terramar aguardou, então, até 1968, quando o editor da Parnassus Press em Berkeley me perguntou se eu escreveria uma fantasia para jovens. Depois de superar o pânico e de uma grande história sobre um jovem mago começar a se delinear em minha mente, a primeira coisa que fiz foi me sentar e desenhar um mapa. Vi e nomeei Terramar e todas as suas ilhas. Não sabia quase nada sobre elas, mas sabia seus nomes. A mágica reside no nome.

O mapa original estava em uma imensa folha de papel, provavelmente em algum tipo de papel kraft, do qual eu tinha vários rolos para meus filhos desenharem. Aquele mapa desapareceu há muitos anos, mas fiz uma cópia cuidadosa em uma escala menor, mais conveniente para manuseio: é o original que gerou o mapa deste livro e que serviu de modelo para que ilustradores de várias edições dos livros, em diversos países, o desenhassem com tanto cuidado e com mais habilidade do que eu.

A utilidade do mapa, para mim, é prática. Quem navega precisa de um mapa. Quando minhas personagens partiam ao mar, eu precisava saber a que distância se encontravam as ilhas e em que direção elas ficavam, uma em relação à outra. O primeiro livro traça uma espécie de espiral de Gont para Roke e depois novamente até Astowell, todas dentro do Arquipélago. Para o segundo livro, o mapa me apresentou a terra karginesa de Atuan. E depois disso, sempre havia uma ilha ou lugar que eu ainda não visitara e, ali, uma história. Qual é a ilha mais distante a oeste? Selidor. Olhe para Havnor: tão grande que pode haver pessoas que moram no interior e nunca viram o mar. Que tipo de magia se pratica realmente em Paln? E quanto ao imenso território karginês de Hur-at-Hur, a leste, tão distante quanto Astowell e igualmente desconhecido da população do Arquipélago? Será que já houve dragões ali?

A última história de Terramar que escrevi, "The daughter of Odren", nasceu de um olhar ocioso para o mapa e de imaginar como era a vida em O nos velhos tempos. Ela acabou tendo algumas semelhanças curiosas com a vida em Micenas.

Além das elegantes ilustrações de Ruth Robbins nas aberturas de capítulo para a edição de *O feiticeiro de Terramar* pela Parnassus e da bela arte, semelhante a xilogravura, de Gail Garraty, no mesmo estilo, para as primeiras edições da Atheneum, até muito recentemente os livros de Terramar não tinham ilustrações. Em parte, por decisão minha. Depois da sobrecapa exclusiva de Ruth para a primeira edição de *O feiticeiro de Terramar*, com o rosto lindamente estilizado em marrom acobreado na frente, as artes das capas dos livros praticamente saíram de meu controle. Os resultados podiam ser medonhos: o feiticeiro caído, branco imaculado, da primeira edição em capa comum da Puffin, do Reino

Unido, o homem tolo com faíscas saindo dos dedos que o substituiu. Algumas capas eram muito bonitas, mas as pessoas medievais delicadas em ilhotas com castelos de torres pontiagudas não tinham nada a ver com meu salgado Terramar. E quanto à pele acobreada, parda ou negra, esqueça! Terramar foi mergulhado em alvejante.

Tive vergonha das capas que davam ao leitor uma ideia errada sobre as pessoas e sobre o lugar. Ressenti-me com os departamentos de arte das editoras, que recusavam qualquer sugestão de que a capa devesse se parecer com algo ou alguém e me informavam que "sabiam o que venderia" (um mistério que nenhum capista honesto afirmaria conhecer). Editoras de livros de bolso queriam capas de fantasias comerciais, para todos os fins; os departamentos de literatura infantojuvenil não queriam nada que sugerisse preocupações adultas. Assim, desencorajei todas as sugestões de ilustrações.

À medida que a reputação dos livros crescia, comecei a receber, ainda que a contragosto, mais informações sobre a arte da capa. São desse período, 1991, as quatro belas sobrecapas com pinturas de Margaret Chodos-Irvine para os quatro primeiros livros (da Atheneum) e as lindas capas metalizadas dos dois últimos (da Harcourt). Estas últimas existiram graças ao meu editor Michael Kandel, que lutou por mim longa e bravamente. Anos depois, Michael deixou que eu visse o primeiro rascunho de capa que o departamento de arte enviara para ele: um dragão verde e gordo, claramente moldado a partir de um daqueles dinossauros fofos que cospem faíscas, sentado, como um cachorro pidão, em uma nuvem de vapor cor-de-rosa. O santo Michael lutou contra aquele dragão e o derrotou, mas gastou meses nisso.

Grandes artistas pintaram capas para edições estrangeiras dos livros. De todas elas, minha favorita é a lápide da edição sueca de *Tehanu*, com um retrato sutil de Tenar e Therru.

A primeira edição totalmente ilustrada de *O feiticeiro de Terramar* é a da Folio Society, de 2015, com pinturas de David Lupton. Tive voz livre na escolha do artista, e David generosamente me enviou os esboços, permitiu que eu reagisse a eles e desse conselhos, e foi atento ao que poderia lhe ser útil naquilo que eu disse. A combinação de nossos temperamentos produziu um Terramar muito sério. Gosto de seu jovem protagonista sombrio e perturbado e sinto um grande estranhamento em algumas das pinturas, como se a magia estivesse realmente acontecendo.

Agora, com esta primeira edição totalmente ilustrada de Terramar, posso deixar que a arte de Charles Vess fale por si mesma.

Já escrevi tantas vezes sobre como e por que demorei a escrever os seis livros de Terramar que essa história se tornou como aquele livro que você tem que ler para uma criança de quatro anos todas as noites durante semanas: "Você quer *mesmo* ouvir isso *de novo*? Certo, então, lá vai!".

Escrevi os três primeiros livros em um período de cinco anos: 1968, 1970, 1972. Estava em uma boa fase. Nenhum deles teve a trama detalhadamente desenvolvida ou planejada antes da escrita; em cada um, grande parte da história me ocorreu enquanto seguia para onde minha escrita inevitavelmente me conduzia. Confiante, comecei o quarto livro. A personagem central era Tenar novamente, é claro, para equilibrar as coisas. Eu sabia que ela não permanecera com Ogion estudando magia, mas se casara com um fazendeiro, tinha filhos e a história iria levá-la de volta a Ged. Porém, no meio do primeiro capítulo, percebi que não sabia quem ela era naquele momento. Não sabia por que ela fez o que fez ou o que ela precisava fazer. Não conhecia a história dela, nem a de Ged. Não conseguia desenvolver a trama ou planejá-la. Não conseguia escrevê-la. Levei dezoito anos para aprender como fazer isso.

Eu tinha quarenta e dois anos em 1972; em 1990, eu tinha sessenta. Durante esses anos, a forma de compreender a sociedade que nos obrigam a chamar de feminismo (apesar da ausência gritante de seu oposto, o termo masculinismo) cresceu e floresceu. Ao mesmo tempo, uma sensação cada vez maior de que algo, que eu não conseguia identificar, faltava à minha própria escrita, começou a paralisar minha habilidade de contar histórias. Sem as escritoras e pensadoras feministas das décadas de 1970 e 1980, não sei se algum dia teria identificado essa falta como a falta de mulheres no centro.

Por que eu, uma mulher, estava escrevendo exclusivamente sobre o que os homens faziam?

Por quê? Porque fui uma leitora que leu, amou e aprendeu com livros que minha cultura me ofereceu; e eles eram quase exclusivamente sobre o que os homens faziam. Neles, as mulheres eram vistas em relação aos homens, sem basicamente nenhuma existência que não tivesse ligação com a existência masculina. Eu sabia o que os homens faziam nos livros e como se escrevia sobre eles. Mas quando se tratava do que as mulheres faziam, ou de como escrever sobre isso, tudo a que eu podia recorrer eram minhas próprias experiências, não atestadas, desaprovadas pelo Grande Consenso da Crítica, sem a sanção do Cânone Literário, uma voz que se erguia, solitária contra o coro quase em uníssono das vozes masculinas universalmente dominantes falando sobre homens.

Bem, mas era verdade isso? Não houve Jane Austen? Emily Brontë? Charlotte Brontë? Elizabeth Gaskell? George Eliot? Virginia Woolf? Outras vozes, longamente silenciadas, de mulheres escrevendo tanto sobre mulheres como sobre homens foram trazidas à forma impressa, à vida. E escritoras, minhas contemporâneas, estavam me mostrando o caminho. Era hora de eu aprender a escrever sobre e a partir do meu próprio corpo, meu próprio gênero, minha própria voz.

A personagem central de *As Tumbas de Atuan* é feminina, o ponto de vista é dela. Mas Tenar está saindo da adolescência, ainda não é totalmente mulher. Em 1970, não tive problemas para escrever sobre minha própria experiência do que é ser uma menina, uma garota adolescente. O que eu não conseguia fazer na época, e não fiz até 1990, era escrever sobre uma mulher totalmente madura no centro de um romance.

Curiosamente, foi preciso uma criança para me mostrar o caminho para o quarto livro de Terramar. Menina nascida na pobreza, abusada, mutilada, abandonada, Therru me levou de volta a Tenar para que eu pudesse ver a mulher que ela se tornara. E através de Tenar pude ver Terramar inalterado, o mesmo Terramar de dezoito anos antes, mas parecendo quase outro mundo, pois o ponto de vista não era mais de uma posição de poder ou entre homens poderosos. Tenar via tudo de baixo, pelos olhos de pessoas marginalizadas, sem voz, sem poder.

O ensaio "Earthsea revisioned", republicado em *The books of Earthsea: the complete illustrated edition*, discute essa mudança de ponto de vista. Quando *Tehanu* foi lançado, grande parte da crítica e do público viu o livro como mera política de gênero e se ressentiu de uma traição à tradição romântica do heroísmo. Como tentei dizer no ensaio, não mudar de ponto de vista seria, para mim, a traição. Ao incluir as mulheres plenamente em minha história, obtive uma compreensão mais ampla do que é heroísmo e encontrei o verdadeiro e almejado caminho de volta ao meu Terramar, agora um lugar muito maior, mais estranho e mais misterioso do que jamais parecera antes.

Embora *Tehanu* leve o nome da personagem infantil, nem ele nem os dois livros posteriores são livros "para crianças" ou podem ser definidos como livros para "jovens adultos". Abandonei qualquer tentativa de adequar minha visão de Terramar a alguma categoria editorial ou algum preconceito da crítica. A noção de que a fantasia é apenas para pessoas jovens surge de uma incompreensão teimosa sobre maturidade e imaginação. Assim, à medida que minhas protagonistas cresciam, confiei que o público mais jovem as seguiria ou não, como e quando quisesse. No mundo editorial impulsionado pelas relações públicas, isso constituiu um risco, e sou muito grata aos editores que correram esse risco comigo.

Mas havia algo sobre *Tehanu* que eu mesma não compreendi completamente quando o escrevi e publiquei. Pensei que meu longamente esperado quarto volume (meu título pessoal para ele era *Better Late than Never*, *Antes tarde do que nunca*) fosse o fim da história de Ged e Tenar. E disse isso na folha de rosto: "Último livro de Terramar".

Nunca diga nunca; nunca diga último!

Por quase dez anos acreditei poder deixar os dois na paz e na felicidade da casa de Ogion em Gont. Mas então fui convidada a escrever mais um conto ambientado nesse mundo. Perguntei-me se seria capaz e passei os olhos por Terramar. Assim que fiz isso, percebi que precisava voltar.

Entre o terceiro e o quarto livros não há salto no tempo; depois que *Tehanu* nos atualiza sobre os anos da vida de Tenar em Gont, o dragão conduz Ged direto do final de *A última margem* para dentro do livro. Mas agora, o tempo havia passado, tanto lá como aqui. As coisas tinham mudado. Eu tinha de descobrir o que acontecera desde que Lebannen fora coroado. Quem fora nomeado arquimago? O que acontecera com a criança Tehanu? Essas questões revelaram outras maiores sobre quem poderia ou não fazer mágica, sobre a vida após a morte, sobre os dragões: coisas que os quatro livros não explicavam, coisas que eu queria saber, assuntos inacabados.

Como escrevi na introdução de *Tales from Earthsea*: "O modo como se investiga uma história inexistente é contando-a e descobrindo o que aconteceu". Fiz isso em cinco contos, o mais histórico deles é "The finder", além de uma descrição de Terramar, uma breve geografia, história e antro-draconologia descritiva. Esse quinto livro foi tratado como secundário, mas é essencial. O último conto, longo, "Libélula", é uma parte fundamental de toda a história de Ged e Tenar. É a ligação entre *Tehanu* e *The other wind*. "Libélula" antevê o material daquele livro, o que deu errado na Ilha de Roke, no coração da feitiçaria e da sabedoria; por que a vida após a morte, barganhada pela magia, é desprovida de sentido; quem e o que são os dragões.

Logo depois de escrever essa história, comecei a escrever o sexto conto. *The other wind* se apresentou a mim sem explicações, urgente, imperativo, final. Se um dragão vier até você e disser: "*Arw sobriost!*", você não faz perguntas. Faz o que ele manda. Diante de você, há um pé enorme e cheio de garras, posicionado como um degrau; e, acima dele, a dobra da junta do cotovelo; e acima dela, a omoplata saliente: uma escada. Você sobe aquela escada, sentindo um calor ardente dentro do corpo do dragão. Você se acomoda entre as amplas asas, segura o grande espinho do dorso que está na sua frente. E o dragão se ergue, decola, leva você para onde você e ele devem ir, voando no outro vento, voando livres.

Ursula K. Le Guin,

fevereiro de 2016

SOBRE A AUTORA

URSULA K. LE GUIN é uma das maiores autoras de ficção científica, além de ser aclamada também por suas obras sensíveis e poderosas de não ficção, fantasia e de ficção contemporânea. Conhecida por abordar questões de gênero, sistemas políticos e alteridade em suas obras, recebeu prêmios honrosos como Hugo, Nebula, National Book Award e muitos outros.

1ª REIMPRESSÃO

ESTA OBRA FOI COMPOSTA EM CASLON PRO E IMPRESSA
EM PÓLEN NATURAL 70G COM REVESTIMENTO DE CAPA
EM COUCHÉ BRILHO 150G PELA GRÁFICA GEOGRÁFICA
PARA A EDITORA MORRO BRANCO EM JUNHO DE 2023